Lydia Davis

楚尘
文化
Chu Chen

北京楚尘文化传媒有限公司 出品

几乎没有记忆

莉迪亚·戴维斯小说集 I

The Collected Stories of Lydia Davis

［美］莉迪亚·戴维斯 著

吴永熹 译

图书在版编目（CIP）数据

　　几乎没有记忆 /（美）莉迪亚·戴维斯著；吴永熹译. -- 2版. -- 北京：中信出版社，2024.6
　　（莉迪亚·戴维斯系列作品）
　　ISBN 978-7-5217-6485-7

　　Ⅰ.①几… Ⅱ.①莉…②吴… Ⅲ.①短篇小说－小说集－美国－现代 Ⅳ.① I712.45

中国国家版本馆 CIP 数据核字 (2024) 第 066441 号

THE COLLECTED STORIES OF LYDIA DAVIS
Copyright © 2009 by Lydia Davis
Published in agreement with Denise Shannon Literary Agency, through The Grayhawk Agency Ltd.
Chinese simplified translation copyright © 2024 by Chu Chen Books.
All Rights Reserved

几乎没有记忆
著　者：　　［美］莉迪亚·戴维斯
译　者：　　吴永熹
出版发行：中信出版集团股份有限公司
　　　　　（北京市朝阳区东三环北路 27 号嘉铭中心　邮编　100020）
承印者：　　河北鹏润印刷有限公司

开本：880mm×1230mm 1/32　　印张：11.625　　字数：219 千字
版次：2024 年 6 月第 2 版　　　印次：2024 年 6 月第 1 次印刷
版贸核渝字（2013）第 225 号　　书号：ISBN 978-7-5217-6485-7
定价：68.00 元

版权所有·侵权必究
如有印刷、装订问题，本公司负责调换。
服务热线：400-600-8099
投稿邮箱：author@citicpub.com

目录

001　拆开来算（1986）

003　故事
008　奥兰多太太的恐惧
013　极限的：小人
019　拆开来算
028　伯道夫先生的德国之行
036　她知道的
037　鱼
038　米尔德里德和双簧管
039　老鼠
044　信
051　一个人生的摘要
057　房屋平面图
068　妹夫

070　W. H. 奥登怎样在一个朋友家过夜

071　母亲们

073　在一所被围困的房子里

074　看望她丈夫

076　秋天的蟑螂

080　鱼刺

082　我身上的几个毛病

088　瓦西里的生活速写

102　城市雇员

104　两姐妹

107　母亲

108　心理治疗

115　法语课 I：Le Meurtre

123　从前有一个愚蠢的男人

127　女佣

133　小屋

136　安全的爱

137　问题

138　一个老女人会穿什么

143　袜子

147　困扰的五个征兆

159	几乎没有记忆（1997）
161	肉，我丈夫
165	乡下的杰克
167	福柯与铅笔
170	老鼠
171	第十三个女人
172	教授
182	雪松树
184	监狱娱乐室里的猫
187	一号妻子在乡下
189	鱼缸
190	故事的中心
195	爱
196	我们的好意
197	自然灾害
199	奇怪的举动
200	圣马丁
217	同意
218	在服饰区
219	反对

220	演员们
222	有趣的是
228	在沼泽地
230	一家人
233	试着理解
234	反复
236	罗伊斯顿爵士的旅行
266	另外那个人
267	我的一个朋友
269	这种状况
271	走开
273	伊莲牧师的简报
280	我们镇上的一个男人
282	第二次机会
284	恐惧
285	几乎没有记忆
288	诺克利先生
296	为什么他总是对的
297	塔努克女人的强奸案
299	我的感受
301	丢失的事物

302　格伦·古尔德

312　烟

314　从楼下，作为一个邻居

315　太祖母们

316　伦理信条

318　后面的房子

325　出行

326　大学里的职位

327　关于困惑的例子

335　耐心摩托车手赛

338　亲近感

339　译后记　戴维斯的"个性"

拆开来算（1986）

01

故事

我下班回到家，收到一条他的留言：说他不来了，说他很忙。他会再打来。我等着接他的电话，然后到九点钟时我去了他住的地方，找到了他的车，但他不在家。我敲了他公寓的门，又敲了所有车库门，因为我不知道哪个车库门是他的——没有人应答。我写了一张纸条，读了一遍，又写了一张新纸条，贴在了他的门上。回到家我很不安，我唯一能做的，是弹钢琴，虽然我有很多事情要做，因为早上我要出门旅行。十点四十五我又打给他时他在家，他和他以前的女朋友去看电影了，她还在他家。他说他会再打给我。我等着。我终于坐下来，在我的笔记本里写到等他打电话给我时要么他会过来找我，要么他不会来而我会生气，所以我会得到的要么是他要么是我自己的愤怒，而这可能也没什么，因为和我丈夫在一起时我发现，愤怒总是一种巨大的安慰。然后我继续写道，用的是第三人称和过去时态，说很显然她总是需要拥有一份爱，即便那是一份复杂

的爱。在我有时间把所有东西写下来之前他打回来了。他打来的时候是十一点半过一点儿。我们一直争吵到快十二点。他说的一切都自相矛盾：比如，他说他不想见我是因为他想工作，更因为他想一个人待着，但他既没有工作也不是一个人待着。我根本无法让他解释清楚所有这些矛盾之点，而当这个谈话变得跟我和我丈夫过去的谈话过分相似时我说了再见并挂断了电话。我写完了我开始写的东西尽管现在似乎不能再说愤怒是一种巨大的安慰了。

五分钟后我打电话给他想要告诉他对我们的争吵我很抱歉，我爱他，但没有人接电话。五分钟后我又打过去，想着他可能去了车库又走了回来，但这一次依然没有人接。我想着要不要再一次开车去他住的地方找到他的车库看看他是否在那儿工作，因为他在那儿放了桌子和书，那是他去读书和写作的地方。我穿着睡衣，现在已经过了十二点而且我第二天早上五点钟就必须出门。尽管如此，我还是穿上衣服，开了一英里左右到了他家。我担心等我到那儿时会在他家门口看见之前没看见过的其他车，并且其中有一辆会是他以前的女朋友的。我沿着车道往前开时看见了两辆之前不在那儿的车，其中一辆几乎就停在他家门口，所以我想她在那儿。我绕到了小楼后面他公寓所在的地方，向着窗户里面看：灯是开着的，但我什么也看不清因为百叶窗是半合上的，还因为窗玻璃上有水汽。但房间里面看起来和之前不一样了，而且之前没有水汽。我打开了屏蔽门，敲了门。我等着。没有人来开门。我任由屏蔽门自己关上。然后我走回去检查那一排车库。就在我走开时身后的门打开了，他走了出来。我无法看清他因为门旁边的窄巷里很暗而他又穿着深色的衣服，他身后不明来源的光也很暗。他走到我身边双手环绕着我不发一言，我想他没有说话不是因为他的感受是如此强烈而是因为他在准备接下去要说的话。他放开我，在我身边走着，又走到我前面去了车库门旁边停车的地方。

等我们走到那儿后他说"听着"，然后是我的名字，然后我等着他说她在这儿并且我们之间已经结束了。但他没有这么说，不过我感觉他确实想说些类似的话，至少说她在这儿，然后因为某种原因他转变了念头。相反，他说今晚发生的不愉快都是他的错，他很抱歉。他背靠着车库门站着，他的脸在灯光里，我站在他面前，背对着灯光。有一刻他那么突然地抱住了我以至于我手中的烟挤到了他身后的车库门上。我知道为什么我们是在外面而不是在他家里，但直到我们两个之间没问题之前我都没有问他。然后他说，"我打电话给你时她不在这儿。她之后才回来的。"他说她在这儿的唯 原因是有 件事情在困扰她而他是她唯一能倾诉的人。然后他说，"你不明白，是吧？"

我试着弄明白。

所以他们去看了电影然后回到他家然后我打电话给他然后她走了然后他打来给我而且我们吵架了然后我打给他两次但他出去买啤酒了（他说的）然后我开车过去找他而与此同时他买完啤酒回来了而她也回来了并且在他的房间里所以我们只好在车库门边说话。但事实是什么？在我最后一次打电话和我来到他家这短暂的空当内他们两个人都回来了，这可能是事实吗？或者事实是他打电话给我时她是在外面或是在他的车库里或是在她的车里等着然后他又带她回去，然后我第二次和第三次打电话给他时他任由电话响着没有接，因为他已经受够了我，受够了争吵？或者事实是她确实走了又确实回来了但是他留在了家里没有接电话？或者他确实把她带回来了然后他出了门而她在家里等着并且听着电话响起来？最后一个是可能性最小的。无论如何我也不相信他出过门去买什么啤酒。

他并不总是对我说真话这一点让我不知道有时候他对我说的是不是真话，所以我会试着自己去弄清他对我说的是不是真话，有时候我能够弄明白他说的不是真的而有时候我不知道并且永远都不会知道，而有时候仅仅因为他一遍又一遍地对我说于是我就相信那是真话因为我不相信他会将一个谎话重复那么多遍。也许事实根本不重要，但我想要知道就好像这样我就能够就这样一些问题获得某种结论：他是否在生我的气，如果是的话，那么有多生气；他是否还爱着她，如果是的话，那么有多爱；他是否爱我，有多爱；他有多大的能力在行动中欺骗我，然后在行动后的讲述中欺骗我。

02

奥兰多太太
的
恐惧

奥兰多太太的世界是黑暗的。她知道她家里哪些东西是危险的：煤气灶、陡峭的楼梯、湿滑的浴缸、几处安装得很差的线路。对于外面哪些东西是危险的她也知道一些，但不全知道，她对于自己的无知感到很恐慌，于是总是热切地关注关于犯罪和灾难的信息。

虽然她做好了一切防范，但无论怎样防范都还是不够充分。她试着为突然袭来的饥饿感、寒冷、无聊、大出血做好准备。她总是随身携带创口贴、别针和一把刀。在车里，她放了很多东西，包括一段绳子和一把哨子，外加一本等她女儿时读的英国社会史，她的女儿总是要花很多时间购物。

总的来说她喜欢和男人在一起：他们能够提供保护，不仅因为他们体型更大，还因为他们看待世界时理性的态度。她欣赏审慎，尊敬那种会提前订座位的人，以及在回答她的问题前会思索片刻的人。她信奉请律师，并且觉得和律师说话更舒服，因为他们所说的每一个字都是受到法律认可的。不过她会叫她的女儿或是一个女朋友和她一起去市中心逛街,而不是一个人去。

在市中心,她曾经在一架电梯里被某个男人袭击。那是一个晚上,那个男人是黑人,她不熟悉那个街区。那时候她还比较年轻。她在拥挤的巴士上被非礼过几次。有一次,在咖啡店里,一场争执过后,一个激动的服务生往她的手上泼了咖啡。

在城市里她害怕坐上错误的地铁,但她不会向一个较低阶层的陌生人问路。她会经过许多正计划着不同犯罪行为的黑人。随便什么人都有可能抢劫她,连女人也是。

在家里时,她会和她女儿连打几个小时的电话,她所说的都是关于灾难的预感。她不喜欢表达满足感,因为她害怕那会毁掉一段好运气。如果她确实说了某件事进展得不错,说话的时候她会压低声音,而且说完以后她会敲敲放电话的桌子。[1]她的女儿们说得很少,因为她们知道她会从她们的话中发现什么噩兆。但她们说得少她又会担心有什么事情不对劲——要不就是她们的健康,要不就是她们的婚姻。

有一天她在电话里给她们讲了一个故事。她一个人在市中心购物。她走出车子,进了一家布料店。她看了看布料,但是什么也没买,虽然她装了几块布样到包里。人行道上有很多黑人在

---

[1] 在大部分西方国家都存在的一种迷信传统,认为人们在说出一件对自己有利的事时要通过敲木头来维持好运。——译者注(下同)

闲晃，他们搞得她很紧张。她走向她的车。她拿出钥匙，突然一只手从车底下伸出来抓住了她的脚踝。有人一直躺在车底下，现在他用他黑色的手抓住她穿丝袜的脚踝，用一种被身上车子闷住的声音命令她放下包走开。她照做了，尽管她都很难站稳。她在一栋大楼的外墙那儿等着，看着她的包，但它还在路沿那儿，并没有移动。有几个人瞟了瞟她。然后她走到车子旁，跪在路边往车底下看。她可以看见车外马路上的阳光，以及车底下的一些管道：没有人。她捡起包开车回家。

她的女儿们不相信她的故事。她们问她，为什么一个男人要在光天化日之下，做这么奇怪的事。她们指出他当时不可能就那样消失了，就那样消失得无影无踪。她对她们不相信她感到愤怒，她不喜欢她们说什么光天化日和无影无踪。

在她被人袭击脚踝的几天后，另一件让她不安的事发生了。一天晚上她开车前往沙滩旁边的一个停车场，这样她就可以坐在车里透过车窗看夕阳，她时不时会开车去那儿。然而，这天晚上，当她往海边的木板路上看时，她看到的不是她平常看到的平静而荒凉的海滩，而是看到一小团人围在一个像是躺在沙滩上的东西旁边。

她马上好奇起来，但她又有点想开车离开，既不看夕阳，也不去看沙滩上发生了什么事。她试着去想那可能是什么东西。它可能是某种动物，因为人们不会盯着一个不是活物或曾经是活物的东西看那么久。她想象那是一条大鱼。它必须很大，因为小鱼没有那么有趣，像水母这样也很小的东西同样不是那么有趣。她想象那是一只海豚，或是一条鲨鱼。也可能是一头海豹。它很可能已经死了，但也有可能正在死去，而这团人正在专注地看着它死去。

现在，奥兰多太太必须亲自去看看发生了什么。她拿起包走出车子，锁上车，跨过一道低矮的水泥墙，然后陷到了沙子里。她穿着高跟鞋，艰难地、缓慢地走在沙子里，双腿分得很开，她抓着她闪闪发光的坚硬的皮包包带，包剧烈地前后摆动。在海风的吹拂下，她的花裙子贴着大腿，裙摆在她的膝盖处欢快地飘荡，但她紧实的银色卷发却丝毫不动，她皱着眉头向前跋涉。

她走入人群中，往地下看。沙子上躺着的不是一条鱼或一头海豹，而是一个年轻男人。他笔直地躺着，双腿紧闭，双手放在身旁。他已经死了。有人用报纸盖住了他，但海风将报纸吹了起来，渐渐地它们被掀起来，滚过沙子，绊住了围观者的脚。最后，一个在奥兰多太太看起来像墨西哥人的黑皮肤男人用脚慢慢推开了最后一张报纸，现在所有人都能好好看清楚这个死去的人了。他英俊而纤瘦，他的皮肤是灰色的，有的地方开始显出了黄色。

奥兰多太太全神贯注地看着。她瞟了瞟周围的人，知道他们也都看得很忘我。一个溺水者。这是一个溺水者。甚至有可能是自杀。

她艰难地退出去。回到家后,她立刻打电话给她的女儿们,告诉她们她的见闻。她第一句话是说她在沙滩上看见了一个死人,一个溺水的男人,然后她从头开始告诉她们更多的情况。她的女儿们感到不安,因为每次她说这个故事时都变得极度兴奋。

接下来的几天,她都在家里待着。然后她突然出门去了一个朋友家。她告诉这个朋友她接到了一通下流的电话,那天晚上她就住在朋友家里。第二天回家时,她觉得有人闯进了她家,因为有些东西不见了。后来她在一些奇怪的地方找到了每一件东西,但她仍然无法甩掉那种曾有人闯入家里的感觉。

她坐在家里,一边为闯入者担惊受怕,一边留意着可能会出什么事。坐在家里的时候,尤其是晚上,她经常会听到奇怪的声响,她确信有小偷正躲在她的窗户底下。那么她必须走出去,从外面察看她的房子。她围着房子转,并没有看见什么小偷,于是又走了回来。但坐了半个小时她又感到她必须出去从外面察看她的房子。

她不停地进进出出,第二天她还是不停地进进出出。然后她就待在家里打电话,眼睛留心着门和窗,对奇怪的影子保持警觉,这之后的一段时间她不会出门,除了在大清早出去检查泥土上的脚印。

03

极限的：小人

———————

　　她躺在那儿试着睡觉，有一点光从街上透过窗帘进来，她计划着事情、回忆着事情，有时候只是听着声音、看着光与黑暗。她思索着她眼睛的开与合：眼睑抬起，展现一个场景与它全部的深度、光与黑暗，它们一直都在那儿尽管不被她看见，既然她没有看见那么它们对她来说什么都不是，然后她的眼睑又合上了，让所有的场景再次变得不被看见，眼睑随时可能抬起以展现场景，也随时可能合上以隐藏它，虽然经常，躺在无眠之中，闭着眼睛，她是那么的机敏，思维跑得那么快，以至于她的眼睛感觉像是在关闭的眼睑后大睁着，凸出来，呆滞无神，紧盯着什么，尽管只是紧盯着她黑暗的闭上的眼睑。

　　她的儿子跑过来，在她腿上放了三块很大的灰色贝壳，访客则坐在她附近的一张硬椅子上，伸出手拿起中间的那一块看——一块椭圆形的贝壳，有着白色的嘴唇。

抵达某种极限的时刻，当前面除了黑暗别无他物的时刻：一个不真实的事物过来给予帮助。另一点说明这一切近似疯狂：一个疯人，任何真实的事物都不能帮他从他的困境中走出来，他开始相信不真实的事物因为它会帮助他且他需要它，因为真实的事物依旧无法帮助他。

她的儿子在露台上用一块砖头一下又一下地砸一把塑料枪，把它砸成尖锐的碎片。在一个关着门的房间里电视正开着。另一个女人从房间里走出来，头发湿着，身上裹着毛巾，她突然大声对他说：这么干很坏，停止。她的儿子手握砖头站着，脸上带着恐惧。她说，我刚开始冥想，我还以为房子要塌下来。红色的塑料碎片在他脚边的彩色陶砖上闪耀。

是怎么回事：有时候一个想法会变成一个梦（她铺下一个长句子，然后她就在14街上铺下一长条黑色的马路沿），然后她的意识会说，但是等等，这不是真的，你开始做梦了，然后她会醒过来，想着思考和做梦的种种。有时候她已经醒着躺了很长一段时间，然后睡眠的触手终于落下来，让她身体的每个部分都同时变得很柔软；然后她的意识注意到这一点并醒了过来，因为它对于睡眠来得如此突然这一点很感兴趣。有时候是她的意识一开始就无法停止工作，并会持续几个小时，她会起床去做一杯热饮，那时不是那杯热饮起了作用,而是因为她采取了某种行动。有时候睡眠来得很容易,但几乎马上(她睡了大约十分钟)一个大声的或是小声却刺耳的噪音将她弄醒,她的心快速跳动着。一开始只有难言的愤怒,然后她的意识又开始运转。

她咳嗽着,头枕在三个枕头上,身边放着一杯热茶;或者另一天晚上,她的额头上盖着一块柔软的、化掉的破湿巾。

她和她的儿子一起睡在沙滩上;他们与水边相平行地躺着。薄片状的水拍打着沙滩,然后消退。人们移动着,在附近安顿下来,走过,海洋的声音提供了足够的寂静所以他们两个人能够平静地睡着,低沉的太阳照在男孩的脸上,沙粒粘在他的脖子上,一只蚂蚁爬过他的脸颊(他打了个颤,他的手松开又握紧),她的脸颊埋在柔软的略带灰色的沙子里,她的眼镜和帽子放在沙子上。

然后他们缓慢地爬上坡走回家,之后他们去了一家昏暗的酒吧吃晚饭(他儿子的头在光滑的木头桌面上垂着,像是快要睡着了),因为那黑暗、那拥挤、那嘈杂声、那吵闹声,他们好像将一部分噪音和黑暗也同食物一起吞了下去,当她走到外面街上的光和安静中时,她感到晕眩而困惑。

她躺在黑暗中，经历一系列复杂的翻身，希望抵达能够入睡的那个点。想要入睡总是很难。即使有些晚上最后发现也没有那么难，但因为她预期会很难并做了这种准备，所以可能还不如说它很难。

很久前的一天晚上，什么都做不了了。她躺在房间里哭泣。她朝向左边躺着，眼睛看着黑黑的窗户。她大约是八岁或九岁。她的左脸枕在一个旧枕套上，枕套套着一个小小的、依然散发出老人气味的旧枕头。在她身边，或者说贴着她且在她右臂之下压着的是她的毛绒大象，大象的绒毛磨损了，象牙折得东倒西歪。或者更有可能的是，今天晚上，枕头扔到了一边，大象扔到了一边，也许她是躺在她的右脸颊上，盯着从门下流过来的、照亮了地板的光，她放下一只手去感受流过地板的微风；这天晚上她期望门会再次打开，某种仁慈会降临，光会从门厅里涌进来，白色的光，在那白光里一个黑色的小人会进来。晚上母亲离开了，她离开去了一个很远的地方，虽然只是在门的另一边，当她打开门进来时，她径直走到小孩的身边，站在小孩身前时她看起来很高，光照着她的半边脸。但今晚小孩没有盯着门看，她的脸对着黑暗的窗户，她开始无望地哭泣。有人生气了；她做了一件不可挽回的事，今天晚上不可能得到原谅。没有人会进来，她无法出去。事情的终极性吓坏了她。那种感觉类似于觉得她会因此死去。然后他进来了，几乎是自愿地，虽然他并不是真实的，她想象出了他,他第一次进来,站在她的右肩前面,小、柔软、害羞,他是来告诉她她会没事,他在抵达极限的时刻成形,在那个时刻,她的前面除了黑暗空无一物。

她想这是一件没有结束的事情。这就是她无法入睡的原因。她无法说一天已经结束了。她感觉不到任何一天的结束。每一件事情都在继续。事情不仅没有结束,可能也没有做得足够好。

外面,一只知更鸟在唱歌,它经常换歌,大约十五秒钟换一次,就好像在试着唱一首歌的不同部分。她每天晚上都能听到它在唱,但只是时不时地,而不是每天晚上都会联想到一只夜莺,后者也经常在黑暗中唱歌。

知更鸟在唱歌,在它的声音之后是海洋的声音,有时是一种沉稳的哼唱,当一阵大浪撞落到沙子里时则会是一阵尖锐的拍击,不是每天晚上都会听到,只有当她在黑暗中醒着而潮水刚好很高的时候才会。她想如果她能有办法将某种平静注入她的体内,那么她就能够入睡,她试着将这种平静引入她自己的身体,就好像它是某种液体,这个方法起了作用,虽然时间并不长。这种平静,当它开始填充她时,好像是从她的脊柱那里出来的,脊柱的下半部分。但如果她不继续引入它,它就不会停在她的身体里,而她无法坚持那么久。

然后她问自己，做那一切又有什么帮助？于是小人回来了，站在她的右肩前面，这令她感到吃惊；他不再那么小，那么胖，那么谦逊（好多年过去了），而是充满一种忧郁的自信；他能够告诉她，虽然他并没有，但是他的存在告诉她，一切都好，她也很好，尽管其他人也许不会那么认为，但她已经尽了一切努力——而这些其他人也在这座房子的某处，在走廊边的某间房间，紧密地站成一排，或是两排，他们的脸骄傲、白，而又愤怒。

04

拆开来算

他坐在那儿，盯着眼前的一张纸。他试图拆开来算。他说：

我现在就拆开来算。票是600块，之后还有旅馆和食物之类的开销，就十天。就算80块一天吧，不，更接近100块。然后我们做了爱，就算平均一天一次吧。等于100块一次。每次大概持续了两到三个小时所以每小时约在33块到50块之间，这算挺贵的[1]。

不过当然这并不是全部，因为我们几乎整天都在一起。她会一直看着我而每一次她看着我都值点什么，她会对我笑而且不停地说着唱着，我说点什么，她会接着说，算是给我的一点小礼物，她的思绪会稍微偏离我但她仍在微笑，她会给我讲笑话，我爱她讲笑话但并不知道该怎么回应所以我只是对她笑并感到在她身边时反应迟钝，就是不够快。她说着话抚摸着我的肩膀和胳膊，她一直在抚摸我并且和我贴得很近。你们整天一直在一

---

[1] 计量单位是美元，并且故事写于20世纪80年代，以当时的物价来看确实是不小的数目。

起并且事情一直在发生，那些抚摸和微笑，它们叠加起来，累积起来，你知道你那天晚上会在哪儿，你在说话但时不时地你会想到它，不，你并不想它，你只是感到它就像某种目的地，在你离开那个你整晚所在的地方之后会发生什么，你对此很开心并且在计划着一切，不是在你的脑子里，说真的，而是在你身体中的某个地方，或者说浸透你的全身，这一切都叠加起来汇聚起来所以当你上床的时候你已完全失控，它是一场真正的表演，它全部倾泻出来，但是是缓慢地，你小心翼翼地直到你再也控制不住，或者说你整个过程中都在控制着，你控制着并且轻触一切事物的边缘，你在边缘行动直到你不得不跳下去结束这一切，而当你结束后，你虚弱得甚至都无法站立但是不久你就得去洗手间，你站在那儿，你的腿在颤抖，你扶着门框，从窗户那儿透过一点点光，你可以看见你进出的地方，但是你看不清楚那张床。

所以那并不能算100块一次因为它一整天都在延续，从你醒来感觉到她的身体在你身边开始，而且你什么都不会错过，在你身边的一切事物，她的胳膊，她的腿，她的肩膀，她的脸，那样的好皮肤，我曾经触摸过其他的好皮肤，但这样的皮肤只是其他什么东西的边缘，而你们将会开始，而不管你们怎样缠绕着对方的身体都显得不够，而当你的饥渴稍微平息下来一点之后你又会开始想你是多么爱她而这又会让你重新兴奋，而她的脸，你看着她的脸不敢相信你怎样走到这一步不敢相信你有多幸运并且这一切依然是一个惊喜并且不会停止，就算在这一切结束以后，它依然是一个惊喜。

所以这更像是你每天有足足 16 小时或 18 小时像这样持续下去，即使你和她不在一起的时候它也持续下去，离开她也是好的因为回到她身边的时候将会那么好，所以它仍在那儿，而在你离开后看着某条走过的街或某幅看过的画时你无法不感到它仍在你体内而前一天发生的几件事情本身并没有意义或者说如果不是因为你们在一起的话就没有什么意义，但是你无法忘记并且它一直都在你的体内，所以这就更接近，比方说，100 除以 16 等于 6 块 1 小时，这不算太多。

而且就连你在睡觉的时候它也真的仍在持续，虽然你有可能在梦到些别的什么，一幢楼房，可能是，我一直在做梦，几乎每天晚上，都会梦见那幢楼，因为我每天早上会花很多时间在这座旧石楼里所以当我闭上眼睛的时候我能看见那些阴凉的空间并且心中怀有那种宁静，我会看见地面上的砖和石拱和那空间，以及之间的空洞，这空洞就像一层黑色的边框，透过它我可以看见外面，一座花园，而那里也像是石头做的，因为它的阴凉和那灰色的影子，那种发亮的阴影，在沉到石拱后的夕阳照耀下发着光，而且还有那高高的屋顶，这一切一直都在我脑海里虽然直到我闭上眼睛前我都不知道它们的存在，我在睡觉而且我并没有梦见她但她一直都躺在我身边而且我晚上醒来足够多次所以记得她在那儿，并且注意到，比方说，她之前是平躺着的但现在是蜷曲在我身旁，我看着她闭着的眼睛，我想要亲吻她的睫毛，我想要用我的嘴唇去感受她柔软的皮肤，但我不想弄醒她，我不想看见她皱眉就好像在她的睡梦中她忘记了我是谁而只是感到有什么东西在烦扰她所以我只是看着她并努力抓住这一切，在我看着她睡觉并且有她在我身边而不是像她之后不在我身边的那些时刻，我想整夜都醒着只是为了继续感受这一切，但我不能，我又再次睡着，虽然我睡得很轻，依然试图抓住这一切。

但是它结束的时候还没有完，在这一切都结束之后它仍然继续下去，她像某种甜美的酒一样仍在你的体内，你被她充满，所有关于她的一切都似乎糅合进你的身体，她的气味，她的声音，她身体运动的方式，这一切都在你体内，至少在一段时间之内，然后你开始失去它，而我已经开始失去它，你对自己的虚弱感到害怕，因为你无法让她再回到你的身体而这一切都开始离开你的身体它更像在你的头脑而不是你的身体，那些画面一个一个回到你的面前而你看着它们，有一些停留的时间比别的长，你们一起在一个非常白而干净的地方，一间咖啡馆，一起吃早餐，那个地方是么白而以它为背景你能将她看得很清楚，她的蓝眼睛，她的微笑，她衣服的颜色，甚至是在她不抬头看你时读的报纸的字体，当她低头阅读时她头发的浅棕、红及金色，棕色的咖啡，棕色的面包卷，一切都映衬着那张白色的桌子和那些白色的盘子和银色的瓶罐银色的刀和匙羹，映衬着屋子里那些独坐桌前的困倦的人只偶有匙羹碰撞和杯盘相碰的叮咚声和人声低语的宁静她的声音偶尔变大和减小。这些画面来到你面前你只能希望它们不会太快干枯和失去生命虽然你知道它们会的而且你会忘记一部分发生过的事，因为你已经在想起那些你几乎忘了的小事。

我们躺在床上然后她问我，你看我胖吗？我有一点吃惊因为她看起来根本不担心那方面但我猜我认为她不担心只是我自己的臆测所以我告诉了她我所想的并且愚蠢地说她有一个非常漂亮的身体，说她的身体很完美，并且我的回答是真心的，但是她尖锐地说，那不是我问的问题，所以我不得不再一次回答她，回答她所问的问题。

有一天深夜她躺在我身边然后开始说话，她的气息在我耳边，她一直不停地说，说得越来越快，她不能停止，我爱极了这样，我感到她的那种生命力正流进我的体内，我自己的生命力是那么少，她的生命力，她的火焰，透过吹进我耳中的热气，正流入我的身体，而我只想要她在我身边永远不停地和我说话，这样我就会继续生活，像那样，我就可以继续生活，但没有她的话我不知道。

然后你忘记了其中的一些事，也许是其中的大多数，在最后，几乎是全部，你现在努力记住这一切以期永远都不会忘记，但是就连你太常想着它也会毁了它，虽然你无法不几乎每时每刻都想着它。

然后当这些画面开始离你而去时你开始问一些问题，一些小问题，它们停留在你脑中没有任何答案，比如为什么有一天晚上你上床的时候她要开着灯，但是第二天晚上灯是关着的，之后的一天晚上又是开着的但最后一天晚上又是关着的，为什么，还有其他问题，像那样困扰你的一些小问题。

然后终于这些画面离你而去只有这些没有答案的干燥的小问题停留在那儿而你体内只剩下这种巨大的沉重的痛苦，你试图用阅读来麻痹它，或是试图走到那些有人将你包围的公共场所去减轻它，但是不管你有多善于将这种痛苦赶走，就在你认为你这会儿应该没事，应该安全，你似乎在全力抵挡它并且你待在地下一个荒芜得令人麻木的地方，然后突然之间它们全部又回来了，你会听见一个声音，也许是猫叫声或是婴儿的哭声，或是其他像她的哭声那样的声音，你听见了而你体内某个你无法控制的地方建立起了这种联系于是那痛苦又剧烈地回来了，剧烈到让你害怕，害怕你将会重新坠回那里于是你在想，不，你惊恐地问你怎么可能爬出那里。

所以这就不只是它发生时的每一天的每一个小时，而是那之后的每一天的一个又一个小时，连续好几周，虽然是越来越少，所以如果你想的话你可以算出这个比例，也许六周之后你一天加起来只会想它一个小时，一天中时不时地想个几分钟，或是时不时地想几分钟然后在睡觉之前想半个小时，或是有时它会全部回来那么你会想着它于是半个晚上都醒着。

所以如果你把这一切都加起来，你每小时在上面只花了大约3块钱。

如果你要把那些糟糕的时候也算进去的话，我不知道。和她在一起从来没有过糟糕的时候，不过也许有一次吧，当我告诉她我爱她的时候。我无法抗拒，这是第一次像这样的事情发生了，现在我已经快要爱上她了或者完全爱上她了如果她让我爱她的话但是她不能或者我不能完全爱上她因为这一切将是那么短暂以及其他原因，所以我告诉了她，我一开始完全不知道该怎样告诉她她不必将这件事当成一个负担，我爱她这件事，或是她不用对我说同样的话，我告诉她只是因为我必须告诉她，就是这样，因为它在我身体内快要爆了，说出来远远不能表达我所感受的，事实上对于我所感受的我什么都说不出来因为我的感受那么多，语言无法承担这一切，做爱只会让事情变得更坏因为然后我会迫切地需要语言但是语言没有用，完全没有用，但不管怎样我告诉了她，我趴在她的身体上她的手放在头旁边然后我的手盖在她手上我们十指相扣，有点光从窗口透到她脸上但我几乎看不清她，我有点害怕说那句话但我不得不说因为我想让她知道，那是我们在一起的最后一个晚上，我必须那时告诉她不然我永远都不会再有机会，我就说了，在你去睡觉之前，我必须在你去睡觉之前告诉你我爱你，然后马上，就在我刚说完之后，她说，我也爱你，在我听起来好像她并不是真心的，但是问题是我永远也不会知道她是不是真心的，也许有一天她会告诉我她是不是真心的，但是现在我没有办法知道，我很后悔我那么做了，那是一个我不想引她进去的陷阱，我知道那是一个陷阱，因为如果她什么也没说我知道那样也会伤害我，因为那就好像她从我那儿拿走了什么东西她接受了它而没有回赠任何东西，所以她确实不得不，即便只是为了友善地对我，她不得不说她爱我，现在我不知道她是不是真心的。

另外一个糟糕的时候，或者那一次没有那么坏，但是也不算轻松，那是我不得不离开的时候，那个时刻正在临近，我已经开始颤抖并且感到空虚，在我的心中空无一物，在我的体内空无一物，没有什么可以让我站稳脚跟，然后那个时刻来了，一切就绪，而我必须走了，所以我们只想要吻一下对方，很快地吻一下，好像我们害怕这一吻后会发生什么，那时候她几乎是疯狂的，她把手伸向门上的一个钩，从上面取下了一件衬衣，一件蓝绿相间的衬衣，她把它放到我手上，让我带走，那柔软的布料满是她的味道，然后我们靠得很近站在那儿看着她手里的一张纸，我什么也没有错过，我紧紧地抓住这一切，那最后的一两分钟，因为就是那样了，我们已经走到了尽头，变化永远在发生，所以真的就是那样，结束了。

所以也许一切都不算坏，也许你在这件事里没有失去什么，我不知道，没有吧，真的，有时候当你想到它的时候你甚至觉得自己是个王子，你觉得自己就是一个国王，当然有一些时候你感到害怕，你害怕，不是所有时候但是时不时地，害怕它将给你带来的影响，而且现在你不知道你要拿它怎么办。

在离开的时候我回头看了一眼，那扇门还是开的，我可以看见她站在房间深重的阴影里面，其实我只能看见她白色的脸仍在望着我，以及她白色的手臂。

我猜到某一时刻你看着你的痛苦好像它就在你面前三尺远的地方躺在一个盒子里，一个打开的盒子，在某个橱窗里。它冷而硬，像一个金属块。你看着它然后说，好吧，我要了它，我买了它。就是那样。因为在你投入这件事情之前你就已经知道了这一切。你知道那痛苦是整个事情的一部分。而且不是说过后你可以说快乐要比痛苦多因此你会再来一遍。跟那个毫无关系。你无法衡量，因为痛苦是在快乐之后到来并且持续得要久得多。所以问题其实是，为什么那痛苦不会让你说，我永远都不会再做这件事了？那痛苦如此剧烈以至于你必须这么说，但是你不会说。

所以我在想着这件事，你怎么会带着600块，差不多是1000块走进去，然后怎么会带着一件旧衬衣出来。

05

伯道夫先生
的
德国之行

任务
*

为了学德语,伯道夫先生这一年和一个小职员及其家人一起住在科隆。这个任务构想得很糟,并且注定不会有好结果,因为他会将大部分时间都浪费在自省上,所以学不到什么德语。

处境
*

他带着极大的热情给他在美国的一个老同学写信,告诉他关于德国、科隆,以及他落脚的房子的事,他的有着挑高房顶的房间视野极佳,望出去就是对面山上的建筑工地。虽然他的处境对他来说是新奇的,但这种情况他其实已经经历过很多次了,并未获得什么惊人的结果。对于他的老同学来说,这一切听起来都再熟悉不过:充满杂物的房间,吵闹的房东太太,她笨手笨脚的女儿,他房间里的孤独。好心的语言教师,疲惫的学生,以及奇怪的城市街道。

怠惰

*

还没有建立好他想要的高效的生活秩序,伯道夫先生就陷入了怠惰之中。他无法集中精神。因为紧张他整天抽烟,但抽烟又让他头痛。他很难集中精力阅读语法书中的字句,当他付出巨大的努力终于搞懂了一个句法时,他也很少感觉获得了回报。

肝脏饺子

*

伯道夫先生发现自己在午饭时间之前就早早开始想着午饭的事。他坐在窗边抽烟。他已经能够闻到汤的味道。餐厅里的桌子上会盖着一层蕾丝桌布,但还没有布置就绪。

伯道夫先生往这个寄宿公寓小楼后面的建筑工地看。在一片裸露的土地上三架起重机弯腰、伸直、从一边转向另一边。一群小小的工人一动不动地站在最下面,手插着口袋。

汤会是稀而清的,里面漂着肝脏饺子,表面上漂着几点油星,一团升腾的热气底下盖着几丛欧芹。经常,用完汤会有一块小牛排,再之后是一块蛋糕。现在蛋糕正烤着,伯道夫先生已经闻到了它的味道。之前他听到的声音，起重机和推土机等重型机械在楼下碾磨的噪声现在被门外吸尘器的声音盖过了。然后吸尘器被转移到了别的地方。中午时分楼下的机器安静下来，一小会儿之后宁静又突然被打破了，伯道夫先生听到了房东太太的声音，楼下客厅里地板吱呀响动的声音，然后是餐具欢快的碰撞声。这些正是他等着听到的声音，他离开房间下楼吃午饭。

学习班

*

他的语言教师和善而风趣，班上的所有人都很愉快。让伯道夫先生感到放松的是，虽然他的理解水平很差，但他还不是班上最弱的。课上经常会有齐声朗读训练，他兴致勃勃地加入。他们饱含痛苦地学习的小故事给他带来了快乐：比如，卡尔和海尔格一起去观光游览，旅程结尾会有一个小小的意外，学生们用一阵阵欢笑声表达对这个故事的喜爱。

踌躇

*

伯道夫坐在一个小个子夏威夷女人旁边，在她带着极大的痛苦描述她的法国之行时，他用心地看着她的红色嘴唇。课上的同学努力说话时的那种踌躇是迷人的；当他们暴露自己的弱点时，他们的身上有一种新鲜的天真。

伯道夫先生陷入爱情

*

现在伯道夫先生感到夏威夷女人对他的吸引力越来越强了，而且她还移到了他正前面的位置上。每一堂课上他都盯着她漆黑的马尾辫、她窄窄的肩膀，以及她臀部的下部边缘看，它从椅子后面的开口处优雅地涨出来，离他的膝盖不过几英寸远。他渴望看到她优美地交叠着的双腿，在她挣扎着回答某个问题时她晃动的芭蕾舞鞋，她纤细的正在写字的手，它规律地划过纸页又划回去，从他的视线内消失。

他为她穿的衣服的颜色和她携带的东西感到着迷。每天晚上他都醒着躺在床上，梦想着帮助她走出某种严重的困境。每个梦都是一样的，而且都会在第一个吻前就戛然而止。

然而，他的爱比他以为的要更脆弱，在一个高大华贵的挪威女人加入课程的那天它就消逝了。

海伦的到来

*

在她走进教室，扭着屁股走到安静的学生中间时，她给伯道夫先生的感觉是既高贵又笨拙。她刚将臀部收进去以防撞到椅子这一边用来写字的托板，另一边就弄掉了一个艾克斯[1]女人的假发，弄得对方很生气。其他同学需要努力才能从她身边挤出去，但因为他们的椅子是三个一组固定在一起的，他们很难彼此协调好动作。海伦的脖子上和脸上慢慢升起了红晕。

海伦从伯道夫先生膝盖边挤过去然后在他身边的空椅子上坐下，这让伯道夫先生很高兴。她会带着歉意对他微笑，对整个班上的人也大体如此。多种温暖的气味混合在一起从她的腋窝、喉咙处和头发里飘出来，伯道夫先生立刻就忘记了前后一致、曲折变化、语气等问题，他看着老师时看到的只是海伦白色的睫毛。

伯道夫先生将海伦带到一座雕像后面

*

一整晚他们都在一座利奥波德·莫扎特的雕像后的湿草中挣扎，然后海伦就在他们第一次约会的晚上服从了伯道夫先生。如果说一开始将海伦带到公园里还不算太难的话，那么要把她的湿束身腰带从腰身上卷起来，然后，在所有的喘息和哼唧结束之后，说服她他们并没有被某个政府官员或是密友看见就要难得多。等她在那一点上放下心来之后，她还有一个问题要问伯道夫先生：他是否仍然尊敬她？

---

[1] 法国普罗旺斯地区的一个城市。

伯道夫先生看《唐豪瑟》

*

出于对海伦的爱，尽管不想，但伯道夫还是同意去科隆歌剧院看一场瓦格纳的歌剧。因为习惯了18世纪音乐的明晰，在第一幕中，伯道夫先生逐渐感到呼吸困难，害怕自己可能会在演出大厅顶部的这个硬座椅上晕倒。伯道夫受到的教育是严格的斯卡拉蒂式音乐进展，而他无法在当下听到的音乐中发现任何进展。在一个他认为十分武断的地方，第一幕结束了。

灯光亮起时，伯道夫先生仔细观察海伦的脸。她的嘴角挂着浅浅的笑意，额头和脸颊是湿润的，眼睛里闪着满足的光，就好像她刚刚恣意饱餐过一顿似的。相反，伯道夫先生却陷入了深深的感伤。

在之后的演出中，伯道夫先生的思绪四处游移。他试着计算剧院的座位数目，然后又开始研究穹顶上的壁画。时不时地他的目光会瞥到海伦搭在座椅上的强健的手臂，但他害怕惊扰她所以不敢去碰。

伯道夫先生与19世纪

*

他们的恋情深入下去，那时伯道夫先生听完了整个"指环"系列及《漂泊的荷兰人》，还有施特劳斯的一部交响诗，以及数不尽的布鲁赫小提琴协奏曲,此时伯道夫先生感到海伦将他带入了19世纪深处,而这个时期是他一直以来小心翼翼避开的。他为它的丰饶、它的华彩、它的女性感觉而震撼,之后,当他坐火车离开德国时,他想着那天晚上——这一晚对于他们恋情的进展十分重要——他和海伦在她来例假的时候做了爱。电台上正在播放舒曼的《曼弗雷德》。伯道夫先生抵达高潮时,海伦的血黏在他身上,他迷惑地感觉到在海伦的血、海伦本人以及19世纪之间有着某种深刻的关联。

总结

*

伯道夫先生来到德国。住在一幢出租公寓里,在那里他能看见建筑工地。期待着吃午饭。每天都吃得很好于是发了胖。他去上课,去博物馆,去露天啤酒店。喜欢听在露天演奏的弦乐四重奏,喜欢双臂放在金属桌面而脚下有鹅卵石的感觉。做关于女人的白日梦。爱上了海伦。这是一份困难而令人不适的爱。渐渐熟悉起来。海伦向他透露了她对瓦格纳歌剧的爱。不幸的是伯道夫先生偏爱斯卡拉蒂。对于海伦来说这难以理解。

海伦的孩子病了,她回到挪威的家中照顾他。她不确定她想不想继续自己的婚姻。伯道夫先生每天至少给她写一封信。她会在他回美国之前回来吗?她的回信都十分简短。伯道夫先生批评她的信写得短。她的信写得不那么频繁了，里面也不提任何伯道夫先生想听的内容。伯道夫先生结束了他的课程，准备回美国。在独自去巴黎的火车上，他望向窗外，感到虚弱而无力。海伦坐在她熟睡的孩子身边，凝望着卧室的窗口，想到了伯道夫先生，并因此感动地想到了之前的爱人们，以及他们的车。

06

她知道的

———

人们不知道她知道的,即她其实不是一个女人而是一个男人,经常是一个胖男人,但可能,更经常的,是一个老男人。她是一个老男人的事实让她很难做一个年轻女人。比如说,她很难去和一个年轻男人说话,尽管这个年轻男人显然对她感兴趣。她必须要问她自己,为什么这个年轻男人要和这个老男人调情呢?

07

鱼

———

她站在一条鱼面前,想着她今天犯下的某个不可挽回的错误。现在这条鱼已经被煮熟了,她独自一人面对着它。这条鱼是给她自己做的——房子里没有其他人。但她这一天非常不顺。她怎么可以吃掉这条正在一块大理石上冷却的鱼呢?而且这条鱼,同样地,这样一动不动地,被除了鳞,剔了骨,同样从没有像现在这样如此全然处于孤独之中:被以最终极的方式冒犯,被这个女人用厌倦的眼神这样看着,因为对它做了这件事,她犯下了一天当中最新的一个错误。

08

米尔德里德
和
双簧管

昨天晚上米尔德里德,我楼下的邻居,用一根双簧管自慰了。双簧管在她的阴道里尖叫着,呼啸着。米尔德里德呻吟着。后来,当我以为她结束了时,她开始大叫。我躺在床上看一本关于印度的书。我能感到她的快感穿过地板来到我的房间。当然对于我所听到的声音可能还有别的解释。或许进入米尔德里德的不是双簧管而是一个吹双簧管的人。又或许米尔德里德是在用某种像双簧管一样细长的乐器敲打她紧张兮兮的狗。

尖叫的米尔德里德住在我的楼下。三个来自康涅狄格州的女人住在我楼上。然后,客厅那一层住着一个女钢琴家和她的两个女儿,地下室里住着几个女同性恋。我是一个严肃的人,一个母亲,我喜欢很早上床睡觉——但在这栋楼里我怎么可能过一种正常的生活呢?这里就是一个阴道乱颤乱跳的马戏团:十三个阴道和一个阴茎,我的小儿子的。

09

老鼠

　　一开始一个诗人写了一个关于老鼠的故事，关于在月光下在雪地中，老鼠怎样试图躲在他的影子下，它怎样爬上他的袖子，他又怎样把它甩到雪地中，那时他还不知道是什么东西挂在了他的袖子上。他的猫在附近，她的影子映在雪地上，她在捉那只老鼠。一个女人躺在浴缸里读这个故事。她的一半头发是干的，另一半漂浮在浴缸的水中。她喜欢这个故事。

　　那天晚上她睡不着，她走进厨房去读同一个诗人的另外一本书。她坐在柜台前的一只高脚凳上。夜已经深了，夜晚很安静，虽然时不时地远处有火车经过，并会在过十字路口前鸣笛。有一只老鼠从一只锅下的灶台里面钻出来，往空气里嗅，虽然她知道它住在那里，但她还是很吃惊。它的脚就像小刺，耳朵出奇的大，一只眼闭着另一只眼睁开。它从灶台的托架中咬走了什么东西。她动了动，它闪了回去，她不动，过了一会儿它又出来了，当她又动了一下时它像一条断掉的皮筋一样闪回了灶台。早上四点钟，女人还在读书，有时候观察那只老鼠，虽然她还十分清醒，她还是合上了书回去睡觉。

早上一个男人坐在厨房里的一只高脚凳上，是同一只凳子，在厨台前，他把他们的小猫抱在怀里，用他粉红色的宽大的手握着她的脖子，手指抚摸着她的头顶，女人在他身后靠着他的后背站着，她的胸部被他的肩胛骨压平了，她的手环绕着他的胸膛，他们在厨台上放了一些面包屑来引诱老鼠，等着它盲目地出来，这样那只小猫就可以去抓它。

他们就这样待着，全然包裹在寂静中，近乎静止不动，只有男人温柔的指头抚摸过猫的头皮，女人偶尔把下巴抵到男人好闻而柔软的头发里又抬起来，还有猫的眼睛从一点到另一点快速转动。厨房里的一台发动机响了，煤气热水器突然闪出一道光，下面的高速路上有车辆迅疾驶过，路上有一个人在说话。但老鼠知道有人在外面所以一直不出来。猫饿得无法保持静止，她往前伸出了一只爪子，又伸出了另外一只，然后摆脱了男人轻握的手，跳上了厨台自己去吃那些面包。

当猫能够进入房子里或是被放进房子里时，她经常睡眼蒙眬地蜷在灶台边的厨台上，眼睛对着灶台处老鼠可能会出现的方向，但她的警觉也就到此为止，她半睡半醒着，就好像她只是喜欢处于这种状况中，试图猎取那只老鼠但又完全静止不动。更确切地说她是在陪伴着老鼠，老鼠在灶台里保持着警觉或是睡觉，猫在附近的外面。老鼠已经生了孩子，孩子也住在灶台里，猫也是，肚子里怀着孩子，她的乳头开始从她毛茸茸的肚皮上凸出来。

女人经常看着猫，有时候会想起另外一个故事。

女人和她的丈夫住在乡下一所空荡荡的大房子里。那房子里的房间是那么大，以至于家具都没入了那空荡荡的空间里。房子里没有地毯，窗帘很薄，冬天时窗玻璃很冷，日光和晚上的灯光冷而白，它照着光秃秃的地板和光秃秃的墙，但并没有改变房间里的黑暗。

房子的两边，在院子外面，是一排排的树。一片深而密的树林爬上山坡。山脚下有一个树林环绕的泥塘，水被铁路路基挡住了，路基上的路轨和枕木都已不见，土堆上长满了小树苗。另一排树较薄，连着一片草地，鹿会穿过树丛去草地上睡觉。冬天时女人能看见它们留在雪地上的脚印，找到它们从路上跳进去的地方。天冷的时候老鼠会开始从树林和草地中出来，跑进房子里，它们会穿过墙壁，在踢脚板下打架、吱吱叫着。女人和她的丈夫并不为老鼠感到心烦，除了不喜欢它们到处留下的粪便，但他们听说老鼠有时候会咬断墙壁上的电线，引起火灾，所以他们决定试着把它们清理掉。

女人从五金店买了一些捕鼠夹，它是由明亮的黄铜线和崭新的原木做成的，木头上漆着红色字母。五金店里的男人向她展示了怎样把它架起来。用它时很容易受伤，因为它的弹簧很强很紧。去架起它的人得是女人，因为她总是做这种事情的那个人。晚上睡觉之前，她小心地架起它，一直害怕会夹到手指。她把它放在一个她和他不太可能走到的地方，她担心他们早上进厨房时会忘了它在那儿。

他们上了床，女人醒着读书。她会一直读，直到男人足够清醒并抱怨灯还亮着。他总是在为什么事生气，当她在晚上读书时，是为了灯光。晚些时候她听到捕鼠夹的弹簧如子弹一般的声音，但她没有下楼，因为房子里很冷。早上她走进厨房，发现弹簧翻了下来，里面夹着一只老鼠，血弄脏了粉色的油毡。她以为老鼠已经死了，但当她移动鼠夹时她发现它并没有死。它开始在油毡上挣扎，尽管头还夹在弹簧里面。这时候她的丈夫进来了，他们都不知道该拿这只半死不活的老鼠怎么办。他们觉得最好是用一把锤子或是别的重物把它砸死，但是如果他们两人中间有一个人要去做这件事的话就得是她，而她没有那种心情。她弯着腰看着那老鼠，对于某种死掉或奄奄一息或残缺不全的东西的恐惧让她恶心、烦躁。他们两人都很兴奋，他们不时盯着它看，或是转开脸，在房间里走来走去。天空多云，似乎还要下雪，厨房里很白，没有留下阴影。

最终女人决定把它扔到外面，把它弄到外面，它就会在寒冷中死去。她拿起一个簸箕，把它推到捕鼠夹和老鼠底下，她拿着它快速走出木门走到阳台上，穿过阳台走出防风门走下楼梯，全程中她都在害怕它又会跳出来逃出簸箕。她走过那条坑坑点点的混凝土路,穿过车道,走到树林的边缘,将鼠夹和老鼠扔到冻结的雪上。她试着说服自己老鼠不会感到太多痛苦,而且反正它已经吓坏了;老鼠的感觉当然和一个头被夹在夹子下面、流着血、在白色的冻雪上冻死的人的感觉是不一样的。她不能肯定。然后她在想是否有什么动物会过来吃掉这只已经死去但却被寒冷保鲜了的老鼠。

他们后来没有去找那个鼠夹。仲冬时男人离开了,女人独自一人住在房子里。然后她搬去了城市里,房子租给了一个小学教师和他的妻子,一年后又卖给了一个城里来的律师。女人最后一次走进房子时,房子依然空而黑,家具摆在光秃秃的墙边,虽然这一次是不同的家具,但在那空荡的重压之下,它们同样有着一副挫败的面容。

10

信

她的情人躺在她身边,既然她已经提起这件事了他就问她是什么时候结束的。她告诉他那是大约一年前结束的然后她就不能再说了。他等了一会儿后问是怎么结束的,她告诉他结束得很激烈。他小心地说他想知道更多,他想知道关于她生活的一切,但如果她不想说他不勉强她。她把脸转过去稍稍偏离了他一些这样灯光就照在她闭着的眼睛上。她以为她想告诉他,但现在她无法告诉他因为她感觉到了她眼睑底下的泪水。她很惊讶因为这是她今天第二次哭了,而她已经好几个星期没有哭过了。

她无法告诉自己它确实已经结束了,虽然任何人都会说它结束了,因为他已经搬去了另外一个城市,已经一年多没有跟她联系,而且已经和另外一个女人结了婚。时不时地她会听到一些消息。有人收到一封他的信,消息是他差不多已经从他的财务困境中走出来了并且正在考虑创办一份杂志。在这之前,另外一个人有消息说他和那个后来与他结婚的女人一起住在市中心商业区。

他们没有电话,因为他们欠电话公司好多钱。在那些日子,电话公司会时不时打电话给她,客气地问她他在哪里。一个朋友告诉她他晚上在码头装海胆,早上四点钟才回家。这个朋友还告诉她他怎样为了换一大笔钱提出给某个寂寞的女人某样东西使得这个女人深感受辱与不悦。

在那之前,当他还在附近工作的时候,她会开车去见他,在加油站和他争吵,他在加油站办公室的日光灯下阅读福克纳,当他看见她进来的时候他会抬起头,眼中充满戒备。他们会在他招呼顾客的间隙争吵,在他给一辆车加油的时候她会思考接下去她要说什么。之后,在她不再去那儿以后,她会穿过整个城市寻找他的车。有一次,下着雨,一辆货车突然转向她的方向,她被靴子绊了一下踩进了一条沟里,那一刻她将自己看得很清楚:一个已近中年的女人穿着雨靴走在黑夜里寻找一辆白色的车,现在掉进了沟里,但她准备好继续往前走并且只要能在停车场看见那个男人的车就会满足,即便他在别的地方和另外一个女人在一起。那天晚上她一遍又一遍地绕着城走了很久,一遍又一遍地检查那同一个地方,想着在她从小镇的一端穿到另一端的那十五分钟他可能会开到了她十五分钟前离开的地方,但是她没有找到那辆车。

那是一辆白色的旧沃尔沃;它有着漂亮而柔和的曲线。她几乎每天都会看见别的旧沃尔沃,有一些是棕黄色或奶油色——接近他的车的颜色——而有一些就是他的车的颜色，白色，但是没有凹陷或没有锈损。它们的车牌号中从来没有字母K，而那些开车的人——总是只能看见轮廓——要么是女人要么是戴眼镜的男人要么就是头比他小的男人。

那个春天她在翻译一本书因为那是她唯一能做的事。每次当她停止打字拿起字典时他的脸就会从她和纸页之间的地方浮现出来于是那痛苦就再次沉入她的身体，而每次当她放下字典继续打字时他的脸和那痛苦就消失了。她在翻译上下了很多苦功夫，只是为了阻挡那痛苦。

在那之前，三月下旬时，在一间拥挤的酒吧里，他告诉了她那些她已预感到但却惧怕听到的话。她立刻失去了胃口，但他吃得很好并把她那份晚饭也吃了。他没钱付账所以她付了。晚饭后他说，也许十年以后吧。她说，也许五年以后吧，但他没有接她的话。

她在邮局停了一下去取一张支票。她要去一个地方而且已经晚了，但她需要这笔钱。在她的邮箱里她看见一个信封上有他的笔迹。尽管他的笔迹她非常熟悉，但也许因为她对它过分熟悉，她无法立刻认出那是谁的笔迹。当她认出那是谁的笔迹时，她在走回车子时一遍又一遍地大声咒骂。她一边骂的时候也在一边思考，然后她决定说这个信封里会有一张支票用来还掉部分他欠她的钱。他欠她三百多美元。如果他为这笔钱感到难为情的话，这就解释了他一年以来的沉默，而如果现在他有了一点钱寄还给她的话，这就解释了现在他要打破沉默这件事。她上了车，把钥匙插进引擎，然后打开了信封。里面没有支票，而且它也不是一封信而只是一首法文诗，他认真地把它抄了下来。诗以 compagnon de silence 结束。然后是他的名字。她没有读完它因为她要去见一些她不是很熟的人而且她已经晚了。一直到上高速路前她还在咒骂他。她很生气因为他给她寄了一封信，因为这封信立刻就让她很快乐，然后这种快乐又带回了那痛苦。她很生气还因为没有什么可以补偿她的痛苦。虽然当然很难称它是一封信，因为它只是一首诗而已，诗是用法文写成的，并且是别人写的。她还因为这首诗的性质而生气。她生气还因为尽管之后她会试图想办法回复，她立刻就知道根本就没有办法回复。她开始感到头晕、恶心。她沿着右手边的车道缓慢地开着，用力地掐她脖子上的皮肤直到那眩晕消失为止。

一整天她都和其他人在一起所以她没法再去看那封信。晚上，当她一个人的时候，她在做翻译，那是一首很难的散文诗。她的情人打电话给她，她告诉他那个翻译有多难但没有提那封信。结束工作之后，她非常仔细地打扫了房间。然后她把信从皮包里拿出来，上床去看她现在可以怎么理解那封信。

她首先研究了邮戳。上面的日期、上下午信息以及城市的名字都很清楚。然后她检查了地址上她的名字。他写她的姓的时候或许有点犹豫,因为在一个字母的拐弯处有一小点墨迹。他的地址写得不完全对,她的邮编被写错了。她看着他的名字,或者说他的首字母,写得非常漂亮的G,以及旁边他的姓。然后是他的地址,她在想为什么他会把回信地址写在信封上。他想要一封回信吗?更有可能的是他不确定她是否还住在这里,而如果她不在这儿了他希望他的信能退回他那里这样他就知道了。他的邮编和邮戳上的邮编是不一样的。他一定是从自己的街区以外的地方寄的这封信。他也是在家以外的地方写的这封信吗?在哪儿呢?

她打开信封,展开信,信纸干净而清新。现在她能够把信纸上到底有什么看得更清楚了。日期,五月十日,是在右上角用一个比其他字更小、更粗、更拥挤的字体写成的,就好像他是在另一个时间写的,要不就是在写其他东西之前,要不就是之后。他先写了日期,然后停下来思考,他的嘴唇紧闭着,又或者是寻找他将要摘录的那首诗的那本书——虽然后者的可能性更小,因为在他坐下来写信的时候书就应该已经在他面前准备好了。或者他想在他写完信之后再署日期。他读完一遍,再加上日期。现在她注意到他把她的名字放在了最上面,后面用了一个逗号,和诗底下他的名字对齐。日期,她的名字,逗号,然后是诗,然后是他的名字,句号。所以那首诗就是信。

看到了这一切以后,她更加仔细地读这首诗,她读了几遍。其中有一个词她认不出来。它是在一行的末尾所以她研究了诗的押韵机制发现那个词应该和 pures 押韵，单纯的（单纯的想法），所以那个她认不出来的词大概是 obscures，晦暗的（晦暗的花朵）。她还无法辨认这个八行诗节最后一行开头的两个单词。她研究了他书写其他首字母的方式发现这个首字母一定是 L，而这两个词一定是 La lune，月亮，慷慨或善良的月亮，aux insensés——对于疯狂的人来说。

她最初看到且在高速路上向北开时唯一记得的词是 compagnon de silence，寂静的伴侣，以及一个关于牵手的诗行，另一句是关于绿色的原野，在法语中是 prairies，月亮，还有在青苔上死去。她没有注意到她这次看到的，就是虽然他们已经死去了，或者说虽然诗中的两个人已经死去了，他们后来又见面了，nous nous retrouvions，我们又发现了对方，在上面，在某个 immense 的事物中，在某处，那一定是指天堂。他们都发现对方在哭。于是这首诗，或多或少，是这样结束的，我们发现对方在哭，亲爱的寂静的伴侣。她慢慢地检视着 retrouvions 这个词，为了确保它确实是这个词，确保这些字母拼出来确实是指再次找到对方。她那样专注地抓住这些字母以至于有一刻她能够感觉到她体内的一切，房间里的一切，以及直到那一刻为止她的生命，这一切一起聚集在她眼睛后面就好像它们全都依赖于一行字体向右边偏去的字以及另外一行字体像她希望的那样圆的字一样。如果那个词无疑就是 retrouvions，而看起来确实是那样的，那么她能够相信他仍然在想着，尽管在八百公里以外，十年以后他们还是可能的，或者是五年以后，或者，既然一年已经过去了，就是九年或者四年以后。

但她对于诗中关于死亡的部分感到担心：它的意思可以是他并不真的希望再见到她，既然，毕竟，他们已经死了。或者那个时间将会像一生那么长。或者这首诗是他能够在其中找到他关于伴侣、寂静、哭泣，以及事物的了结的最切近的东西，但它并不完全代表他心里所想的；或者他在看一本法语诗集时正好看到了这首诗，在某个瞬间因此想到了她，受到了感动所以要把它寄出来，然后不带什么清晰的动机就很快把它寄了出来。

她把信折了回去，放回信封，把它放在她的胸口，一只手放在上面，闭上眼，过了一会儿，在灯依然开着的情况下，开始瞌睡。半梦半醒中，她想着某种带着他的气味的东西仍在信纸中于是她醒了过来。她把信从信封中拿了出来，打开它，使劲地嗅闻着纸页下方宽阔的白色边缘。然后是那封信，她想她能够从中闻到一些什么，虽然她很可能只是闻到了墨水的味道。

11

一个人生的摘要

童年
*

我是在小提琴工厂长大的,在我和我的兄弟姐妹们吵架时我们甚至会用小提琴互相打架。

如果你想到什么事情,就去做
*

很多人经常想,"我想去做这个,或那个。"

日本诗人一茶
*

小时候我被教导背诵日本诗人一茶的俳句,我从来不曾忘记它们。

啊,我的家乡,

他们从前做的饺子,

还有,春天的雪。[1]

大人们

*

我很爱小孩。但我也爱大人,因为我对他们有一种极大的同情——"毕竟,这些人也一定会死。"

与托尔斯泰的相遇

*

有一天,和往常一样,我去了我父亲的小提琴工厂,那里雇了一千个人。我走进办公室,发现了一台英文打字机,开始敲击键盘。

正在这时出口部的主管走了进来。"镇一先生!"

我谎称我没怎么碰键盘。

"我知道。"他轻描淡写地答道。

懦夫,我心想。我为什么要掩饰呢?

我去了一家书店,心中充满了对自己的愤怒。命运把我引到了一本托尔斯泰的《日记》前。我随意地翻开了它。"欺骗自己

---

[1] 根据英文转译。

比欺骗别人更坏。"这些尖锐的词句刺穿了我的脏腑。

几年以后，在我二十三岁时，我去了德国留学，那本书被我装在口袋里带了过去。

一个小插曲

*

接着是一个自我表扬的小插曲。

我那时深受托尔斯泰的影响。

那是 1919 年。那年早春我意外收到了一封信，邀请我去参加一个生物学的海上考察团。考察团的船上共有三十人。

那时我和我的小提琴难舍难分。它已经变成了我的一部分。

我们的船绕着小岛航行。当我们在沙滩上并肩而行时，我们发现一个峭壁的高处长着一丛奇特的红蓝色的苔藓。

"我很想要弄一点那个苔藓。"江本教授说，他焦虑地向上看着。

"我从那儿给你弄一点。"我吹牛说，我从一个同伴那里借了一把小铲子。

结果那苔藓的位置比想象中的高得多。天哪！我想。

在整个考察团的众目睽睽之下，我扔掉了铲子。

"哦，真是奇迹！"他们叫道。

我听着他们的赞美，在心里发誓我再也不会做这样的傻事。

我理解了艺术的真谛

*

艺术不在什么遥远的地方。

爱因斯坦博士是我的监护人

*

我在一个灰头发的寡妇和她的老用人家里住了下来。房东太太和用人两人的听力都很差,所以不管我练琴有多吵她们都不会抱怨。

"我无法继续照顾你了,"M博士,一个医学教授说,"所以我请我的一位朋友来关照你。"结果这位朋友是阿尔伯特·爱因斯坦博士,他后来创立了相对论。

拉得太好的大师

*

爱因斯坦的拿手好戏,例如巴赫的《恰空》,是无与伦比的。虽然我试着拉得轻松、毫不用力,但和他的演奏相比,我本人的听上去就像一种持续的挣扎。

"人们都是一样的，夫人"

*

在一次晚宴上，一位老妇人很惊讶一个日本人怎么会那样拉小提琴，他传达出了布鲁赫身上的德国性。

短暂休息后，爱因斯坦博士说，"人们都是一样的，夫人。"我极受感动。

我现在感觉就好像我直接受到莫扎特的掌控

*

那天晚上的整个节目单都是莫扎特。在演奏《单簧管五重奏》时，有一件在我身上从未发生过的事情发生了：我失去了对自己手臂的控制。演奏结束之后我试着鼓掌。血液在我的体内燃烧。

那天晚上我完全无法入睡。莫扎特向我展示了一种不朽的光，我现在感到就好像我直接受到莫扎特的掌控。他不仅通过小调而且通过大调来表达他的悲伤。生与死：自然中的无法逃脱之事。我被爱的喜悦所充满，放弃了悲伤。

干得好，年轻人

*

我做着我想做的事。

我父亲握着筷子的手停在空中,他看着我,眼睛里闪着光。"干得好,镇一!"

12

房屋平面图

这片土地从路边伸向我，路沿着土地上面的山脚延伸，我立刻就想买下它。要是中介提起它的缺点，那一刻我也听不进他的话。我被我所见的美麻痹了：一条狭长山谷中血红色的葡萄园，被夏末的雨水半淹过；远处，黄色的田野中长满了野草和蓟，一片森林覆盖着后面的山坡；山谷中间，田野上面，是一处农舍的废墟：一棵桑树从花园残破的石墙中长出来，近处，一棵古老的梨树在棕色的、满是腐烂果实的草地上投下一道阴影。

中介靠在车边，他说："有一个房间没人动过。里面很脏。他们在里面养了好多年动物。"我们走向那座房子。

地板上满是动物粪便。我感觉到风从石头缝中穿进来，我看见阳光从高高的房顶上漏进来。这些都没有让我退缩。我当天就请他们拟好合约。

这么多年来，我一直盼着能找到一块地在上面盖房子，有时候我觉得这是我被带到这个世界的唯一理由。当这个渴望从我的心里长出来后，我投入所有的精力去满足它：离开学校后我马上找到了一份工作，它累人而又枯燥，但随着我的责任渐增，我有了越来越多的钱。为了尽量少花钱，我的生活过得很平静，我尽量不交朋友，不享受生活。许多年后，我存下了足够多的钱，辞掉工作开始找地。地产中介开车带我去往一个又一个物业。我看了好多块地，我变得困惑，不再清楚自己到底在找什么。当这片山谷最终呈现在我眼底时，我感觉自己被免除了那痛苦的重负。

当夏日的温暖洒满土地时，住在我宏伟的、满是黑煤灰的房子里，我感到满足。我将它清理干净，为它填满家具，在一个角落里放上一个画架，我在那里为重建房子画平面图。从工作中抬起头时，我看到阳光照在橄榄树上，引诱我出门。我走过房子边的草地，用一个毕生都住在城里的男人疲倦而饱含期待的眼睛观察着，看着喜鹊穿过百里香，蜥蜴消失在墙缝中。刮大风的天气里，我窗前的柏树被大风吹弯了腰。

然后秋天的冷风吹来，猎人们在我的房子附近蛰伏。他们来复枪的枪声让我充满恐惧。附近污水处理厂的管道破裂了，空气中充斥着一股恶臭。我在壁炉里生了火，但房间里从来不够暖。

有一天我的窗户边出现了一个年轻猎人的黑影。这个男人穿着皮衣，背着一把来复枪。他看了我一会儿，然后来到门前，不敲门就走了进来。他站在门下的阴影里，盯着我看。他的眼睛是混浊的蓝色，皮肤从略带红色的胡子下露出来。我立马认定他是个智障，并且感到害怕。他什么也没做：盯着房间看了一圈以后，他带上房门走开了。

我心中充满了愤怒。这个男人就好像是在动物园里闲庭信步，他来到我的石头小笼，无礼地审视我。盛怒中我在房间里走来走去。但一个人待在那乡间，我感到孤独，他唤醒了我的好奇。几天以后，我开始渴望能见到他。

他又来了，这一天在门边他没有迟疑，而是直接走了进来，他在一把椅子上坐下，开口对我说话。我听不懂他的乡村口音。他一句话重复说了两遍、三遍，但我还是只能猜测他是什么意思。当我试着回答他时，他也听不懂我的城市口音。我放弃了，给他倒了一杯酒。他拒绝了。他以一种怪异的方式从椅子上站起来，开始大胆地近距离检视我的东西。他从墙边的书架开始，墙上挂满了我喜欢的房子的照片，有些是在孚日广场[1]那儿的，有些是在蒙帕纳斯区[2]后面的贫民区。最后他来到我的画架旁边，突然停下，手停留在半空中，像是在等待神启。他花了好久才弄懂我正在一笔一画地规划一栋房子这件事，当他终于懂了时，他开始用手指隔着几英寸远划过蓝图上每间房间的外墙。当他终于检视完并划过每一道线之后，他闭着嘴巴对我微笑，眼睛望向一边，笑容中带着一种我无法理解的诡异，然后他突然离开了我。

---

1 Place des Vosges，法国巴黎最古老的广场，位于玛莱区。
2 巴黎左岸的一个街区，位于第 14 区。

我再一次感到愤怒，因为我感觉他入侵了我的房间，偷走了我的秘密。但愤怒平息之后我又希望他回来。第二天他来了，几天之后他又来了一次，虽然当时风很大。我开始期待他，盼望着他的来访。他早上很早就去打猎，每周会去几次，打完猎后，他会从田野中走过来，那时太阳开始浸染白色的土地。他的脸上闪着光，他的身上充满着无法抑制的能量：每隔几分钟他就会从椅子上跳起来，他会踱着步子到门口向外望，又走回房间中间，不成调地吹着口哨并再次坐下。渐渐地这能量会消退，当它退尽时，他就会离开。他从未接受过任何吃的或喝的，而且他似乎很惊讶我会请他吃东西或喝东西，就好像分享饮食是一种极为亲密的举动。

我们的交流并没有变得更容易，但我们找到了越来越多一起做的事情。他帮我补好了墙上的缝隙，往壁炉里堆满木头，让我可以更好地过冬。干完活之后，我们会走到田野和森林里去。我的朋友向我展示了他喜欢去看的地方——一个山楂丛、一个兔子洞、山坡上的一个洞穴——虽然我只有一个地方可以展示给他，但他似乎就和我一样，觉得那地方神秘而又引人入胜。

每次他来看我时，我们都会首先去看我的规划图，我在上面又加了一个房间，或是加大了书房的面积。我总是有新东西给他看，因为我一直没有完成对方案的改进，我几乎每个小时都在改进它。现在，他有时会拿起我的铅笔，笨拙地往里面加上什么我绝对想不到的东西：一间熏制室，或是一间根类蔬菜储藏窖。

然而，造房计划带来的激动以及友谊带来的快乐蒙蔽了我，让我看不清一个可怕的事实：我在这块土地上住得越久，任时间从手上溜走，修建房子的可能性就越小。我的钱一点点流走，我的梦想也随之而去。村子附近一个市场都没有，因此食物的价格是城市里的两倍。虽然我很瘦，但我吃得一点也不少。在这里，好的石匠和木匠既稀少，工钱又贵，就连差的也是：雇几个月石匠和木匠，我就剩不下什么钱维持之后的生活了。明白这些后我并没有放弃，但对于这些困扰我的问题，我也并没有答案。

一开始，规划图占据了我全部的时间和精力，因为我要依据它盖房子。渐渐地，规划图变得比房子本身还要生动：我会花越来越多时间想象那些铅笔线条，它们会随着我的意志而移动。但如果我坦白承认盖这座房子已经没有希望了，那么规划图就失去了意义。所以我继续相信我会盖这座房子，与此同时，盖房子的可能性就在我的信念之下稳步地销蚀了。

更令人气馁的是，在村子的外围，每隔几个月都会有一批新房子起来。我买下这块地的时候，山谷中唯一的建筑就是那些田间小石屋——它们蹲伏在犁过的农田中间，外面就和里面一样黑，地面就是裸露的泥土。签下协议后，我回到家，满意地站在那儿，目光越过几英亩废弃的葡萄园和杂草丛生的农田，望向地平线，远处的村庄坐落在一处小山上，房子像城堡一样叠起来，山顶上则围聚着教堂尖顶。现在,这片田野上到处都是红色泥土的伤痕,几个星期之后就会有一座房子像痂一样从上面冒出来。田野没有足够的时间来吸收这些变化:一座房子还没有盖好,人们就到处砍倒橡树,为建新房子做准备。

看着某座房子被建起时,我心中的恐惧和疑虑尤为强烈,因为它到我家走路不过几分钟。它起来的速度让我震惊,似乎是对我的处境的一种嘲笑。房子很丑,有着粉色的外墙和廉价的铁制窗格架。当它建成,而最后一株小树也在旁边的尘土中种下以后,房子的主人从城里开车过来,在那儿过了万圣节。他们坐在阳台上,望着山谷,就好像坐在歌剧院的包厢里一样。在那之后,只要天气条件允许他们就会开车来过周末,让收音机的噪声充斥乡间。我从我的窗户里忧郁地看着他们。

最坏的是很快我的朋友周末时就不来看我了。我知道他被我的邻居们吸引过去了。我能从远处看到他安静地站在他们院子里的人群中。我感到极度痛苦。最后我不得不承认我的处境很惨淡。我开始想到我应该把地卖掉,在别的地方重新开始。

我以为我这块地能在其他城里人那里卖个好价钱。但当我去找我的房产中介时,他直白地告诉我,因为旁边有一个垃圾处理场而且我的房子没法住人,我的地产几乎没法卖出去。他接着说,唯一可能感兴趣的人是我的邻居们,事实上他们从一开始就很讨厌我的存在,为了摆脱我,他们愿意出很低的价钱买下我的地。他们肯定地告诉中介，我的房子很碍眼，让他们在朋友面前感到难堪。我很吃惊。当然，我最坚定的想法是，我绝不会把地卖给邻居。我绝不会让他们得逞。我转头离开中介，一句话也没说就走了。当我站在门槛上思考时，我听见他走进另外一间屋子对他的妻子说了点什么，还大声地笑了。这是我生命中的一个低点。

几个星期以后，我的朋友完全不来了，也没有一句解释的话，我的心中满是苦涩。我陷入了深刻的抑郁，我决定我要放弃建房子的想法，回到城里继续从前的工作。公司的主管们还是没有找到第二个能忍受那么长工作时间、尽心尽力地处理那些没完没了的麻烦事的人。他们已经几次写信请我回去，并且许诺给我加薪。要溜回过去的生活轻而易举，我想；而在乡间的这段日子不过是一个漫长的假期。我甚至一度说服自己我想念城市生活，想念我在办公室里的那几个熟人，他们会在一些特别烦人的工作日结束时请我喝酒。我让中介给邻居们报价，并试着告诉自己我做了一个正确的决定。但我内心深处不想搬走，在我收拾好东西，最后一次走过我狭小的地盘时，我感觉我不再是原来的那个我了。

我的行李沐浴在大门外的阳光下，我看到我叫的出租车正朝我颠簸而来，我马上就要离开了，但这时我突然想到我走得可能太匆忙了。我这样不说一个字就离开那个一度是朋友的年轻人是不对的，虽然我还不知道他的名字。我付了出租车司机钱，让他第二天早上同一时间来接我。他疑惑地看了我一眼，又原路开了回去。灰尘在他的身后扬起来，又沉降下去。我把行李拎了回去，坐了下来。我想了一会儿怎样可以找到我的朋友，但我意识到自己当然很傻，在这充满敌意的地方多待一天毫无意义，我不可能找到他。主管们发现我没在办公室时会很生气，他们会担心我，试图联系到我，当他们联系不到我时他们会很迷惑。早晨逐渐过去了，我变得越来越不安，对自己越来越生气，我觉得自己犯了一个严重的错误。想到第二天会像我计划的那样展开，最终这一天会好像没有存在过一样，我才稍感安慰。

在这个漫长而炎热的下午，小鸟在荆棘丛中飞舞，地上升起一股甜甜的味道。天上没有一丝云，太阳在地上投下黑色的阴影。我穿着西装坐在墙边，但土地的美丽并未触动我。我的思绪留在城里，被困在乡间让我恼火。晚饭时家里什么吃的也没有，但我不愿意走到村子里去。入睡前，我在床上又冷又饿地躺了几个小时。

日出前我就醒来了。我饿得就好像胃里装了石头，盼望着能在火车站吃点早餐。窗外的一切都是黑色的。开始有风吹动树叶，在黑色的树丛后面，天空开始泛白。渐渐地树叶上开始有了颜色。在森林里，在房子的附近，鸟儿在四面唱歌、飞舞。我用心倾听着。当阳光照到树丛上时，我走到外面坐了下来。终于等到出租车时,我的心里却极度平静,以至于无法说服自己离开。司机说了一些恶言恶语后便开走了。

一整个早上和下午我都穿着西装坐在外面,和前一天同样地坐着,但我不再感到不耐烦,或是焦虑地想要去往别处。我全神贯注地看着从我面前经过的一切——鸟儿消失在树丛中,虫子在石头边爬行——就好像我是隐形的,就好像我是在不在场的情况下看着这一切。又或者,因为我身在我不该在的地方,在一个没有人期待我在的地方,我只不过是我自己的一个影子,落后了那么一刻,被困在阳光里;很快,绳子会被收紧,我将会离开,飞去寻找我自己:但此刻,我是自由的。

到晚上我都不觉得饿。我的脑袋因满足而感到晕眩,我依然一动不动地坐着,等待着。最终寒冷和夜色将我赶回了屋内,我躺在床上,做了一些恐怖的梦。

第二天早上,我看到最近的田野远端有一个人影,正在缓慢地向我走来。我感觉好像眼睛里一个长期存在的空洞被填满了。虽然我并未意识到,但其实我一直在等着我的朋友。看着他时,我发现他不自然地犹豫着,这让我害怕:他在犁沟间来回走着,鼻子朝上,像一只西班牙猎犬一样嗅闻着空气,而且好像对自己正去往何处毫无概念。我开始朝他的方向走,当我离得近了些时我发现他的额头上缠着绷带,他的脸色是一种难看的灰色。当我走到他身边时他很迷惑,盯着我就好像我是一个陌生人。我搀起他的手,扶着他走出田野。走到家后,他把我推到一边,躺到了我的床上。他筋疲力尽,全身颤抖。他掉了好多肉,双颊凹陷了下去,两只手就像鸟爪。他的目光灼热狂乱,慌乱之中我想去村子里叫医生来。不过,等他的呼吸恢复过来时,他开始平静地说话了。他长久地解释着什么,但我只是坐在床边半懂不懂地听着。他挥舞着手臂,我终于意识到他是在打猎时遇到了意外。在我苦涩地责怪他的那几个星期,他一直都躺在某个医院里。

他继续说着,但我却很难专心听他说话。我开始变得不安和不耐烦。过了一会儿我再也无法忍耐下去了。我站起身,步伐僵硬地在房间里走来走去。最终他停了下来,指向房间一角的一个窗户底下。我不懂他的意思,因为那儿除了窗户什么也没有。然后我意识到他指的是那个被拆下来的画板,我意识到他想要看我的规划图。我取下规划图递给了他。但他还是不满意。我在口袋里找到一支铅笔递给他。他开始在规划图上描画。过了一小会儿他就画满了整张纸,复杂的图形一直延伸到它的边缘。我站在他身前盯着规划图看,最后我在其中发现了一座塔,并在那团混乱的线条中发现了某个可能是门厅的东西。在他画满整张纸后我又递给他更多的纸,他又继续画下去。他的手一直没有停下过,他画下的东西极为复杂,就好像那是在许多个孤独的日子里仔细构想、规划过的一样。等他累得连铅笔都拿不动了时,他睡着了。傍晚我离开了他,到村子里去买食物。

穿过田野回家时，我看着那片红色的风景，感觉十分熟悉，就好像在我发现它很久之前它就是我的一样。要离开它的想法在我看来毫无道理。几天之内，我的愤怒和失望就退去了，现在，就像最初一样，每件事物在我眼中就好像一张壳或外皮，它即将脱落，呈现出完美的果实。虽然我很累，但我的思绪却极速向前：我清空了房前的一块地，在那里建起了一个牛棚；我在里面养了花白的母牛，母鸡在地上紧张地跑着；我在地周围种上了一圈柏树，将邻居们的房子挡在视线之外；我拆掉了废墙，用拆下来的石头建起了我的庄园，完工时，我看着眼前的壮观景象，想着我的邻居看到它时会有多么嫉妒。我的梦想会像最初设想的那样被实现。

我可能是疯了。事情很可能不会像那样发展。但当我跟跟跄跄、一脚深一脚浅地走在田野中时，我是那么快乐，我不会想到我的挫败和失望随时又会回来，就像一群蝗虫那样覆盖天空，降临到我身上。这个夜晚很宁静，光线顺滑而柔软，土地沉睡着，在遥远的地面上，我，是那唯一移动的生物。

13

妹夫

　　他如此安静，如此瘦小，就好像根本不存在。那个妹夫。是谁的妹夫他们不知道。或是他从哪里来，或是他是否会离开。

　　他们猜不出他晚上在哪里睡觉，尽管他们会去寻找沙发的凹陷或浴巾中混乱的迹象。他什么气味也不留下。

　　他不流血，不哭泣，不流汗。他是干燥的。他的尿液离开他的阴茎时甚至都好像先于离开他的身体就进入马桶，就像一发离开手枪的子弹。

　　他们很少看见他：要是他们走进哪个房间，他会像影子一样消失不见，滑过门框，溜出窗沿。他们唯一能听到的是他的呼吸声，即便那时他们也不能确定那是否不过是外面树林中吹来的一阵微风。

　　他也无法付他们钱。他每周都会留下钱，但等他们用自己缓慢而吵闹的方式进入房间时，那钱就成了他们祖母的大盘子上一团银绿色的雾，等到他们伸手去够时，它就不见了。

但他也几乎不花费他们一分钱。他们都不知道他是否吃东西，因为他拿得那么少，少到对他们来说可以忽略不计，他们都吃得很多。晚上他会从某地冒出来，溜进厨房里，他白白的、骨节分明的手里拿着一把锋利的剃刀，从肉、坚果和面包上削下薄片，直到他那像纸一样薄的盘子对他来说过于沉重。他往杯子里倒牛奶，但那杯子那么小，装的不过是一两盎司的东西。

他吃饭时不声不响，很显然，他也不会让东西从嘴角流出来。在他用来擦嘴的纸巾上不会留下痕迹。他的盘中不存在残渣，他的餐垫上没有食物碎屑，他的杯子里不会留下牛奶的白色印痕。

他可能会待好多年，如果不是因为一个冬天对他来说过于寒冷了的话。他无法忍受那寒冷，并开始消融。他们有很长一段时间都不知道他是否仍住在这里。他们不可能确切知道这一点。但在初春时他们打扫了一间客房，几乎可以肯定，他在此住过，但原来他所在的地方现在不过是一团汽。他们把他从床垫上抖掉，从地板上扫掉，从窗玻璃上擦掉，却根本不知道自己做了什么。

14

W. H. 奥登怎样
在一个
朋友家过夜

———————

他是唯一醒着的人,房子里很安静,街上黑着,寒冷从他的被子上压过来,他不愿惊扰主人,于是,首先,他像胎儿那样蜷缩着,在床垫中寻找一个温暖的下凹处……

然后他在房间里蹑手蹑脚地走动,寻找着一把能站上去的椅子,他摇摇晃晃地去够窗帘,将窗帘盖在床上其他被子上面……

对于压在他身上的新重量他感到满意,然后是他平静的睡眠……

另一次,这个睡不着的客人,还是感到寒冷且在房间里找不到窗帘,为了同样的原因偷溜出去拿走了走廊里的地毯,在昏暗的走廊里又折又拉……

地毯的重量怎样像一只沉重的手一样搭在他身上,灰尘怎样堵塞他的鼻孔,但这些都不算什么,比起地毯怎样遏制了他的不安……

15

母亲们

每个人在某地都有一个母亲。有一位母亲在和我们一起吃晚饭。她是一个小个子女人,戴着厚厚的眼镜,镜片厚到她转过头时看上去就像是黑色的。然后,女主人的母亲在我们吃饭时打来电话。女主人为此离开桌子的时间比我们预期得要长。这个母亲可能在纽约。谈话间提到了某位客人的母亲:这个母亲在俄勒冈,我们几乎都对这个州一无所知,不过有人以前有一个亲戚住在那里。晚饭后,在车上,一个编舞师被提到了。这天晚上他就住在这个镇子里,事实上,他是在去看他母亲的路上,他的母亲也住在一个别的州。

母亲们,在被邀请去吃晚饭时吃得很好,就像小孩子,但却好像心不在焉。她们经常不能理解我们所做的和所说的。而且经常,她们只在话题转向我们小时候时加入谈话;或者她们会在别人不需要被迁就时做出迁就；笑着并且被误解。但我们经常去看望母亲，经常和她们谈话，即便仅仅是在节日里。她们为我们吃苦受累，而这也常常是在我们看不见的地方发生的。

16

在一所被围困
的
房子里

在一所被围困的房子里住着一个男人和一个女人。男人和女人在厨房里蜷缩着,并听到了轻微的爆炸声。"是风",女人说。"是猎人",男人说。"是雨",女人说。"是军队",男人说。女人想要回家,但她已经在家里了,在这乡下的深处一所被围困的房子里。

17

看望她丈夫

她和她丈夫都很紧张,以至于整个谈话过程中他们不停地去厕所,关上门,使用马桶。然后他们出来点上一根烟。他进去撒尿忘记放下马桶盖然后她进去放下马桶盖再撒尿。下午快结束时,他们不再讨论离婚这件事,转而开始喝酒。他喝威士忌,她喝啤酒。在她要离开去赶火车的时候他已经喝得太多,他最后一次去洗手间撒尿而且连门都没有关。

在他们准备出门时,她开始向他讲述她是怎么遇见她的情人的。在她说话时,他发现他丢了一只昂贵的手套,他马上不高兴起来,并且分了心。他丢下她下楼去寻找手套。她的故事没有讲完而他也没有找到他的手套。因为丢了手套,回到房间里时他对她的故事便没那么感兴趣了。后来他们一起走在街上时他愉快地告诉她他给他的女朋友买了八十美元一双的鞋子因为他是那么爱她。

当她又独自一人时,她的心思被去看她丈夫时所发生的事情占据了,她在街上走得很快,在地铁站和火车站里撞到了好几个人身上。她根本没有看到他们,她就好像某种自然力量一样撞到他们身上,突然得他们根本来不及躲避,而她则惊讶于竟然有人在那里。几个人回过头来看她,一边叫道:"老天!"

后来在她父母家的厨房里她试图向她父亲解释他们离婚过程中的某些难题,当他不理解时她很生气,然后在她快要解释完的时候她发现自己在吃一个橘子,虽然她不记得剥橘子,甚至不记得决定要吃橘子这件事。

18

秋天的蟑螂

在一扇从未打开过的门的白漆门栓上，有厚厚的一排黑色小粒——蟑螂的粪便。

他们藏匿在咖啡滤纸中，在编织柳条架上，在一扇门顶上的裂缝里，用手电筒照时你能看见一大群奔跑中的脚。

多佛港[1]的船以奇怪的角度散布于水上，就像夜晚的厨房里，开始跑动之前的受惊的蟑螂。

最年幼的那些是那样聪明，那样精神饱满，那样不屈不挠。

他看见手落下来于是向着另一个方向跑。路程太遥远，而他跑得还不够快。与此同时我们欣赏这样强大的生存意志。

---

1 英国东南部肯特郡的一个港口，位于英吉利海峡最窄处，与法国加莱隔海相望。

我对于微小的移动中的事物很敏感,于是跟着一粒飘浮的尘埃到处转。我对于浅色背景上的深色点状物很敏感,但这些只不过是我枕头上的玫瑰花。

夜晚,是新秋的寂静。这一带住户的窗子都关上了。窗玻璃中漏进来一阵凉风。在一面纸板门后,他们蹲伏在一个长盒子里吃意大利面。

如死般的寂静。在那个小生物还未从垂落的手底下跑开的时候。

我们对这样灵敏的坏蛋、这样迅捷的搬运工、这样聪明的小偷们充满敬意。

从一个白色的纸袋中传来了一个小东西抓挠袋子的声音——只有一个小东西,我认为。但当我倒空袋子时,一群小东西从一块黑麦面包的脚底下星散跑开,就像黑麦籽散落在厨台上,又像葡萄干。

他肥胖,还未完全长大,黑色的背油油亮亮,他在自己仓促的逃命之路上中途停下,几乎是同时尝试往几个方向逃跑,就像碰碰车一样在这白色的滴水板上摇晃。

在门顶上的裂缝里,他们拔腿快跑,数量巨大,他们十分清楚手电光后面的我们的存在。

正是在他犹豫的瞬间你感到他是一个有智慧的生物。在他的停顿与改变方向之间,你确信,他的脑子快速转过。

他们吃东西,但不留下吃东西的痕迹,我们想。但在这片叶子的边缘有一个个小小的月牙形状——他们稳步噬咬的痕迹。

他就像一个变厚的影子。看那个窗缝中的影子是怎样变厚,然后从墙里钻出来,又迅速逃走!

在一个纸板做的笼子里,他们有五六只都被困住了——冻结在怪异的姿势中,在一种诡异的静止中活着,在这样一个就像孩子搭的迷你剧院似的盒子中。

我对这栋房子里的另一种虫子是多么有好感!看它薄纱似的翅膀!看它的困惑!看它在台灯罩上向下走时笨拙的步态!它根本就没想要逃走!

饭快吃完时，奶酪被拿出来了。除了洛克福外都是白色的，它们以奇怪的角度散布在案板上，就像吃草的奶牛，或是海上的船。

一个星期过后，我才从烤箱里拿出那块被遗忘的面包，他们造访过那里——现在面包干了，是一块棕色的蕾丝。

秋天下午的白色光线。他们在厨房墙上的几幅儿童画后面睡觉。我轻弹每一个纸片，他们从每一片纸后发射出来，而那些纸上已经布满了流星、火箭、机关枪、地雷……

19

鱼刺

很多年前,我丈夫和我住在巴黎翻译艺术书。我们挣的所有钱都花在了看电影和吃饭上。我们看的多是美国老电影,它们在巴黎很流行,我们大多数时间在外面吃饭,因为那时饭馆的饭比较便宜,而且我们两个人都不太会做饭。

不过,一天晚上我做了鱼排当晚饭。这些鱼排不该有刺,但里面肯定有一根小刺,因为我丈夫吞下了它而且它卡在了他喉咙里。我们两个人都没被鱼刺卡过,虽然我们常常会有这种担心。我给他吃了一些面包,他还喝了很多杯水,但鱼刺还是结实地卡在那里,一动不动。

几个小时里痛苦加剧了,我丈夫和我也变得越来越不安,我们离开公寓走到巴黎昏暗的街上去寻求帮助。我们先是找到了在附近住的一个护士的底层公寓,她指点我们去一家医院。我们走了一段路,然后在沃日拉尔大道发现了那家医院。医院老旧昏暗,就好像已经不怎么营业了的样子。

在医院里，我在前门附近一个宽阔的走廊里一张折叠椅上坐着等，而我丈夫则在附近一个关着的房间里由几个护士陪着，她们想帮他但她们除了往他的喉咙上喷东西然后站在旁边笑，也做不了更多，我丈夫也会笑，至少尽量笑。我不知道他们都在笑什么。

终于一个年轻的医生来了，他带着我丈夫和我经过几条长长的、荒废的走廊和医院两边昏暗的空地，来到一个空荡荡的侧楼，他在那里还有一间检查室，他的设备都放在那里。每种设备弯曲的角度都不一样但它们最后都会以某种形式的钩子作结。在一束灯光下，在那昏暗的房间里，他将一个又一个设备塞进我丈夫的喉咙里，带着极大的兴趣和热情工作。每次他塞入一种新设备时我丈夫都会犯呕，并在空中挥动双手。

医生终于取出了那个小鱼刺并骄傲地四面展示。我们三个人都笑了，并向彼此祝贺。

医生把我们带回那空荡荡的走廊，走廊的拱顶是为了马车而建的。我们站在那里说了一会儿话，一边环顾着周围空旷的街道，然后我们握了握手，我丈夫和我便走回了家。

这件事已经过去十多年了，我丈夫和我早已分道扬镳，但时不时地，当我们聚在一起时，我们会想起那个年轻的医生。"一个很棒的犹太医生。"我丈夫说，他也是犹太人。

20

我身上的
几个毛病

他说我身上有些地方他从一开始就不喜欢。他说这个并没有恶意。他并不是一个不厚道的人,至少不会故意如此。他这么说是因为我想让他向我解释他为什么突然改变了对我的看法。

我或许可以问他的朋友对此有什么看法,因为他们比我更了解他。他们认识他已经超过十五年了,而我认识他不过十个月。我喜欢他们,他们好像也喜欢我,虽然我们不是那么了解对方。我想要和他们中的至少两个人一起吃一顿饭或喝一次酒,谈论他以便开始对他有一个更好的认识。

对人下错误的结论是很容易的事。我现在知道过去的这几个月里我不断地得出关于他的错误结论。比如,当我觉得他会对我不好的时候,他对我很好。而当我觉得他会热情洋溢时他仅仅是礼貌而已。当我觉得他不希望我打电话给他时他其实很高兴。当我觉得他很讨厌我因为我对他相当冷淡时,他比任何时候都更急着想要和我在一起,为了我们能在一起待一点点时间他不惜花钱费力。然后当我打定主意他就是我想要的男人时,他突然将整件事情放弃了。

我还是感到这件事很突然,虽然在过去的一个月里我能够感觉到他在疏远我。比方说,他写信不像以前那么勤了,而当我们在一起时他说的不好听的话比以往任何时候都要多。他离开后,我知道他在仔细考虑我们的关系。他用了一个月去考虑,我知道他有一半的可能性会说出他后来说的话。

我猜这件事看上去很突然是因为那时我对他和我怀有的希望,因为我怀有的关于我们的梦想——有一些是普通的梦想,关于一所漂亮的房子和几个漂亮的孩子以及晚上孩子睡觉以后我们会在家里一起工作,然后还有一些其他的梦想,关于我们会怎样一起去旅行,关于我怎样去学弹班卓琴或是曼陀铃这样我就能为他弹琴,因为他有一副漂亮的男高音。现在,当我想象自己弹奏班卓琴或曼陀铃时,我感到这个想法很可笑。

事情结束的方式是他在通常不会打电话给我的一天打了电话给我,他说他终于做了决定。然后他说因为要把这件事想清楚不很容易,所以他就他要说的话做了一些笔记,他问我如果他念笔记我是否会介意。我说我会非常介意。他说那么他在说话的时候至少需要时不时看一下这些笔记。

然后他非常合乎情理地谈到我们在一起会快乐的机会是多么渺茫,谈到在一切变得太迟之前变成朋友的关系。我说他把我说得就好像我是一个在高速公路上随时可能会爆掉的旧轮胎一样。他觉得这句话很好笑。

我们谈到了他在不同的时候对我是什么感觉，而我在不同的时候对他又是什么感觉，最后发现这些感觉似乎不怎么匹配。然后，当我想要确切地知道他一开始就对我是什么感觉，试图弄明白，说真的，他对我最深的感情到了什么程度时，他平淡地说我身上有几个地方他从一开始就不喜欢。他并不是想要对我不友善，而只是想要明确地表达他的看法。我对他说我不会问他这几个地方都是什么但我知道我回去不得不花点时间想这个问题。

我不喜欢听到我身上有地方让他讨厌。听到我爱的某个人从没有喜欢过我身上的一些地方是令人震惊的。当然他身上也有我不喜欢的地方，比如说他说话时喜欢引入外语词汇就有点矫揉造作，但虽然我注意到了这些事情，我从来没有直接对他说起过。然而如果我要遵从逻辑的话，我必须接受归根到底我身上可能确实有几个毛病。然后问题就是要找出它们都是什么。

在我们上次谈话之后，好几天来，我试着思考这个问题，而且我想出了一些可能的答案。或许我话说得不够多。他喜欢说很多话而且他也喜欢别人说很多话。我时不时地会有一些好想法，但我没有太多信息。只有在说一些无聊的事情时我才能说很长时间。或许关于他不应该吃的东西我说得太多了。我对人们吃东西的方式感到担忧并会告诉他们应该吃什么，这是一件很烦人的事情,对此我的前夫也从来都不喜欢。或许我提我的前夫提得太频繁了,让他觉得我前夫仍在我心上,虽然这不是事实。他或许会因为不能在街上亲吻我而不高兴,因为他害怕会被我的眼镜戳到眼睛——或许他根本就不喜欢和一个戴眼镜的女人在一起,或许他不喜欢永远需要透过这个泛蓝的镜片看我的眼睛。又或许他不喜欢在索引卡上写东西的人,小索引卡上写着节食计划,大索引卡上写着情节提要。我自己也不太喜欢这个,而且我也不经常这么做。这只是我为自己的生活建立秩序的一种方法。但他可能看到了一些那样的索引卡。

我想不出还有什么别的他从一开始就讨厌的地方。然后我决定说我永远都不可能想出我身上让他讨厌的地方。我想到的可能并不是他不喜欢的。而且不管怎样,我不会继续试图找出这些东西,因为即便我知道它们是什么我也改不了。

在谈话的后半程,他试着告诉我他对于夏天的新计划有多激动。既然现在他不会和我在一起了,他想他会去委内瑞拉,去看几个在丛林里做人类学研究的朋友。我对他说我不想听他说这个。

我们在通电话的时候,我在喝我举办的一个大派对上剩下来的酒。我们挂断电话后我立刻又拿起话筒打了几通电话,在我说话的时候,我喝完了一瓶剩下的酒并开始喝一瓶比第一瓶更甜的酒,然后把那一瓶也喝光了。一开始我打给了几个在这座城市的人，然后当时间变得太晚不合适打给这座城市的人时我打给了几个在加州的人，当时间晚到也不适合继续打电话给加州的人时，我打给了一个在英国的人，此人刚刚起床，并且心情不是很好。

在一通电话和下一通电话之间我有时会走过窗前抬头看月亮，月亮虽是四分之一的新月但却已经相当明亮，我会想到他然后又想着我什么时候才能不在每次看月亮时都想起他。我看到月亮就会想到他的原因是在我和他最初在一起的五天四夜，月亮在逐渐变圆并最终变满，夜空清澈，我们住在乡下，在那里你会更容易注意到天空，而且每天晚上，或早或晚，我们都会一起出门散步，部分是为了离开房子里我们两家的各种家人，部分是为了享受在月光下的草地上和树林间散步的快乐。从房子通往树林的斜坡土路上布满了车辙和石块，所以我们不停地撞到对方并更紧地撞到对方的怀里。我们谈到如果带一张床到草地里，躺在月光下的床上会有多美。

下一次满月的时候，我回到了城里，我是从一所新公寓的窗户里看到月亮的。我暗自想我和他在一起已经一个月了，而且这一个月过得很慢。此后，每一次满月，月光在这所房子后院中茂密、高大的树上闪耀，以及冬天在平坦的柏油屋顶上，之后是光秃秃的树上和白雪覆盖的地上闪耀时，我都会暗想又一个月过去了，有时过得很快，有时过得很慢。我喜欢那样计算时间。

他和我好像总是在计算着时间的流逝并等待着时间的流逝，

这样我们再一次见面的时候就会到来。这是他告诉我的他无法与我继续下去的理由之一。或许他是对的，现在还不太晚，我们可以变成朋友的关系，我们会时不时打长途电话，主要聊他的工作或我的工作，他会在我需要的时候为我提供好的建议与行动计划，然后他可以自称是我的"军师"[1]。

当我停止打电话时，因为喝了太久的酒晕得睡不着，于是我打开电视看了一会儿警匪剧，看了一会儿情景喜剧，最后是一个关于这个国家里的奇人异士的节目。早上五点天色亮起来时我关掉了电视，然后立刻就睡着了。

事实上晚上结束时我不再担心我身上的毛病了。在早上那个时间我通常能够将自己带到诸如一个四面环水的码头那种地方的尽头，在那里我不再受困于那种担忧。但这一天的晚些时候或是一两天后我总是要再一次，或一次又一次地问自己那个问题，老实说，那是一个无谓的问题，因为我本人无法回答它，而任何试图回答的人都会给出一个不同的答案，虽然当然所有答案加在一起或许就能得到正确答案，如果对于那样的问题会有一个所谓的正确答案的话。

---

1 此处为法语 éminence grise。

21

瓦西里的
生活速写

———————

1
*

瓦西里是一个有许多部分的男人,个性多变,心思不定,有时野心勃勃,有时昏昏沉沉,有时热爱沉思,有时缺乏耐心。他不是一个拥有习惯的人,虽然他希望他是,也试图培养习惯,当他一度发现某件事看起来真正必要并且有可能变成一种习惯时,他高兴极了。

有一段时间,他每天晚上晚饭后都会坐在他的翼式靠背椅上,觉得很舒适。他一度十分享受用烟斗抽一种带香味的烟草,一边细细回顾白天发生过的事。但第二天晚上风吹得他很难受,让他无法坐定;并且,烟斗也一直被吹灭;不知什么原因火也一直闪动,过了一段时间他放弃了这种闲适沉思的伪装。

几个月后,他想到晚饭后出去散步也是人们常做的事,或许很容易就能培养成一种习惯。一连好多天,他会在固定的时候走出家门，在附近的街道上散步，并且成功地在心中唤起了一种宁静沉思的情绪。他会一边凝视着飞过河面的燕子和红色夕阳映照下的房屋外墙，一边从他所见的事物中推导出各种没有根据的科学原理；或者他会让思绪停留在街上那些经过他的人身上。但是散步也没有变成一项习惯：他极其失望地意识到当他穷尽了他家附近一小时内所有可能的散步路线之后，他显然已经对散步感到厌倦，他意识到散步不仅并未有益于他的体格，反而会让他的胃不舒服，以至于回到家时他需要靠吃药来平复。有一次他的妹妹不打招呼就来看望他，散步就完全中止了，在她离开后并没有重新开启。

瓦西里很有学习的野心，但有时连续几天他都没有学习的心情，而是躲到一个角落里，就好像是为了逃避他自己焦虑的注视，然后他会花很长时间伏身玩一个填字游戏。这让他变得烦躁而迟钝。他试着用一种赞许的眼光来看待这些填字游戏，试图把它们吸纳到自己自我提升的计划中来。连续三天，他对自己进行了计时测验：有一天他在二十分钟内做完了一个游戏的大部分，第二天做完了全部，但第三天他几乎什么也没有完成。那天他改变了规则，决定他要试着每天做完一个游戏，不管需要花多长时间。他显然看到了自己变成填字游戏大师的那一天。为了这个目标，他开始用笔记本记下所有在游戏中经常出现的生僻词汇，这些词如果不记下来他会刚看到就忘了，比如，"stoa: 希腊语的走廊"。这样他便说服自己他从这些游戏中也学到了一些东西,有几个小时,他愉快地看到自己卑劣的本能与远大的志向交汇到了一起。

他的前后矛盾。他无法完成任何事情的无能。他突然间产生的可怕情绪,害怕他所做的一切都一文不值。他意识到外界发生的一切都比他生活中的任何东西更有内容。

有时候瓦西里隐约感到他正受到一种厌倦的折磨,这种厌倦比他能够完全对自己勾画得还要深。这种时候,他会思索他父亲每年给他的补助:或许这是发生在他身上最为不幸的一件事;它很可能会毁了他生命中残存的一切。然而,瓦西里对自己唯一能确认的一件事是有一种希望会不断地回来,事情最后可能不会像看起来的那么糟。

他对这个世界的影响可能会是惊人的。

2
*

瓦西里对自己几个真正的成功无动于衷。或者说,他无法忍受重看一篇他发表过的文章,他会容许他自己那份样刊上布满咖啡渍或是被折角。他无法感到印在纸上的名字真的是他自己的名字,或者纸上的字句真的是出于他自己的笔。他的这种感觉在他妹妹那里得到了确证,她对他寄给她的文章闭口不谈,并且她对待他的方式和从前也并无二致——她把他当作一个好相处却无足轻重的人来对待——而他觉得他的成就应该让她用新的眼光来看待他。作为报复，他有时会给她写长长的、极度严肃而措辞谨慎的信，批评她的私人生活。这些信她也会在几个月之后才轻慢地提到。

不仅他印出来的名字和作品好像是属于别人的，他也基本不能从他写下的东西中获取任何快乐。作品一旦完成，就脱离了他的双手：它置身于无主之地。它是中性的。它无法打动他。他希望能感到自豪，但感到的只有羞愧——因为他没有做得更多，或者更好。他嫉妒一些人，他们计划写一本书，写完了它，对它感到满意，书出版后会带着新鲜的快乐重读它，然后毫不费力地投入到下一个项目中去。他感觉到的却只有他面前的可怕的空白，这种空白其实应该被计划取代，然而他所有的工作都出自冲动。

3
*

瓦西里是如此害羞，甚至当他试着用某种愚蠢的举动来吸引他的狗的注意时，它温柔的眼神都会让他窘迫脸红。和朋友通电话时，他会对朋友说的话做出奇异的解读并笨拙地应答着，让他们感到迷惑并且紧张。

和陌生人在一起时他说话的声音轻得让人听不见，因为他害怕他的话语会受到误解。每一次他说话后人们都会用不解的眼神看着他,因为他们在努力听清他在说什么,或是根本没有意识到他在说话,于是他的自信心进一步受到打击。

有时候他不确定他是否应该对一个陌生人说再见。他折中的方法是说得很轻,并且眼睛望向一旁。

在参加完一次晚餐聚会或是周末聚会后,他不知道应该在什么时候对女主人表示感谢。因为这种不确定,他会一再地感谢她。就好像他不相信自己的话带有足够的分量,所以他希望通过累积的效果去实现一次感谢所无法完成的。

瓦西里对于他无法自然地与人社交这一点感到很迷惑,因为对于别人来说显然并非如此。他试图通过仔细观察别人来学习,并且在一定程度上获得了成功。然而为什么这是一个如此艰难的游戏呢?有时候他觉得自己像是一个刚刚加入人类社会的狼孩。

4
*

瓦西里不断地陷入爱情,即使是和最为无趣与平淡的女人,因为他如此孤绝地住在乡下,于是他的孤独很快就战胜了最初的厌恶;当他从自己的疯劲中醒悟过来时,他会再次感到厌恶,并感到难堪。

瓦西里和杂货店女孩的关系不甚顺利。他觉得她冷淡的举止伤害了他。在家里时，他有时会突然对她感到极其愤怒，并会当着她的面对她做出尖刻的评价。之后他会对自己感到羞耻并试着以一种更明理的眼光看待她，因为他意识到她只是一个在小镇的杂货店里工作的毫无魅力的女孩，一个没有希望、没有理想、没有未来的人。这一点会让他重新找到平衡。然后他会想起去年春天的某一天。在镇上某座山上的射击场，她戴着一顶夸耀的白帽子，看见他时甚至连头都没有点一下，而周围的所有人兴致都高得不能再高。就好像这些还不够似的，他发的某一枪打中了另外一个山头上的靶子，而且枪的后坐力重伤了他的肩膀。所有人都笑了。但不管怎样，他对自己说，他们都是经验丰富的猎人，而他只是一个胖知识分子。

5
*

有些天诸事不顺，不管他的本心有多好。他会把所有工作需要的东西放错地方——钢笔，笔记本，香烟——当他安顿下来后又会有电话打进来，或是发现没有墨水，到他重新开始工作时又会突然觉得饿，然后又会因为厨房里发生的意外被拖延，到他重新坐下时他会难以集中精神思考。

即使有一小时工作得不错，这一天也可能被浪费掉：他会感觉到一个成果累累的下午正在向他展开，带着这种感觉，他会休息一会儿，到花园里伸伸腿。他会抬头看看天空，他的注意力会被某种不熟悉的鸟攫取，于是他会翻出他的鸟类图鉴，跟随那只鸟走进花园外的野地里，深一脚浅一脚地穿过灌木丛，被树枝刮到脸，袜子上粘满芒刺。回到家后，他会因为太热太累而无法工作，带着一种罪恶感他会躺下来休息，读些轻松的东西。

6
*

瓦西里有时怀疑他写那些文章仅仅是因为他喜欢用钢笔和黑墨水写字。比方说，他用圆珠笔就写不出任何好东西。如果用蓝墨水的话他写的东西也不会好。当他和他的妹妹玩金罗美牌[1]的时候，他喜欢记分——但如果他手里只有一支铅笔的话，他会允许他的妹妹记分。

他还喜欢用钢笔写其他的东西：他会在零散的白纸上写清单，把它们存成一堆。一张单子上写着他下次去城里时一定要记得做的事（去某些更穷的街区逛一逛，拍某些街道的照片），另一张上写着他在离开这个国家前一定要做的事（去湖边玩，花一整天时间散步）。在另外一张纸上他写下了完美的一天的大体安排，为健身、工作、严肃阅读和通信都留出了时间。然后还有他

---

[1] 一种常由两个人玩的纸牌游戏，目标是尽可能多地组成同花色或同大小的一列。双方比较未入列的点数，低点胜，差额为胜者得分。

大致做出的一套露营装备的方案，包括一张写字桌、一个炉子，重量不超过四十磅。还有更多的清单——例如，对他在语言学习中遇到的无法解决的问题，他写下去哪儿寻找答案的建议（然后在他去城里一定要做的事情的清单上他会加上：去图书馆）。

但这些清单不仅没有让他的生活更有秩序，它们反而变得令人十分困惑。在写一张清单的时候，他会走到某个房间去查找一本书的书名或日期然后忘了他为什么会走进这个房间，因为看到另外一个未完成的项目时会让他分心。他会收到来自他自己的一系列互不相关的指示，想不起来它们是怎么回事，然后整个早上毫无成果地从一个房间冲到另一个房间。在意志与行动之间有一道奇怪的鸿沟：坐在他的桌前，坐在他要工作的东西面前但并没有在工作，他梦想着他会将许多事情做到完美，这个想法让他振奋。但他只朝向那种完美迈出了第一步，就在它的要求面前踌躇不前了。有一些早上，他醒来时心里怀着那么沉重的失望他甚至连床都下不了，而是整天躺在床上看着阳光移过地板、爬上墙壁。

7
*

瓦西里对于他自己的概念：瓦西里一直是一个健康、敏捷、体格无懈可击的男孩——而且他现在还是这么看自己的。即便好几年来他不停地受到一个又一个疾病的折磨，他坚持认为这些病来得很怪——甚至是有趣的——对于一个身体健康的男人来说。他不会承认他正变得虚弱，直到有一天他因鼻窦炎发作而痛苦地躺在床上，他的妹妹毫不客气地说她从没见过这么容易生病的人。

在这之后他练了一段时间瑜伽，并且每天早上会做一次肩倒立，因为书上说这会"清空鼻窦，与此同时可以重新调节身体各部位的体重"。（于是他的管家会发现他从他的肚子底下看过来，下巴抵在甲状腺处。）

他决心更合理地安排饮食，决定主要从酸奶中摄取蛋白质。

他查阅的另一本书中说维生素D是最难自然获取的一种维生素，它是西方国家的五月到九月（在北半球），阳光照在皮肤底下的一层油上时形成的。于是，在五月一号的早晨，瓦西里几乎将全身的皮肤都暴露在那微弱的阳光下，他躺在后院里发了半小时颤，直到再也无法忍受时便放弃了。之后，夏天的时候，他决定将肩倒立和太阳浴结合在一起。中午的时候他走出门，脚趾对着天空，但他很快就头脑发晕并立刻对此失去了兴趣，于是他一度将瑜珈和日光浴两件事都抛弃了。

他想，一切的关键在于，放轻松。

8
*

瓦西里突然获得了顿悟，他发现在他的自我认识与现实之间有一个巨大的鸿沟。他欣赏自己，并且常常感到略微高人一等，但不是因为他是什么人以及他取得了什么成就，而是因为他能够做什么，他很快将要做的，他在未来的几年中将要成就的，他某一天将要成为并且一直都会是的，而且还因为他的精神和信念。有时候他会梦想着他以后会光荣攻克的困境：致命的疾病，永久性的失明，有人命需要拯救的洪水或大火，作为一个难民穿过多山国家的长征，一次捍卫原则的绝佳机会。然而，因为在这些情况下做出令人尊敬的行动是更加容易而不是更难的，那么结论是他身处的乏味的现状才是最大的困境。

一件重要的事是不要忘记他希望在此生中所成就的。另一件重要的事是不要将他对于自己的浪漫的幻想——例如，一个在非洲的医生——和真正的可能性混淆起来。而且他试着提醒自己他是成人世界中的一名成年人，他肩上负有责任。但这并不容易：他会发现，在他坐在太阳底下剪圣诞树上用的纸星星时，与此同时其他男人正努力工作供养一大家子人，或是在外国代表自己的国家。当他在艰难的寻求事实的过程中发现这种不一致时，他感到安放在他身上的自己很恶心，就好像他是他自己不受欢迎的客人。

9
*

瓦西里的无法行动：冬天过到一半时，瓦西里的哥哥去世了。他的父亲让他去他哥哥的公寓清理东西。瓦西里的哥哥活着时一个人住在城市里。瓦西里从未去那儿看过他，因为许多年来他的哥哥一直不想见他。

公寓的门上有很多锁，瓦西里不知道哪个是锁着的哪个不是，所以他花了一点时间才进了门。一进到里面，他就被房间里的污秽和空荡吓了一跳：它看起来像是一个赤贫之人的家。墙上和地板上什么也没有。家具很破旧，而且也没有几件。

瓦西里在整个公寓里走了一遍。到处都是他哥哥的痕迹。在浴室里，电灯开关周围有一圈黑色的指甲印。浴缸里有一枚戒指，洗脸池和马桶里都有泥土屑。厨房里的玻璃瓶罐都挤在一个角落里。蒜皮和蒜梗像一层轻雪一样撒在桌上。那场景就好像他哥哥随时可能会回来一样。

瓦西里走进客厅里，那儿仅有的家具是一张写字台，一个橱柜，几把椅子和一张床，床没有被整理过，他的哥哥就是从这张床上被抬到医院里去的。在窗台下的地板上，成堆的纸和本子倒塌下来，蔓延到房间里。瓦西里在其中翻找，但什么也没有找到。他打开一把木质折叠椅，放在房子中间，坐了下来。他看着窗外相邻公寓楼的外墙，它们环抱着一个院子，中间有一棵纤细的洋槐树。

瓦西里试着去想他的哥哥——他驼着背的、厚实的身体，他缓慢的言语，他的迟疑。但他的思绪一次又一次地漫散开去。房间里很暗，虽然附近的楼房沐浴在阳光下。一个邻居把什么东西撞到了厨房灶台后面的墙上，紧接着走廊里的一扇门重重地关上了。瓦西里开始打盹，下巴垂在大衣的翻领上。

突然他被房间里的寂静惊醒了，他看了看四周，一切对他来说都那么陌生。现在阳光照过了一面墙。瓦西里和他的哥哥年龄相差很大。他对于他哥哥最初的记忆是他离家，回家，再一次离家。他静悄悄地回来，又静悄悄地离开。瓦西里总是等在窗子旁边，兴奋得发痒。好多年后瓦西里的崇拜才消退掉。反正那时他的哥哥也不想见他。

瓦西里从折叠椅上坐起来，解开外套的纽扣。他开始感到有点紧张。这是负责任的做法吗？他问他自己。他是来清理他哥哥的东西的，到现在他应该差不多做完了。但他一整个小时都以同样的姿势坐在这里。他想到，如果他的哥哥处在他的位置上，他会怎么做？他的哥哥根本就不会来。他甚至连葬礼都不会参加。

瓦西里想着要把外套脱掉但最后并没有。他走进洗手间，打开了药品柜，把所有瓶瓶罐罐都装进了一个纸盒子里，想着以后可以自己用。他觉得自己像个小偷。他从架子上扯下了毛巾，从地上拿起垫子，把它们都装进了一个大洗衣袋里。到了要把他哥哥的牙刷扔掉时，他感到很恶心所以没有做。

一个星期后，瓦西里回归到了正常的心智状态中，他决定去把那活儿干了。他回到了他哥哥的公寓。但这次他完成的并不比上一次多。这个公寓空气中的某种东西让他无法行动。几个小时后他离开了，带走了他在壁炉台上发现的一个装有他祖父照片的相框，照片是倒着放的。回家后，他写信给她的妹妹，让她去帮他完成那项工作。

那天晚上他躺在床上，他的狗躺在他身边的地上，他盯着他祖父的照片看，照片中祖父对他眨着眼睛，眼角闪烁着黑色的光。他动弹不得，就好像他家族的悲伤正坐在他的胸口。一层又一层的悲伤压在他身上——因为他没有常去看望他的哥哥，因为他的哥哥不喜欢他，因为他的哥哥独自死去了，因为他的一个家人曾生活在那样污秽的环境中。但既然他的哥哥本来就已是一个陌生人，这一切又有什么关系呢？他已经不是第一次为家庭的奇怪性质感到迷惑了——家庭常常将那些几乎没有什么共同点的人绑在一起。

他绝不会选择他的家人当朋友。他觉得他要去这个肮脏的陌生人家里处理他的东西这件事非常奇怪。他看着他祖父的脸，他的脸上带着压抑的笑意，他的领结系得很仔细。他自己没有建立家庭的愿望。他托着沉重的身子起了床，走进了厨房。他带着几个厚厚的三明治回到床上,他吃着三明治,直到困得再也无法撑开眼皮。在他睡着并做着轻度噩梦的时候,他的狗爬到他身边,吞掉了剩下的食物。

22

城市雇员

整个城市都有年老的黑人女人被雇来在早上七点钟给人们打电话,用被捂住的声音要求和丽莎说话。这给她们提供了在家里就可以做的工作。这些女人只是这个城市大量从事拨打错误号码的雇员中的一部分。挣得最多的是一个来自印度的印度人,他能够一直坚称自己没有打错号码。

其他人——主要是老人——被雇来戴着奇怪的帽子逗我们乐。他们戴着那些帽子就好像对于眉毛以上发生的事他们本人不用负责。两顶帽子并排起伏向前——一顶洪堡毡帽高高地顶在一个老男人头上,一顶黑网纱上镶着樱桃的帽子戴在一个矮个子女人头上——帽子底下的两个老人在吵架。还有一个虚弱的老女人,弯着腰缓慢穿过我们汽车前面的马路,她看起来很生气,因为她被要求戴着这顶巨大的锥形红帽子,帽子重重地压在她的额头上。还有一个女人艰难地走在人行道上,每一次放脚时都小心翼翼。她没有戴帽子,因为她丢了工作。

不同年龄段的人都被城市雇来像疯子一样行事，这样我们这些人就会觉得自己是正常的。有一些疯子同时还是乞丐，所以我们会感到既正常又富有。当疯子的工作是有限的。所有的岗位上都已经有人了。多年来这些疯子一直被集体关在纽约港岛上的精神病院里。然后，市政府将他们大批量地放了出来，让他们成为街上一种令人安慰的存在。

自然，有一些疯子可以同时胜任两份工作，一边戴着奇怪的帽子，一边跳着或拖着脚走过。

23

两姐妹

虽然所有人都希望这件事不要发生,虽然如果它没有发生的话情况会好很多,但有时候第二个女儿出生、有了两姐妹这件事确实会发生。

当然任何女儿,在她出生啼哭的那一刻都只能是一个失败,她的父亲会带着一颗沉重的心问候她,因为他想要的是儿子。他又试了一次:这一次依然是个女儿。而这一次更糟,因为这是第二个女儿;然后是第三个,甚至是第四个。在一群女性中间他很悲惨。在绝望中,他活着,和他的失败一起。

有一个儿子和一个女儿的男人是幸运的,虽然想要生第二个儿子的风险是巨大的。最幸运的是只有儿子的男人,因为他可以一个接一个不停地生儿子,直到有了一个小女儿来为他的餐桌增色。如果那个女儿永远也不来,那么他也已经拥有一个女人了,那就是他的妻子,儿子们的母亲。他并不拥有一个男人。只有他的妻子拥有那个男人。她可能想要一个女儿,因为她并不拥有女人，但她的愿望是很少被听到的。因为她自己就是一个女儿，虽然她的父母可能已经过世了。

这个唯一的女儿，许多哥哥们唯一的妹妹，听着她全家人说话并对自己感到满足，生活愉快。他们的残酷映衬着她的温柔，他们的毁灭倾向映衬着她的宁静，她是被喜爱的。但有两姐妹时，总会有一个比另一个更丑陋、更笨拙，总会有一个更不聪明，或是在性关系上更随便。即便所有更好的特质都集中在一个人身上，就像经常发生的那样，她也不会快乐，因为另外那个，就像一道阴影一样，眼含嫉妒拖在她的成功后面。

两姐妹在不同的时间长大，因为对方是那样的小孩而互相鄙视。她们争吵、脸红。如果只有一个女儿的话她会永远被叫作安吉拉[1]，但如果有两个的话她们会失去自己的名字，并且会因此而发胖。

两姐妹通常会结婚。一个认为另一个的丈夫很粗鲁。另一个利用她的丈夫作为抵挡她姐妹及其丈夫的挡箭牌，她害怕那个男人的急智。虽然为了孩子有表兄妹做伴两姐妹尝试着维持友谊，但她们经常还是会彼此疏远。

她们的丈夫让她们失望。她们的儿子是失败者，在物价低廉的城市挥霍着母亲的爱。如今，唯一像钢铁一样坚固的是两姐妹对于彼此的憎恨。在她们的丈夫去世、儿子叛逃之后，这恨延续

---

[1] 有"天使"之意。

下去。

两姐妹被困在一起，克制着自己的愤怒。她们会有一样的外貌特征。

两个姐妹，穿着黑色的衣服，一起去买东西，她们的丈夫死了，儿子也死在了某场战争里；她们的憎恨如此熟悉，熟悉得她们甚至都意识不到。她们有时候也会对彼此温柔，因为她们忘记了那恨。

但出于常年的习惯，两姐妹在去世时的脸是苦涩的。

24

母 亲

女孩写了一个故事。"但如要你写的是长篇小说的话该有多好。"她母亲说。女孩搭了一个给布偶住的房子。"但如果它是一座真正的房子的话该有多好。"她母亲说。女孩为她的父亲做了一个小枕头。"但一床被子不是更实用吗？"她母亲说。女孩在院子里挖了一个小洞。"但如果你挖的是一个大洞的话该有多好。"她母亲说。女孩挖了一个大洞并且走进去睡在了里面。"但如果你能永远睡在里面的话该有多好。"她母亲说。

25

心理治疗

圣诞节前我搬到了城里。我一个人,这对我来说是第一次。我丈夫去哪儿了?他住在河对面的一间小房间里,那一区有很多仓库。

我是从乡下搬到这里来的,反正在那里那些苍白的、步伐缓慢的人都把我当成陌生人,在那里尝试跟人说话也没有什么意义。

圣诞节后雪覆盖着人行道。然后雪化了。尽管如此,我还是发现很难走路,几天以后又好一些了。我丈夫搬到了我所在的街区,这样他可以更常看到我们的儿子。

很长一段时间里,我在这个城市同样没有朋友。一开始,我所做的事就是坐在椅子上摘掉我衣服上的头发和灰尘,然后站起来伸展一下身体又坐下。早上我喝咖啡、抽烟。晚上我喝茶、抽烟,走到窗子前又走回来然后从一个房间走到另一个房间。

有时候,有那么一会儿,我觉得自己有能力做点什么。然后那个时刻会过去，我会想要动但却无法动弹。

在乡下时，有一天，我无法动弹。一开始我拖着脚在房子里到处走，然后从走廊走到院子，之后去了车库，在那里我的思绪像苍蝇一样疯转。我站在那里，站在一片浮油上面。我向自己举出了离开车库的理由，但没有一个理由足够好。

夜晚来临，鸟儿安静下来，不再有车子经过了，一切事物都退回到黑暗中，然后我搬了家。

这一整天我获得的只是一个决定，我决定不告诉某人在我的生活中发生了什么。当然，我还是告诉了某个人，并且是马上。但是他不感兴趣。那时他对于我的任何事情都不那么感兴趣了，对我的问题他当然更没有兴趣。

在城里，我想我或许可以重新开始读书。我厌倦了让自己难堪。然后，当我开始读书时，我不是读一本而是同时读许多本——一本莫扎特的传记，一份关于海洋变迁的研究，还有其他我现在已经不记得了的书。

我的丈夫为这些活动的迹象而感到鼓舞，他会坐下来和我说话，他的气息喷到我脸上，直到我筋疲力尽。我想向他隐瞒我的生活是多么困难。

但因为我不会马上忘掉我正在读的东西，我以为我的脑袋正变得强健起来。我写下那些我认为我应该记住的信息。我读了六个礼拜的书然后停止了阅读。

夏天过到一半时，我又失去了勇气。我开始去见一个医生。我立刻就对他感到不满意于是我又预约了另一个医生，一个女人，虽然我并没有放弃第一个医生。

女人的办公室在葛莱米西公园[1]附近一条租金昂贵的街上。我按了她的门铃。让我吃惊的是，来开门的不是她而是一个打着领结的男人。这个男人非常生气我按了他的门铃。

现在女人从她的办公室里出来了，两个医生开始吵架。男人很生气因为女人的病人老是按他的门铃。我站在他们两人中间。那次以后我没有再回去。

几个星期以来我都没有告诉我的医生我去别人那里看过了。我觉得这可能会伤害他的感情。我错了。只要我付钱给他他就允许自己被无止境地欺负和侮辱，那些日子里这一点让我很不快。他抗议说："我只允许自己被侮辱到一定的程度。"

每一次见完他以后，我都认为我不会再回去了。这有几个原因。他的办公室藏在其他楼房后面的一栋老房子里，房子坐落于一个有很多小路、大门以及花床的花园中。时不时地，当我走进或离开他的房子时，我都会瞥到一个奇怪的人影从楼梯上下来，或是消失在门廊中。他是一个矮小、结实的男人，头上顶着厚厚的黑发，白色衬衣的扣子一直扣到脖子处。经过我身边时他会看

---

[1] 葛莱米西公园是纽约曼哈顿下城一个封闭的小型私人公园，只有公园附近缴纳年费的住户才能进入，它是纽约市唯一的私人公园。

着我,但他的脸上没有任何表情,虽然我确实在场,正在走上楼梯。因为我不理解他和我的医生之间可能的关系,这个男人就更让我害怕。每一次和医生会面的中途我都会听见楼梯下传来一个男人的声音,他说:"戈登。"

另一个让我不想继续看这个医生的原因是他不记笔记。我认为他应该记笔记,记下关于我家人的信息:我的哥哥一个人住在城里的一个房间里,我的姐姐是一个带着两个女儿的寡妇,我的父亲是一个高度紧张、要求极多且容易被激怒的人,而我的母亲比我父亲还要喜欢批评我。我认为我的医生应该在每次会面后研究这些笔记。相反,他只是从我身后的楼梯上跑下来,去厨房里做一杯咖啡。我认为这种行为显示了他的不严肃。

他会因为我对他说的一些事情发笑,这让我很愤怒。但当我告诉他另外一些我觉得好笑的事情时,他又面无表情。他说了一些关于我母亲的刻薄话,这让我有点想哭,为了她,为了我童年时代里一些快乐的日子。最坏的是,他经常缩在他的扶手椅里,叹着气,看上去心不在焉。

神奇的是,每一次我告诉他他让我感觉多么不安、多不快乐时,我都会变得更喜欢他。几个月以后,我不用再告诉他这个了。

我觉得上次去见他已经是很久之前的事了,于是我又去见了他。但其实只过了一个礼拜,不过一个礼拜里面可以发生许多事情。比如，有一天我会和我儿子吵得很厉害，第二天早上房东太太会给我贴一张搬迁令，那天下午我丈夫和我会进行一场漫长而无望的谈话，我们会认定我们两人永远都无法和解。

现在，在每一次会面中，我只有很少的时间能说我想说的话。我想要告诉我的医生我觉得我的人生很可笑。我告诉他我的房东太太怎样欺骗我，我的丈夫有两个女朋友，她们互相嫉妒但并不嫉妒我，我的姻亲们怎样在电话中侮辱我，我丈夫的朋友们怎样忽视我，我怎样不停地在街上跌倒、撞到墙上。我说的每件事都让我想笑。但在一小时的会面结束时我又告诉他当和另一个人面对面时我怎样无法说话。总是有一堵墙在那儿。"现在在你和我中间有一堵墙吗？"他会问。没有，墙已经不见了。

我的医生看着我但他的视线越过了我。他听到了我的话但同时他也听到了其他的话。他拆解我，把我用另一种形式拼凑起来并展示给我看。我做了什么，然后是他认为我为什么做了那件事。事实不再清晰了。因为他，我不知道我的感觉是什么。一大群原因在我的脑海中飞舞，嗡嗡叫。它们充斥着我的耳朵，我总是很困惑。

深秋时我慢了下来并停止了说话，新一年的头几个月我失去了思考的能力。我变得更慢了，后来几乎都不动。我的医生听着我上楼时空洞的脚步声，对我说他怀疑我是否有力气爬完全程。

那些日子我看什么看到的都是黑暗面。我憎恨富人，穷人又让我厌恶。孩子玩耍的声音让我心烦,老年人的沉默又让我不安。我憎恨这个世界,渴望有金钱的保护,但是我没有钱。走到哪儿女人都在尖叫。我梦想着能去乡下一个宁静的精神病院里待着。

我继续观察这个世界。我有一双眼睛,但不再有什么理解,不再有什么言语。一点点地我感受的能力也在失去。我的体内不再有激动,也不再有爱。

然后春天来了。我对冬天已经太习惯了,看到树上的叶子时我十分吃惊。

因为我的医生,我的情况开始有了变化。我不再那么容易受打击了。我不再总是觉得某些人正准备羞辱我。

碰到好笑的事情我又开始笑了。我会发笑然后停下来想:真的,整个冬天我都没有笑。事实上,一整年我都没有笑。一整年我说话都那么小声,没有人能听懂我在说什么。现在我认识的人似乎不再那么不喜欢听到我在电话里的声音了。

我还是很担心,因为我知道一个错误的举动就会让我暴露自己。但我现在开始能感到激动了。我下午会一个人待着。我又开始读书并且会记下 些信息。天黑以后,我会走到街上,停下来往商店的橱窗里看,然后我会转过头,激动之中我会撞到旁边的人,往往是别的也在看衣服的女人。我又开始走路,并且会绊到马路边缘。

我想既然我已经好一些了,我的心理治疗应该很快就能结束了。我感到不耐烦,并想着:心理治疗要怎样结束呢?我还有其他问题:比如,我还要像这样过多长时间,像这样需要用尽所有力气才能安然度过一天来到第二天?对于这个问题我没有答案。心理治疗也不会终止,或者说我不会是那个选择去终止它的人。

26

法语课 I：Le Meurtre

———

看那些 vaches 在山坡上缓步走着，一头接一头，一头接一头。学习 vache 是什么。Vache 会在早上出奶，晚上再次出奶，她甩着她粘着粪便的尾巴，头搭在拴牛栏上。记得总是从动物的名称开始学习一门外语。记得一只动物是一只 animal，而多于一只则是 animaux，以 aux 结尾。x 不发音。这些 animaux 住在 ferme 里。在 ferme 这个词与我们自己的语言中[1]表达那个一束束麦草覆盖一切、谷仓前的院子里布满深泥，而热堆肥在冬天早晨的谷仓门口蒸腾的地方的词之间并无太大区别，所以这个词应该很容易学。Ferme。

现在我们可以介绍定冠词 le，la 和 les 了，这些我们从本国的某些词汇中已经有所了解了，比如 le car，le sandwich，le café，les girls。除了 la vache，la ferme 上还有其他的 animaux，它们的屋棚饱经风吹雨打，上面钉满了锈钉，并以奇怪的角度倾斜着，但那里有一台新的拖拉机。Les chiens 在它们的主人 le fermier 旁边缩着，

---
[1] 这里指的是作者原文用的英语。

朝着 les chats 叫，les chats 则灰溜溜地喵喵叫着逃到后门口，在那里 les poulets 咯咯叫着，挠着地，它们是 le fermier 的孩子们的爱宠，直到它们被 le fermier 砍断头，被 le fermier 的 la femme 用她红彤彤的手指拔掉毛，煮熟后被整个 famille 吃掉。除了有特别说明，在你新学到的词汇中任何词结尾的辅音都不发音，除非后面跟着字母 e，有时就算跟着 e 也不发音。这些规则以及它们数不尽的特例会在以后的课程中涉及。

我们现在要介绍一点语言史的知识，之后，是一个语言概念。

农业在法国是一些人从事的职业，就像在我们国家一样，但这个词，agriculture，发音是不一样的。两个词的拼法是一样的，是因为这个词是从拉丁文演化而来的。课程中你会发现一些法语词汇，例如 la ferme，与我们自己的语言中相应的词拼法一致或近乎一致，在这种情况下这些词都是起源于同一个拉丁文的单词。有一些指称同样事物的法语词则与我们自己的大相径庭。在这些情况下，法语词通常是源自拉丁文而我们的则不是，这些词是从其他的语言，如盎格鲁-撒克逊语、丹麦语等中传过来的。以上是一点语言史的知识。在后面的课程中会有更多的语言史内容，因为它确实是相当有趣的，我们希望在课程结束的时候你们也会认同这一点。

我们刚刚说过，英语中指称同样事物时有我们自己的词汇。严格来说这种说法并不准确。我们并不能说同一个事物有好几个词汇来表达。事实上恰恰相反——许多事物只有一个词来表达，而通常，如果这个词是名词的话，它也都太宽泛了。在听下面的例子时，记住这个概念：

法国的 arbre 不是我们童年时那无限漫长、炎热、百无聊赖而令人迷茫的夏天里为我们的新英格兰小镇主街遮阴的榆树或枫树，我们的童年本来就和法国孩子的童年是不同的，如果碰见一个法国人站在某个美国小镇的街上指着一棵榆树或枫树并叫它 arbre，你就知道他错了。Arbre 是在古老的小镇广场上的一株梧桐树，有着被修剪过的、短粗的树枝，以及斑驳的、麻风病人般的树皮，它立在一排形态相似的梧桐树中间，伫立在市政厅对面，而在市政厅前面，一个有着厚厚的红皮肤、戴一顶旧自行车帽的男人骑着车子摇晃而过，转进了一条窄街。又或者 arbre 是普罗旺斯那些干燥炽热的山坡上密密的、枝杈繁多的常绿橡树中的一棵，一个与前面的男人体格相似的穿蓝布外套的人手里拿着某种类似网袋或篓子的东西，推开树丛往前走。一棵 arbre 也可以提供舒适的树阴，在夏天让 la maison 保持凉爽，但记住 la maison 不是木头结构的，没有屋顶平台和宽阔的前门廊，它通常是南北向的，由不规则的、沙色的大石块建成，有着红瓦屋顶、小小的方形窗子和绿色的活动窗板，北面没有窗子，那一面还会密密地种上一排柏树挡风，但在南面，可能会有一株漂亮的桑葚或橄榄树提供阴凉。这不是说法国没有各式各样的 maisons，它们的建筑样式受到当地气候或是附近有没有邻国，比如德国的影响，但我们在说一个词，例如 maison 时，背后有不止一个形象似乎不大行得通。当你说 house 这个词时你眼前看到的是什么？你看到的是不止一种房子吗？

我们打算什么时候回到 ferme 上来呢？就像我们之前指出的那样，一名学语言的学生总是应该在他或她转到 la ville 里去之前掌握 la ferme，就像我们所有人都应该在青少年时期，当自然或动物不再像从前对你那么重要或是不再那么有趣的时候才搬到城里去一样。

如果你站在 la ferme 边缘一片犁过的农田中，你会听见 la vaches 哞哞叫，因为现在是冬天晚上的五点钟，而它们的乳房胀满了。谷仓里亮着一盏灯，但外面是黑的，le fermier 的 la femme 从她的 cuisine 窗户里稍显焦虑地往谷仓前面望，她正在给菜削皮。现在雇工的身影出现在了谷仓的门口。La femme 不明白他为什么还一动不动地站在那里，右手上握着一个短工具。定冠词复数 les，拼作 l — e — s，就像 les vaches 中的一样，是不变的，而且 s 不发音。定冠词单数要么是阳性，用 le，要么是阴性，用 la，这取决于它后面的名词，而且在学任何新名词时都要一并将它的冠词记下来，因为除此之外，要判断一个法语名词是阴性还是阳性并无什么依凭。你或许可以试着记住除了 le Mexique 外，所有以不发音的 e 结尾的国名都是阴性的，或者是除 Maine 外所有以不发音的 e 结尾的美国州名都是阴性的——就像德语中的四季都是阳性的且所有的矿物质都是阳性的一样——但你很快就会忘记这些规则。然而，有一天，la maison 在你看来毫无疑问会是女性化的，因为它有着热情的敞开的大门，阴凉的房间和温暖的厨房。我们现在要介绍的词，la bicyclette，也会让人觉得是女性化的，它可以被想象成一个小女孩，在她摇摇晃晃地骑着车从布满车辙的路上离开农场时，丝带在自行车的辐条里飘荡。La bicyclette。但那是下午早些时候。现在 les vaches 站在谷仓院子的门口，哞哞叫着（lowing），嚼着反刍的食物（cud）。Cud 这个词，可能还有 lowing，是你学习法语时不用学的词，因为你大概永远也不会有机会用到它们。

现在雇工推开了 la barrière，les vaches 慢慢地踱过院子，乳房甩动着，垂到它们的 la boue 中的趼关节处，一边点着头，抽着尾巴。现在它们的蹄子敲打在 la grange 的水泥地上，雇工又把 la barrière 的门推上了。但 le fermier 在哪儿呢？而且，说真的，为什么剁肉板上布满了依旧黏稠的 sang 呢，即使 le fermier 已经好几天没有杀过 un poulet？在名词前面你不仅会用到定冠词，还会用到不定冠词，我们必须再强调一遍，如果你在学习名词的时候一并学习冠词，对于名词的阴阳性你就不会犯错。Un 是阳性的，une 是阴性的。那么，un poulet 又是什么性别呢？如果你回答阳性的话你是对的，但这家禽本身可能是一只年幼的雌性。不过，在十个月之后，除了被烤、煎和放进烤箱外她还可以用来炖时，她就成了 la poule，她在养家禽（poultry）的空地一角产下一窝蛋以后会大吵大闹，而 la femme 早上会很难找到这窝蛋，那时她还会发现不该在那里的什么东西，她会定定地站在那里，围裙里满是鸡蛋，茫然地望过田野。

请注意 poule，poulet 和 poultry 之间，特别是印在纸页上的时候，有几分相似。这是因为三个词都是由同一个拉丁词源演化而来的。这或许可以帮助你记住 poulet 这个词。然而，poule，poulet，poultry 与 chicken 这个词没有任何相似之处，这是因为 chicken 是从盎格鲁-撒克逊语中演化而来的。

第一堂课我们集中讲了名词。不过，我们现在大可以介绍一个介词，在这节课结束之前我们也会用到一个动词，这样在课程结束后你们就可以造几个简单的句子了。试着从这个介词所处的上下文中来领会它的意思。你会发现一直以来对于大多数词汇你都是这么学习的。这是一个很好的学语言的方法，因为这就是孩子学习母语的方法，他们通过将他们听到的声音与环绕这些声音的上下文联系起来来学习。如果上下文一直在变，小孩子就永远也学不会说话。此外，一个词所谓的含义完全是由它被使用的上下文决定的，所以事实上我们不能说一个意义不可更换地附着在一个词上，相反，它会随着时间的推移而演化，并且会随着上下文的改变而改变。可以肯定的是，就像我之前试图说明的那样，一个法语词的所谓的含义与其英语对应物是不同的，而是它在法国生活中所指的意义。这些是新潮的或当代的关于语言的观点，但它们已经被广泛接受了。我们现在要学习的新词汇是 dans，拼作 d—a—n—s。记得最后的那个字母 s 不发音，而在这个词当中，倒数第二个字母 n 也不发音，并且要通过鼻腔来读这个词。Dans。

你还记得 la femme 吗？你还记得她在做什么吗？天还是黑的，les vaches 从她的视线中消失了，也比之前更安静，除了那头吼叫的 vache，她生病了，le fermier 害怕她会感染其他同伴所以早上没有放她出去，la femme 还在那里，给菜削皮。她在——现在仔细听——dans la cuisine。你还记得 la cuisine 是什么吗？除了凉爽的夏天傍晚阳光照耀下的前院外，这是 une femme 给 les légumes 削皮时唯一应该待的地方。

La femme 握着一把小刀，dans 她红色指节的手里，几片小小的土豆皮粘在了她的手腕上，就像后门口外的剁肉板上有羽毛粘在了 le sang 上一样，不过，这些羽毛比你预期会从 un poulet 身上看到的要小。削了皮的白得发亮的 pommes de terre 是 dans une bassine，la bassine 是 dans 水池，而 les vaches 是 dans la grange，她们本应一小时以前就在里面的。在她们的头顶上，dans 干草仓，成捆的干草整齐地堆在那里，在她们身旁，一只小牛犊 dans 牛犊棚中。屋坝上整排裸露的灯泡照在当啷晃动的拴牛栏（stanchion）上。Stanchion 大概又是一个你不用知道的法语词，不过知道这个英语词是很不错的。

现在你已经知道了 la femme，dans 和 la cuisine，你一定不难理解你的第一个完整的法语句子：La femme est dans la cuisine。一遍遍地说这个句子，直到你感觉习惯为止。La femme est——拼作 e—s—t，但 s 和 t 都不发音——dans la cuisine。这里还有几个可以练习的句子：La vache est dans la grange. La pomme de terre est dans la bassine. La bassine est dans 水池。

Le fermier 的行踪倒更是个问题，不过，下一节课我们或许可以跟着他去 la ville。然而，在去 la ville 之前，最好学习一下这些补充词汇：

le sac：包

la grive：鸫鸟

l'alouette：云雀

l'aile：翅膀

la plume：羽毛

la hachette：小斧头

le manche：柄

l'anxiété：焦虑

le meurtre：谋杀

27

从前有一个
愚蠢的男人

　　她很累而且有点病了,脑子不是很清楚,她一边穿衣服一边问他她的东西都在哪,他十分耐心地告诉她每一件东西在哪——先是她的裤子,然后是衬衣,然后是袜子,然后是眼镜。他建议她应该先戴上眼镜,她戴了,但似乎这也没有多大帮助。没有什么光透到房间里来。在搜寻与穿衣服的过程中间她躺到床上,她已基本穿戴整齐,而他在喂完猫后又躺回被子底下,他打开猫粮罐头时发出的声音让她感到迷惑,因为那听起来就像牛奶从奶牛乳头发射出来落到铁桶里的声音。在她基本穿戴整齐地躺在他身边时他从容地向她讲述着各种事情,过了一会儿,在她对他说的话做出各种相应的回应——先是愤慨,然后是极大的兴趣,然后是忍俊不禁,然后是分心,然后又是愤慨,然后又是忍俊不禁——之后,他问她是否介意他说这么多话,是希望他停下来还是继续。她说她该准备走了,于是她下了床。

　　她继续找衣服,他继续帮她找。她问他她的戒指和鞋子在哪,她的外套和皮包在哪。他告诉她每一件东西都在哪,然后他下了床,甚至在她询问之前就把某件东西递给她。等她完全穿戴整齐可以出门时,她对于情况有了更清楚的认识,她认识到她的状况和前一天她在地铁上读到的一个哈西德教派[1]的故事十分相似,这本书现在仍在她的包里。她问他她能否给他读一个故事,他犹豫了,于是她想他可能不想她读给他听,尽管他喜欢读给她听。她说那个故事只有一段,他同意了,他们在餐厅的桌子前坐了下来。现在他也穿戴好了,他穿了一件白T恤,一条十分合体的裤子。从她的那本棕色皮的小书里她读了下面这个故事:

"从前有一个非常愚蠢的男人。早上起床时找衣服对他来说极为困难,想到醒来时要经历的麻烦他晚上几乎都不想去睡觉。有一天晚上他拿了纸和笔,在他脱衣服时,他仔细地记下他把身上的每件东西都放在哪里了。第二天早上,他十分满意,他拿起那张纸读着:'帽子'——在那儿,他把它戴到头上;'裤子'——在那儿,他穿进裤子里;就这样他穿好了所有衣物。但现在他突然感到惊恐,他对自己说:'这都很好,我找到了我的衣服并且穿戴好了,但是我自己在哪里呢?我到底在哪里呢?'然后他找啊找,但却徒劳无功;他找不到他自己了。这就是我们的状况,拉比说。"

---

[1] 哈西德教派是犹太教正统派中的一支,18世纪起源于东欧,反对正统派犹太教严格的律法主义,宣扬犹太教神秘主义乃是信仰的重要层面。

她读完了。他喜欢这个故事，但似乎不怎么喜欢它的结尾——"我在哪里？"——不像开头那么喜欢，关于那个男人的问题和他的解决方案。

她本人感觉她就像那个非常愚蠢的男人，不仅因为她找不到她的衣服，不仅因为有时候像穿衣服这样简单的事情也在她的能力之外，而且最主要是因为她经常不知道她在哪里，她尤其不知道在和这个男人的关系中她在哪里。她想在这个男人的生命中她也许不在哪，这个男人不仅不在他自己家里，就像她来看他时不在她自己家里一样，事实上她都不知道这栋房子在哪，每次来这里时她就像在梦中一样在街上跌跌撞撞，而且他基本上也不再在他自己的生命里了，所以他也大可以问自己："我在哪里？"

事实上，她想将自己叫作一个非常愚蠢的男人。她能不能说，这个女人是一个非常愚蠢的男人，就像几个星期前她想起她曾自称一个有胡子的男人一样？因为如果故事中男人的行事方式就像她会采用，并且仍在采用的行事方式一样，那么难道她就不能自认为是一个非常愚蠢的男人吗？就像几个星期以前她想到任何坐在咖啡馆的邻桌前写作的人都可以被认为是一个有胡子的男人？当时她坐在一个咖啡馆里，一个有胡子的男人坐在离她两张桌子以外，两个很吵的女人走过来吃午饭打扰了那个有胡子的男人，她在她的笔记本中写到她们打扰了那个在邻桌写作的有胡子的男人，然后她发现，在她写下这个时，既然她自己也是在邻桌写作，她也许是在将她自己叫作一个有胡子的男人。不是说她变了，而是说现在有胡子的男人这个词可以用在她身上了。或许她确实变了。

她给他读这个故事是因为它很像刚刚发生在她身上的事，但她又想会不会是反过来的，是因为这个故事停留在了她脑海中的某处，给了她机会忘掉了她所有的衣物都在哪儿所以穿不成。那天早上晚些时候，或许是另一天早上，她带着同样愚蠢的自我感觉离开了这个不再在自己生命中的男人的家，她再次想要寻找她在他生命中的位置但却找不到，而且还有其他的困惑。她哭了，也许是因为外面在下雨，她在盯着窗外落下的雨看，然后她想她是因为下雨而哭，还是因为雨给了她一个哭的机会，因为她并不经常哭，最终她想这两者，雨和眼泪，是一回事。后来，走在街上时，突然从不同的地方传来了很吵的声音——几辆汽车的喇叭在响，一辆卡车的引擎在轰鸣，另一辆卡车带着它松散衔接的各个部分开在不平的地面上，一辆修路机在砸地——这些吵闹声就好像是起源于她的体内一样，就好像她的愤怒与困惑清空了她，在她的身体中为这些巨大的金属碰撞的声音腾出了地方，或是好像她本人离开了她的身体为这些吵闹声腾出了地方，然后她想，是这些噪声进入了我的身体，还是我身体中的某些东西跑到街上制造了如此巨大的噪声？

28

女佣

　　我知道我长得不漂亮。我的黑色头发剪得很短,而且薄得几乎盖不住头皮。我走路很快并且歪向一边,就好像是跛了一条腿。买下这副眼镜时我觉得它很优雅——镜框是黑色的,形状就像蝴蝶的翅膀——但现在我知道它戴在我脸上多不好看,但我不得不接受它,因为我没钱去买新的。我的皮肤是蟾蜍肚子的颜色,我的嘴唇很薄。不过我还远没有我母亲那么丑,因为她要老多了。她的脸又小又皱又黑,像李子一样,她的牙齿在嘴巴里摇摇晃晃。我简直无法忍受晚饭时坐在她对面,从她的表情我能看出她对我也同样无法忍受。

　　多年来我们一起住在地下室里。她是厨子,我是用人。我们不是什么好帮佣,但没人能解雇我们,因为比起大多数用人我们还是好一些。我母亲的梦想是有一天她能存下足够的钱离开我搬到乡下去住。我的梦想基本也一样,除了当我感觉愤怒和郁闷的时候,望着桌子对面她像鸟爪一样的手我会盼着她被食物噎死。

那样就没有人能阻止我走进她的衣橱、砸开她的钱柜了。我会穿她的衣服，戴她的帽子，我会打开她房间的窗子，让里面的气味散掉。

每次独自一人深夜坐在厨房里想这些事情，第二天我总是会生病。然后照顾我的人恰恰是我母亲，她会丢下她在厨房里的活儿，送水到我嘴边，用苍蝇拍往我脸上扇风，我努力说服自己对于我的虚弱她并没有偷偷幸灾乐祸。

事情并不总是这样的。当马丁先生还住在我们楼上的房间里的时候，我们要更开心，虽然我们很少对彼此说话。我并不比现在更漂亮，但我在他面前从不会戴眼镜，并且我会留心站得笔直、走得优雅。我经常会跌跤，甚至脸朝地摔倒，因为我看不见前面的路；我会因为走路时努力藏起自己圆鼓鼓的肚子而疼一整个晚上。但这些都无法阻止我为了让自己变成马丁先生可能会爱上的人所做的努力。我打破的东西比现在要多得多，因为在给走廊里的花瓶掸灰和擦拭餐厅里的镜子时，我不知道自己的手正往哪里伸。但马丁先生很少注意到这些。玻璃碎裂的时候，他会从火炉边的椅子上欠起身，然后用一种困惑的眼神盯着天花板看。过了一小会儿，当我还在闪烁的碎玻璃前安静屏息时，他会用戴着白手套的手抚过额头，然后重新坐下来。

他从来没有对我说过一句话，但话说回来我也从没听过他和任何人说话。我想象他的声音是温暖而稍显粗糙的。或许他在情绪激动的时候会有点口吃。我也从来没有看过他的脸，因为他的脸总是藏在一张面具后面。面具是苍白的，像是由橡胶制成。它覆盖着他的整张脸，在衣领下面消失。一开始这让我很不安；事实上，第一次看见它时我惊恐地跑出了屋子。它的一切都让我害怕——那张开的嘴，那像杏干一样的小耳朵，那画工粗糙的黑头发，顶部画着僵硬的波浪，还有那空着的眼眶。它足以让任何人做噩梦，一开始它会弄得我在床上不停翻身以至我快要在床单里窒息。

但我逐渐习惯了它。我开始想象马丁先生真正的表情是什么。当我撞见他捧着书做白日梦时，我看到他灰色的脸颊底下泛红了。我看到他的嘴唇因情绪起伏而颤动——那是出于同情与欣赏——在他看着我干活的时候。我会对他抛个小媚眼，甩甩头，而他的脸上会浮现笑容。

但时不时地，发现他用淡灰色的眼睛盯着我时，我会有一种不安的感觉，我觉得自己完全搞错了，他可能从来就没有回应过我——这样一个傻乎乎的、不称职的女佣；我觉得如果有一天一个别的女孩走进房间开始打扫，他也只不过会从书本上抬头瞟一眼，而且不会发现任何不同。这疑虑撼动了我，我会用麻木的双手继续擦擦洗洗，就好像什么都没有发生一样，不过这疑虑很快就会过去。

为了马丁先生我承担起了越来越多的工作。最初我们会把他的衣物送出去清洗，现在我开始自己洗，虽然我洗得没有那么好。他的床单褪色了，他的裤子烫得不平整，但他并不抱怨。我的双手变皱变肿了，不过我并不介意。从前有一个园丁每周来干一次活，夏天时给篱笆剪枝，冬天时给玫瑰丛包麻，现在我接过了这些事情，我亲自送走园丁，自己一天接一天在最恶劣的天气里劳作。一开始花园的情况恶化了，但过了一段时间植物又活了过来：玫瑰的地盘被五颜六色的野花挤占了，砂石路被繁茂的绿草所切断。我变得强壮而结实，毫不介意我的脸上布满伤痕，手指干裂开来，并且因为巨大的工作量而变得纤瘦憔悴，身上闻起来就像一匹马。我的母亲开始抱怨了。但我觉得自己身体上的牺牲是微不足道的。

有时候我想象自己是马丁先生的女儿，有时候又是他的妻子，有时候甚至是他的狗。我忘了我只不过是一个女佣。

我母亲从未正眼看过他，这让我和他的关系显得更为神秘。白天她待在楼下雾气腾腾的厨房里，一边为他准备饭菜，一边紧张地嚼着口香糖。只有在晚上时她才会走出门去，抱着胳膊站在盛开的丁香丛边，抬头看天上的云。有时我会奇怪她怎么可以一直为一个她从未见过的男人工作，但她就是那个样子。我每个月交给她一个装着钱的信封，她收下它，把它和她自己的钱放在一起。她从未问过我他长什么样子，我也从未主动提起过什么。我觉得她没有问我他是谁是因为她都还没有搞清楚我是谁。也许她以为她和别的女人一样是在为自己的丈夫和家人做饭，而我是她的妹妹。有时候她会提起她要去爬山，但我们并不住在山上，或是她会提起要去挖土豆，但我们的园子里也没有土豆。这让我很烦，为了让她醒悟过来我会突然大叫或是对她龇牙。但这些都不管用，我得等着她自己最后没事一样叫我的名字。既然她对马丁先生丝毫都不好奇，我就可以不受干扰地按我想要的方式去照顾他，在他偶尔出门散步时在他身边转悠，在餐厅的弹簧门背后流连、从门缝里看他，刷拭他的便服，掸掉他拖鞋底上的灰尘。

但这种幸福并没有一直持续下去。一个仲夏的周日早晨，我醒得很早，明亮的阳光倾泻到我睡觉的房间里。我一直倾听着栖息在外面树丛里的鸫鹀唱歌，看着燕子从走道另一边的破窗户里飞进飞出。我起了床，像往常一样极细心地洗了脸、刷了牙。天很热。我套上了一条刚洗过的裙子，穿上一双漆皮高跟鞋。这是我生命中最后一次用玫瑰水盖掉我自己的气味。教堂的钟震耳欲聋地敲了十下。我上楼去把早餐放在马丁先生的桌子上，但他人不在那里。我在他的椅子边等着，感觉好像等了好几个小时。我开始搜索整栋房子。一开始是小心翼翼地，然后是疯狂而慌乱地，就好像每当我进入一间房间时他刚好正从那里溜出去。我到处都找遍了。只有在看到他衣柜里的所有衣服和书架上所有的书都不见了时，我才愿意承认他已经走了。但就算在那个时候，以及在那之后的好多天,我还是觉得他可能会回来。

一个星期后来了一个带着三四个破箱子的老女人,她开始用廉价的小玩意儿装饰壁炉台。那时我才意识到马丁先生收拾好东西永远地走了,没有一句解释的话,没有一丝对我的感情的顾虑,甚至没有留下一点钱作礼物。

这只是一栋出租房。我和我的母亲是包括在房租里的。人们来来去去,每隔几年都会有一个新租户。我应该料想到有一天马丁先生也会离开。但我却没有料想到。那天之后我病了很长时间,我母亲那时已经越来越讨厌我了,为了给我准备我想吃的汤和冷黄瓜她操劳过度。生病后我看起来就像一具尸体。我的嘴巴很臭。我的母亲会在嫌恶中扭开头。租户们在我跟跄地走进房间时都很担心,虽然我的眼镜再一次像蝴蝶一样架在我窄窄的鼻梁上,我还是会在门槛上跌倒。

我从来就不是一个好女佣,但现在,虽然我很努力但我还是粗心大意,一些租户甚至以为我从不打扫房间,一些人以为我是故意让他们在客人面前难堪。但他们骂我时我从不理睬。我只是无动于衷地看着他们,继续干我的活儿。他们从来就不曾体会我所经历过的那种失望。

29

小屋

1
一方面，另一方面
*

她大约七十九岁，但另一方面和她交流很难（她过来吃晚饭，晚饭只有我们两个人，她吃的比我想象中一个老女人会吃的要多得多，在主餐和甜点加过几次食物之后，她还不断地用她鼓起青筋的手指去掏葡萄干盒子，将葡萄干撒在她干净的盘子上，紧张地排列着它们，一边说话一边将它们丢进嘴里，在它们掉到她的下嘴唇上时又让它们掉回嘴巴里），和她交流很难是因为只有四五件事是她想谈论的并且她会忘记她想要谈论的每个人和每样东西的名字，当她努力尝试着描述她忘记名字的那件事时她又忘了她用来向我说明她忘掉的第一件事而需要描述的那件东西的名字（她闭上眼睛，头向后仰着，在桌布上轻轻敲着她弯曲的手指），在描述的过程中，因为已经尝试了那么久，她忘记了为什么开始，于是要么中途放弃，或是干脆开启一个新方向（她说话时闭着眼睛，她的粗硬的白头发用一根细纱线绑着，然后她睁开眼睛命令她的在一旁闲晃的狗躺下，狗躺下来后她又焦躁地踩它的头，于是它恐惧地翻着眼珠）；但另一方面，即便只有四到五个话题她也不会无话可说，因为她会完全忘记她做了一个评价或是问了一个问题并且已经得到了回答，所以她会再问一遍于是我再回答一遍，然后她再一次评价，这种情况在整个晚饭期间及其后反复发生（我无法向她传达什么事实；我有我的事实，她有她对于一件事的记忆；我不认识她的某个朋友，但整个晚上她都问我是否认识他），而有时她会告诉我大萧条时期的什么事以及她在城里拥有过的那些公寓，然后又告诉我她的丈夫曾经给当地的报纸写过专栏，并对我说他是她知道的最出色的作家，而这些都是一个长故事的一部分，她记得发生过的一切并记得，尽管在我下一次见她时就又会忘掉了，但她现在记得她对我说过这个故事，尽管只是模糊地记得。

2
莉莲
*

莉莲是一个有一头白发、穿齐踝短袜和系带鞋子的矮个子老妇人，她会在日出前站在水池前面洗碗（我是隔着这座湖边树林间小屋的墙听见的，湖里满是芦苇，黑色的岸边满是泥巴，码头上的木板都裂开了），她手洗了白色的亚麻织物并将它们晾在木屋边的几排绳子上，上午时再把它们收回去。现在她坐在野餐桌边阅读一本关于波兰犹太人的图画书，当我走过去问起这本书时，她说她并不是真的在读而是在想着酸苹果和她的女儿们，一整天她都在等着她的两个体型巨大的女儿，等着给她们做她们童年时代常吃的食物；但虽然一整天她都是干干净净的，而且也已准备就绪，她的女儿们并没有来，而且也没有打电话。我不时地往外看，她仍旧一个人坐在那里，她不会给她们打电话因为她害怕自己会招人烦，而且因为她很失望她开始像从前那样想到自己住得太远了，她想她再也不会来这个小木屋了，虽然这已经成了多年来的习惯，一开始是和她的丈夫一起，当她的丈夫在两个夏天之间去世后她便独自过来，她还想着她是怎样给每个人都带来了麻烦；可是，没有人在意啊！我对她说，但她不会相信，就像她不会暴露自己衰老的身体去和这里的其他老年人一起游泳，而是傍晚时一个人去湖边一样；现在她放下书和眼镜，将鞋子放在床边，爬上床去睡觉，因为现在是晚上了，而她喜欢躺在床上看着黑暗降临到树林中，虽然今天晚上，就像从前的一些时候一样，她并没有真的在看，或者说虽然她的目光停留在暗下来的树林上，她与其说是在看，还不如说是在等，并且经常，就像现在，感觉自己在等待。

30

安全的爱

她爱上了她儿子的医生。她独自一人住在乡下——有谁能责怪她吗?

这爱中包含着某种盛大的激情。但它同时也是某种安全的东西。这个男人在屏障的另一边。在他和她之间存在着:诊台上的小孩,办公室本身,工作人员,他的妻子,她的丈夫,他的听诊器,他的胡子,她的胸部,他的眼镜,她的眼镜,等等。

31

问 题

　　X 和 Y 在一起，但靠 Z 的钱生活。Y 本人供养着 W，W 与她和 V 的小孩一起生活。V 想要搬去芝加哥，但他的小孩和 W 一起住在纽约。W 不能搬家因为她在和 U 谈恋爱，U 的小孩也住在纽约，不过是和他的母亲 T 住在一起。T 从 U 那里拿钱，W 自己从 Y 那里拿钱，为她的小孩从 V 那里拿钱，X 从 Z 那里拿钱。X 和 Y 两个人没有自己的孩子。V 很少去看他的小孩但供养这个小孩。U 和 W 的小孩生活在一起但不出钱。

32

一个老女人
会穿什么

她期待着变成一个老女人,穿奇怪的衣服。她会穿没有形状的由薄布料做的深棕色或黑色的裙子,上面也许会有小碎花,脖子、下摆和袖笼处则一定会有磨损,裙子从她瘦骨嶙峋的肩膀上斜垂下来,盖住她骨感的臀部和膝盖。夏天她会戴一顶草帽搭配她的棕色裙子,天气冷的时候她会戴穆斯林头巾或头盔,穿一件像是由羔羊毛这样黑而卷曲的材料做的暖和大衣。没那么有意思的会是她的方跟黑鞋子和在脚踝处堆起来的厚袜子。

但在她变得那么老之前,她仍然会比现在老得多,而且她也期待着到那个年纪,通常那会被称作她的盛年期之后人生放缓的阶段。

如果她有丈夫,她会和她丈夫一起坐在门外的草坪上。她希望到那时她会有丈夫。或是仍然有丈夫。她曾经有丈夫,而且她对她曾经有过丈夫,现在没有,但希望以后有这件事并不感到惊讶。总的来说,这一切发生的顺序是对的。她还有一个孩子,这个孩子在长大,几年以后孩子将会变成大人,而她将会希望人生放慢下来,她有什么人可以说说话。

在他们一起坐在某个公园的长椅上时,她告诉她的朋友米切尔她盼望着进入中年后期。这是她能够给它的称呼,因为她现在正处于另一个朋友所说的青年晚期,并且正在步入她的中年早期。她对米切尔说,因为性欲的缺席,那个阶段将会平静得多。

缺席?他反问道。他看起来很生气,虽然他的年纪并不比她大。

性欲的减少,要不然,她说。根据她的观察,他看起来将信将疑,不过那个下午他心绪不佳,对她说的话他要么表现得将信将疑,要么是生气。

然后他回答——就好像这是他能够确定的事,虽然她无疑对此不能肯定——到那个年纪时人们会变得更有智慧。但想想那痛苦,他接着说,最好的情况也是健康上会出各种毛病,然后他指了指一对一起走进公园的中老年情侣,他们手挽着手。她已经在看着他们了。

现在他们很可能就处于痛苦中,他说。的确,虽然他们的身子是挺直的,但他们互相握得太紧,而且那个男人的脚步很迟疑。谁知道他们正在承受着怎样的痛苦呢?她想到了这个城市里所有处于中年晚期和老年的人,他们的痛苦并不总是显现在脸上。

是的，老年是所有事情开始瓦解的时候。她的听力会消退。它已经在退化了。有一些时候她必须把双手围拢在耳朵旁边才听得清别人的话。她的两只眼睛都会需要做白内障手术，在那之前她只能看到眼睛正前方的东西，而且是像硬币那样的小圆点，两边什么都看不清。她会放错东西。她希望她的腿仍是好使的。

她会戴一顶草帽去邮局，草帽高高地顶在头上。她结束她要办的事后从柜台走出去时会经过排队等候的人，其中会有一个平躺在婴儿车中的小婴儿。她会发现那个婴儿，脸上露出某种贪婪的、痛苦的微笑，微笑时露出几颗牙齿，她会对排队的人说些什么，而他们不会有反应，她会走过去看那个婴儿。

到七十六岁时，她必须要躺一会儿因为她之前说了话，而且她打算晚上再说点什么。她要去参加一个派对。她去这个派对只是为了让某些人知道她还活着。在派对上，几乎所有人都会避免跟她说话。要是她喝得太多，没有人会喜欢。

她睡眠会有问题，晚上她会经常醒来，然后一直到清早还醒着，天还黑着，她感觉前所未有的孤独。她会很早出门，有时候会去邻居家的花园里偷挖一棵植物，但她首先会看看邻居的百叶窗是不是拉上的。当她坐在火车或公交车上眼睛盯着窗外看风景时，她会一小时不间断地用一种像蚊子一样尖尖的、颤抖的嗓音哼唱，把周围的人都弄得烦躁不安。当她结束哼唱时，她会睡着，向后仰着头、张着嘴。

但首先将会是放缓的阶段，紧接在盛年期之后，那时将不会有太多事情发生了，至少不像现在这么多，那时她也不会期待太多了，至少不像现在这么多，那时她可能会也可能不会得到某个今后不太可能会改变的职位，那时她最好是已经培养出了一些固定的爱好，所以她会知道，比如说，晚饭后，他们会坐在草坪上，她和她的丈夫，他们会读书，在夏天漫长的傍晚，她的丈夫穿着短裤，她穿着干净的衬衫和裙子，她光着的脚放在他的椅子边缘，也许她的母亲或他的母亲也在那儿，看一本书，母亲会比她还大二十岁，所以完全可以说处于老年，虽然她仍然可以在花园里锄地，而他们会一起在花园里锄地，捡叶子，或一起规划花园的样子；他们会站在这个城市天空下这一小片土地上，一起筹划着花园应该是什么样子，想象中的花园围着他们，而他们三人围坐在夜色中的三把折叠椅上看书，几乎一言不发。

但是她不仅仅是期待着那个年纪，她对米切尔说，那时事情开始放缓下来，那时她会有一个也已经放缓下来的丈夫，她还期待着在那二十年之后的时候，那时她可以戴任何她想戴的帽子而不在意她是否看起来很傻，那时她甚至都没有一个会告诉她她看起来很傻的丈夫。

她的朋友米切尔好像根本不懂她在说什么。

虽然她知道，在那个时候来临之时，一顶帽子和随便戴帽子的自由将无法补偿变老让她失去的其他所有东西。现在当她将这个说出来之后,她想着,或许说到底,即便仅仅是想想这种自由都没有什么可高兴的。

33

袜子

———————

　　我的丈夫和别的女人结了婚,她比我矮,大约五英尺,身材很结实,他当然看起来要比从前高一些、窄一些,他的脑袋看起来也小了一些。在她身边时我感觉自己瘦骨嶙峋而且笨拙,而她个子又太矮,所以我无法看着她的眼睛,虽然我试着站在或是坐在合适的角度以便能看到她的眼睛。对于他再婚时会娶的女人我曾经有过清晰的想法,但他的所有女朋友都和我想的不一样,而这个女人是最不一样的一个。

　　他们去年夏天到这里来住了几个星期看我的儿子,儿子是他和我的。有一些不愉快的时刻,但也有一些快乐的时刻,当然即便是快乐的时刻也还是有些令人不安的。他们两个人似乎期待着我把他们招待得很好,这也许是因为她病了——她身上有病痛,心情闷闷不乐,眼睛底下有黑眼圈。他们使用了我家里的电话和其他东西。他们会缓慢地从海滩走到我家,洗个澡,晚上时干干净净地出门,把我儿子牵在中间。我举办了一个派对,他们参加了，一起跳舞，给我的朋友留下了大好印象，并且一直待到了最后。我热情地招待他们，主要是为了我们的儿子。我想为了他我们所有人应该好好相处。他们快要走的时候我感觉很累。

他们离开前的最后一晚，我们计划和他的母亲在一家越南餐厅吃饭。他的母亲从另外一个城市飞过来，第二天他们三个将一起离开，去中西部。他妻子的父母要为他们举办一个盛大的婚礼派对，这样与她从小一起长大的人，那些结实的农民和他们的家人，就可以认识他。

那天晚上在去城里他们待的旅馆时，我带上了那时为止我找到的他们落在我家的东西：在衣柜门边发现的一本书，还有在别的地方发现的一只他的袜子。我把车开到旅馆楼前，看见我丈夫在路边向我挥手。他想在我进去前和我说点什么。他告诉我他的母亲身体不好，不能和他们住在一起，他问我能不能帮帮忙晚饭后把她带回我那里。我想都没想就说可以。我忘记了她以前会用怎样的眼神看着我家里，我会在她的注视下清理掉最乱的那部分。

在大堂里，她们面对面坐在两把扶手椅中，这两个小个子女人，两个人都有着各自不同的美，两个人都涂着厚厚的口红，不过是不同的颜色，之后我想到，在不同的方面，两个人都很孱弱。她们坐在这里是因为他的母亲害怕上楼。坐飞机她没有问题，但是在公寓楼里她连一层楼都不愿意爬。她的状况比以前更糟糕了。从前如果必要的话待在八楼上她也没问题，只要窗户是紧闭的。

在我们去吃晚饭前我丈夫把书放回了房间，但我在街上把袜子给他时他想也没想就把它放到了屁股口袋，整个晚饭过程中它都在那里。晚饭时他的穿着一身黑的母亲坐在桌子的一头，另一头是空着的，她有时候和我的儿子玩，有时候玩他的车，有时候会问我丈夫然后是我然后是他的妻子关于黑椒，或是她的食物中可能有的别的刺鼻香料的问题。后来，等我们全部离开餐厅站在停车场上时，他从口袋里掏出了袜子，看着它，奇怪它怎么会在那里。

这袜子不过是件很小的东西，但后来我无法忘掉它，因为在这座城市偏远的东部一个越南移民聚集区奇怪的街区，在一堆按摩店旁边，他的屁股口袋里装着这只袜子，我们所有人都对这座城市不怎么熟但我们都在这里，这很奇怪，因为我仍然感觉我们就好像是伴侣；我们做伴侣很长时间了，我无法不去想在从前我们辗转各地的共同生活中，我帮他收拾过的别的袜子，它们被他的汗渍浸得僵硬了，脚跟处有磨损，然后我又想到那些袜子里的他的脚，他的皮肤怎样在脚前掌和脚后跟袜子磨损的地方露出来；他会怎样躺在床上看书，他的两只脚在脚踝处交叉于是脚趾伸向房间里不同的方向；然后他会怎样翻身侧躺，他的两只脚像切成两半的水果一样叠起；仍在读着书时，他会怎样弯下腰脱掉袜子，把它们揉成一团丢到地上，然后又一边读书一边弯下腰抠脚趾；有时候他会和我分享他的所读与所思，有时候他不知道我是在房间里还是别的地方。

后来我还是无法忘记这只袜子，尽管在他们离开后我又发现了他们落下的别的东西，或者说他的妻子忘在我的一件大衣口袋里的东西——一把红色的梳子，一支红色的口红，一瓶药片。有一段时间这些东西被我三个一组放在了厨房里的一个台面上，然后又被转移到另一个台面上，那时我觉得我会把它们寄给她，因为我觉得也许这些药片很重要，但我一直忘了问她，最后我终于把它们收到了一个抽屉里，准备等他们下次再来的时候给她，因为那不会是很久以后，想到这一点我又已经开始感到疲倦。

34

困扰的五个征兆

在城里的时候,她大部分时间都是一个人。那是一个很大的不属于她的公寓,虽然也并不是不熟悉。

白天的时候她一个人试着工作,有时候她会把头从工作上移开,开始忧虑怎样才能找到一个住处,因为夏天结束以后她就不能再住在这个公寓里了。然后,下午晚些时候,她开始想她应该给什么人打电话。

她密切地观察着每一件事物:她自己,这个公寓,窗户外面的东西,以及天气。

有一天雷电交加,街上的光线是暗黄和绿色的,巷子里的光线是黑色。她往小巷里看,看见泡沫流过混凝土的地面,被雨水从排水沟里冲刷出来。然后有一天风极大。

现在她站在门边观察门把手。黄铜的门把手自己在动,非常轻微地,来回转动着,然后开始抖动。她受了惊,之后她听到门框另外一边拖动脚步的声音,布摩擦门板的声音,以及其他轻柔的声音，过了一会儿她意识到这是门卫来清理门外面了。但是直到门把手不再动了她才离开。

她经常看钟所以她总是准确地知道当下的时间，以及十分钟以后的时间，虽然她根本不需要知道时间。她也准确地知道她的感受是怎样的，现在是不安，十分钟以后是愤怒。她对于知道自己的感受这一点厌恶得要死，但她无法停止，就好像只要她有这么一小会儿不留心，她就会消失（迷失）一样。

厨房里有一束强烈的光照过来。她并没有开厨房里的灯。那光是从开着的窗户外照进来的（现在是夏末）。现在是早上。

另外一天，清晨的、低低的阳光照在街对面的公园里，照在它靠街的边缘，于是一个光秃的树桩，以及小树林这边的树上外围的叶子都被阳光染白了，就好像有人往它们上面撒了一把灰色的尘土。在它们后面，是黑暗。

在她站在窗前眺望公园的时候，在她面前，窗台上的植物掉了一些叶子。

她知道如果她给人打电话，她的声音会传达某种没有人想要听到的东西。而且她会很难让别人听到她说话。

在院子里传来的一些混乱嘈杂声中（晚上她会将它们梳理出来：碗碟碰撞的声音，一把电吉他，一个女人的笑声，马桶冲水的声音，电视的声音，水龙头的声音），突然有人开始吵架，是一个男人和他的母亲（他用低沉的声音喊道："母亲！"）。

在回来几年以后,她想,那个地方充满了困难。

她花很长时间看电视,虽然没什么她喜欢看的而且她也很难将注意力集中在电视画面上。只要是收得清楚的节目她都会看,虽然她可能会觉得那个节目让人反感。有一天晚上她盯着电影中的一张脸看了两个小时然后感觉她自己的脸变了样子。然而第二天晚上同样的时间她没有看电视,于是她想:现在的时间虽然和昨晚是一样的但是这个夜晚是不同的。

现在她无法再拖延下去了。她必须出去找房子。她不想去找房子,因为她不想对自己承认她确实没有一个属于自己的地方。她宁愿不去理会这个问题然后整天待在这个房子里。

她已经出去看了好几次房子。她付不起太多钱,所以她去看的都是最便宜的房子。她看了一家糖果店上面的,以及一个意大利男士会所上面的。她看的第三所房子其实只是一个壳体,里屋的地板上有一个大洞,花园里长满了荆棘。房产中介向她道了歉。

下午,当到了不用再看房子而是可以回到借住的公寓里看电视、吃东西、喝酒的时候,她很高兴。

她经常因为在电视上看到的东西哭。经常是因为夜间新闻上的东西,在某个地方死了一个人或是很多人,或是一个英勇的行为,或是一段关于得了某种疾病的新生儿的视频。但是有时候一段广告也会让她哭,如果里面有老人或孩子的话。孩子越小,她就越容易哭，但即便是一段关于青少年的视频有时也会让她哭，虽然她并不喜欢青少年。经常，在新闻播完以后，她在走向厨房的时候还在喘粗气。

她在电视前面吃晚饭。一两个小时后她开始喝酒。她会一直喝直到喝醉，直到她开始抓不住东西，她的笔迹变得难以辨认，而且她会忘掉一些单词的某些字母，所以她必须把所有单词都再读一遍，加上那些忘掉的字母，之后在一些看不清楚的词上再描一遍。

她忘记了她关于节制的想法。

她洗碗的时候很狂躁，弄得肥皂沫到处都是，水会溅到地上和她的衣服上。白天她会经常洗手，快速地，几乎是狂暴地搓动双手，因为她觉得她碰触到的所有东西上都覆盖了一层油。

她站在门边，听到有人在镶了大理石的门厅里吹口哨。

有一天她看了一个她愿意租的房子。它并不很漂亮，但她愿意把它租下来，因为她想要再次拥有一个家，她想要用一张租约将自己和这座城市联系在一起，不想继续她现在的感受，在这个世界漂泊无依，做这个世界上唯一没有自己住所的人。她想象当她搬进去后，她会举办一场派对。她签了一些文件。中介晚些会打电话给她告诉她申请是否通过了。她走路回家并带着某种强制的平静去买食物，就好像如果她走得太快有什么东西就会碎掉一样。这一天接下来的时间,她继续这样走着,轻轻地,带着审慎。然而,晚上时,中介打电话来告诉她她没得到这间公寓。房主突然决定不租了。她不愿相信这个解释。

现在她确定她再也找不到一个住所了。

她带着一瓶啤酒躺在床上。她喝完了酒,想把瓶子放下来。她不能直接把它放在床头柜裸露的木头上,因为会留下痕迹,况且桌子不是她的。她把它放在一本书上,但这本书也不是她的。她又把它移到了另外一本书上,这次是她的书,那是一个歌本。

然后她起了身,因为她看见之前脱下来的衣服正堆在一把椅子上。她想把它们摊开来放平以防第二天她想要继续穿,然后她把它们摊开了,但因为她很醉,它们放得并不平,现在她看出来了。她喝醉了是因为她已经喝了两瓶啤酒,一杯杜林标利口酒[1],然后又喝了一瓶啤酒。

尽管喝醉了,她还是能在脑子里抓住一些什么,虽然需要努力。她发现她能够那么好地抓住这些东西于是想到她仍然是聪明的。她想到她的聪明似乎已经不怎么算数了,不像从前那样。随着她年纪渐长,她的聪明已经越来越不算数了。她躺在黑暗中,想要让自己重新振作起来。她知道这次回来是站在悬崖的边缘。现在已经过了凌晨两点钟,但她没办法入睡。

---

[1] Drambuie,原产于苏格兰,是一种由麦芽威士忌、蜂蜜、药草和香料混合而成的利口酒,酒精含量为 40%。

在一辆卡车白色的那一面，一只深蓝色的老鹰扑展起翅膀。在看老鹰的时候，她看见，窗户外面邮政车停在了消防栓前面。她看见一个邮包从车上被甩到人行道上，然后大楼里的工人把它拖过人行道并抓着它的脖子和另一个工人说话，看着这个场景她开始生气因为包里可能有一封信是给她的。

有人告诉她在一条不错的小街上有一间公寓，但她不愿意去看因为那人还告诉她那个公寓的楼下住着一个智障的男人和他的父亲，他们会吵架、叫喊，而她将不得不听着他们吵。

天又变暗了，有下雨的征兆。在黄色的光线里她扫掉了盆栽里掉下来的枯叶并往花盆里洒了水。这一天要比平常更有秩序。

在餐厅里她把书架上一些往一边倒得厉害并因长时间摊开来而封面变了形的书扶正。客厅里还有一个书架，书架上有玻璃门，顶上有一只钟，每次分针走过一个点时都会发出嘶嘶的声音。现在她沿着走道走过去，看见更多书时就会把它们扶起来。走道长而暗，有很多拐角，所以在每个拐角都会有另一个走道在她面前展开，而这个走道，有时在她看来，无限地长。

在卧室里，在她看电视的地方，她经常会听到某个弦乐四重奏或是其他古典音乐的声音。声音很小，但是极为清晰。第一次听到这个声音时，她心想房间里是不是哪儿有一台开得很小声的收音机。她慢慢地在房间里到处走动，倾听着。房间的墙壁是昏暗的，窗户都拉上了窗帘，里面有一张有划痕的大且低矮的绿色木质写字台，写字台上面是一块镜子，她往里面看了又看，她也会往三扇衣柜门上的长镜子里看。音乐是从暖气片那儿传过来的，暖气片在一幅带框的照片下，照片里是一个大胡子的男子；他就是那个古典学学者，外面的房间里那些东倒西歪的书是他的。她把耳朵凑到暖气片前面，发现音乐是从转钮那里传出来的。现在她有时会躺在床上倾听那音乐。它的声音正好够低所以不会妨碍她思考。

有一天一只苍蝇在她手上爬行，她感觉这只苍蝇是一个友好的存在。同一天，她想要在街上拦下一个警察和他说说话。然后这个冲动过去了。

她决定打电话给几个人。她告诉自己她必须找人说说话。她有点担心，然后她气自己在担心，气自己总是想着她自己，总是以如此灰暗的眼光看世界。但她不知道该如何停止。

她开始读一本关于禅的书并在一张纸上写下佛陀八正道的八个部分，想着她可能会修习它。她发现其要点主要就是把每件事都做对。

虽然已经到了去睡觉的时间但她又吃了一些东西。麦片，然后，吃完麦片，是面包和黄油，然后是棉花糖和别的吃的。她翻身趴到床上，看着一些书的封面。现在她可以不吃东西接着看书了。但她的肚子吃得太饱以致她无法舒服地趴在床上，她感觉就好像是趴在一块石头或是一捆棍子上面一样。她填充她的肚子就像为长途旅行填满一只背包或一艘船一样。这个旅程将会缓慢而炎热,她会在睡与醒之间反反复复,做不舒服的梦,或是她将无法入睡却思索着难以回答的问题。不过,没有眼泪。

在空调的声音之外雨持续地下着。那是一种轻柔的鼓点声,偶尔会有较响的噼啪声拍打到庭院的地面上。

她无法入睡。她躺在床上,耳朵贴着床垫,听着她吵闹的心跳声,先是血从她的心脏涌出来,她能够感受到,然后一瞬间之内是她耳朵的跳动。那声音是扑通,扑通。然后她开始入睡,但当她梦到她的心脏是一个警察局时她又醒了过来。

另一天晚上是她的肺;她闭上眼睛,她的肺看起来就像这个房间一样大,一样暗,被一层脆弱的骨头包裹着,她蜷缩在一个幽暗的肺里,风在她的身边进进出出地呼啸。

她的某些行为现在看起来很怪异。但对一些本应让她感到吃惊的事情,她并不吃惊。

事情是这样的:这天傍晚她打开电视新闻,立刻就和一位男新闻播报员眼对眼了,他带着一种她近乎无法承受的专注看着她。他是一整天以来第一个对她说话的人。这几分钟的直接接触震撼了她,她走进厨房去做煎蛋饼。她打了鸡蛋,黄油已经烧热了,她把蛋液倒进锅里。蛋饼开始成形,它冒着泡、抖动着,发出它自己的那种狂暴的声响,然后她突然感觉它即将开口对她说话。它变成了金黄色,闪着光,油星点点,轻微地鼓起来后,它在锅里沉降下来。

或者说,她并不期待这个蛋饼会开口说话,但当它什么也没说时她却感到惊讶。而后来当她开始思索发生过的事时,她发现她确实承受了某种类似人身攻击的东西。沉默从蛋饼正在形成的一个大球体中发射出来,挤压到她的耳鼓上。

但并不是这件事,而是在高速公路上时,最后那一个困扰的征兆把她吓到去列这个单子,去清点这些困扰的征兆,尽管她并不总是确定在她看来算是一个困扰的征兆的东西是否应该算,因为对于她来说那可能是相当正常的,比如大声对自己说话或是吃得太多,或者它应该算因为对别人来说那可能至少是不正常的,于是,在想到十个或十一个征兆以后,她开始在五个和七个真正的困扰的征兆之间徘徊并最终决定算五个,部分原因是她不能接受竟然会有七个之多。

她希望这一切不过是过分疲倦的结果。她想这一切在她找到住的地方以后就会终结。她将不会在意那是一个什么样的地方,不管怎样,至少一开始不会在意。现在她有两个选择:在一个她认为危险的街区找一个明亮宽敞的公寓,或是在一个她喜欢的街区找一个狭小吵闹的铁路边的开间。

事情是当她在高速路的收费站排队进站的时候,她手里握着三个二十五分币。过路费是五角所以她手里应该留两枚硬币,将一枚放回去。问题是她不能决定该把哪一枚硬币放回去。她一边继续开着车，一边不停地低头去看那些硬币又抬头看路，离收费站越来越近了，她往左转向路中间就好像她知道她可能会需要停下来一样。每一次低头看时，三枚硬币就会分成一枚与两枚的两组，但每一次在她准备把一枚硬币放回去时那枚硬币都会看起来像是属于两枚一组的，于是她便无法把它放回去。在她越来越接近收费站时这件事一次又一次发生，直到最终，她强制自己将一枚硬币放了回去。她告诉自己这个选择是武断的，但她强烈地感觉到它其实并不是。她感到它实际上是被一个重要的法规所操控，尽管她并不知道这个法规是什么。

她很害怕，不仅仅是因为她违抗了什么东西，而且因为这已经不是她第一次有好几分钟失去行动的能力了。而且因为，虽然最终她将一枚硬币放了回去，开到了收费站前面，付了过路费，继续开到了她要去的地方，但她也很可能完全无法行动，很可能就把车子停在了高速公路中间，无限期地待在那里。

更进一步说，如果她都无法就这么小的一件事做出决定的话，而且她差一点就无法做出决定，那么对于其他任何事情她都可能无法做决定，因为一天到晚都有这样的决定要做，比如是应该去这间房间还是那间房间，朝着街的这个方向还是那个方向走，从地铁的这个出口还是那个出口离开。做每一个决定时都会有很多考虑的方法，而她甚至经常都不能决定依据哪一种方法去考虑，更不要说做出决定了。于是，这样看来，她可能最终会完全瘫痪，无法继续她的生活。

这一天晚些时候，当她站在齐腰深的水中时，她想她是对的：这一切很可能不过是因为疲倦罢了。她没戴眼镜，就这样站在一个布满礁石的海滩齐腰深的水中。她在等待着某种启示，因为她感觉到某种启示正在到来，但虽然种种思绪纷至沓来，但没有一个看起来像是一种启示。

她站着，凝望着灰色的海浪，海风如此强硬，浪花吹到她身上就像石头一样有着坚硬的棱角，她感觉海水的灰色像是冲刷过她的眼睛。她知道困扰她的是她的生活中更大的断裂，而不仅仅是无家可归的状态，但是找到房子会有所帮助。她想一切最后可能会好起来，结局并不会太坏。然后她望向远处以及在峡湾另一边几乎不可见的大烟囱，心想，不过，这依然不是她所等待的启示。

几乎没有记忆（1997）

01

肉，我丈夫

童年时期，我丈夫最爱的食物是咸牛肉。这是昨天朋友来做客，我们开始谈论食物时我才发现的。某一刻他们问起我们童年时最爱的食物是什么。我想不出来，但我丈夫想都不用想就能说上来。

"咸牛肉，"他说。

"咸牛肉上面加一个鸡蛋！"一个朋友附和道。

在我们相识之前，我丈夫经常在公路边的餐馆[1]吃饭。他有两家喜欢的餐馆，但他更喜欢烤牛肉三明治做得特别好的那家。他仍然喜欢吃烤牛肉，或是牛排，或是在户外烤的加了酱汁和香料的汉堡，配上洋葱和甜椒烤串。

但现在大部分时间都是我给他做饭。我做的饭里面很少有肉，因为我觉得吃肉对我们没什么好处。我也很少做海鲜，因

---

[1] 原文为 diner，是一种极具美国特色的餐馆，常由预制件材料建成，通常开在公路边且 24 小时营业，多提供诸如汉堡、三明治等美式快餐。

为大多数海鲜对身体也不好，而且我几乎从不做鱼，部分原因是我记不住什么样的鱼可能可以吃而什么样的鱼绝对不能吃，更主要的原因是他只喜欢吃餐馆里做的鱼，或是那鱼做得尝不出是鱼。因为脂肪含量的问题，我们的餐桌上通常也没有奶酪。我会做的是诸如糙米砂锅饭这样的食物，或是欧芹酱配冬季蔬菜，或是萝卜汤配萝卜叶，或是白芸豆加脆皮茄子，或是玉米粥配辣味蔬菜。

"为什么你不做点我喜欢吃的东西呢？"他有时会问。

"为什么你不喜欢我做的东西呢？"我答道。

有一次我用日本酱油、香槟醋、红酒、干墨角兰和香菇腌了一块豆腐。豆腐腌了四五天后我做给他吃，我将豆腐切得薄薄的，夹到一块三明治里，放上辣根酱、蛋黄酱、洋葱、生菜和西红柿。一开始他说豆腐的味道还是很淡，就像他平常对豆腐的评价一样，然后他说，不过如果他不知道里面有豆腐的话，他也尝不出来，因为里面已经有那么多东西了。他说三明治还行，然后他说他知道豆腐对身体有好处。

有时候他也会喜欢我做的东西，如果他心情好的话他会告诉我。有一次我做了一个加了菲达芝士和红皮洋葱的黄瓜沙拉，他很喜欢，他说它吃起来很有希腊的风味。还有一次我为他做了一个小扁豆沙拉，里面放了甜椒和薄荷，那次他也喜欢，虽然他说它尝起来有一股土味。

但总的来说比起他从前在路边餐馆吃的东西，他不那么喜欢我做的饭,更不用说他在遇见我之前自己做的那些东西了。

比方说,他会做一种放在马莎拉酱中煮的牛肉卷。他会使用切得很薄的后腿肉或里脊肉,撒上面粉,在一边抹上莳萝籽碎,把肉卷在一根煮熟的意大利香肠上,再用牙签穿住。然后他会用黄油把它煎一下,再放在加了蘑菇的马莎拉酱里煮。他还会用小牛肉包上意大利熏火腿和格律耶尔奶酪来做牛肉卷。还有一种他最爱的食物是用小牛肉、猪肉和西冷牛肉做的肉馅糕。他会在里面放上大蒜、迷迭香、两个鸡蛋和全麦面包屑。他会在肉馅糕的上下两边都放上熏过的培根。

现在我给他做的肉馅糕是用火鸡肉做的。同样地,我在里面也放了蘑菇、新鲜全麦面包屑和蒜末,但在某些方面它又有所不同。我只用了一个鸡蛋,里面放的是芹菜、韭葱、甜红椒、盐和胡椒,以及少许肉豆蔻末。

在外面的露台上,他吃着我做的肉馅糕,不发一词,眼睛凝视着柳树后面的水面。他很安静,像是在沉思着什么。我不认为他如此安静是因为我给他吃的肉少了,而是因为他在说服自己接受我所做的东西。他不喜欢,但他知道我相信我这么做是为了他好。

我问他为什么对火鸡肉馅糕沉默不语,当我强迫他回答时,他说它还行但是它不能让他兴奋。他的借口是总的来说他就不怎么会因为食物而兴奋。我反对他的说法,因为我亲眼见过他为食物而兴奋,虽然从来不是因为我做的食物。事实上,我只能想起一次他曾为我做的食物而兴奋。

那天晚上我做了玉米粥和辣味蔬菜当晚饭,不过那并不是让他兴奋的东西。在那堆红褐色的蔬菜底下,玉米粥摊成厚厚的赭黄色的一圈,它看起来很奇怪,我们两人都觉得它看起来像一块牛肉饼。不过,当我丈夫尝了一下那粥后,他说它尝起来比看起来要好——对于我做的其他东西他也曾这样评价过。食谱书建议配上特定的甜点:一只熟透了的梨,冰镇过后配上核桃一起吃。当我们坐下来吃饭时,我告诉了我丈夫我准备做的甜点,但我不打算费事去冰镇那只梨了。

这就是我作为厨师的毛病之一——我懒得按照每件事被要求的方式来做。在做饭这件事上,我似乎不理解细节的重要性。但我丈夫懂,当我告诉他我计划做的甜点时,他立刻起身去把梨放进冰箱了。

在吃梨和核桃时,水果凉凉的、润而甜的口感与温暖的、油润而香的坚果产生对比,这让我丈夫很兴奋,他甚至开始想象其他用水果做的甜点——水煮无花果配生姜、杏仁饼、血橙片配美洲山核桃。这个甜点显然要比我做的其他任何东西都更令他兴奋。但话说回来,是他把那只梨放到冰箱里去的,于是我意识到如果他参与了做饭的过程,或对任何事只要参与其中,他就更有可能会喜欢它。

02

乡下的杰克

亨利在街上偶遇杰克并问他周末和劳拉过得怎么样。杰克说他至少一个月没和劳拉联系过了。亨利很生气。他以为关于劳拉的事埃伦在骗他。埃伦说她说的是实话：劳拉在电话里告诉她杰克会来她在乡下的房子过周末。亨利还是在生气，但现在他是在气劳拉骗了埃伦说杰克会来过周末。现在，埃伦尴尬地意识到她犯了错：他们说的不是同一个杰克。劳拉只是说杰克周末会来看她，但要去的那个杰克不是埃伦和亨利都认识的杰克，而是只有埃伦认识的杰克，但她和他也不是很熟。带着一丝疑虑，她把这个解释说给亨利听。现在亨利比之前更生气了，但他气的是劳拉在和一个他不认识而非他认识的杰克约会。他生气是因为他认识的杰克是劳拉的老朋友，而这个他不认识的杰克一定是她的新情人。亨利宣布他不会再和劳拉说话，除非是让她把他的钥匙送回来。他会把她的名字从他的地址簿上去掉，并且拒绝听埃伦谈起她和那个他认识的杰克的事。因为亨利拒绝和劳拉说话，所以他不知道事实上这个故事中有了第三个杰克，这让第二个杰克很痛苦，因为劳拉的感情已经从那个埃伦有一点点认识而亨利不认识的杰克身上转移到那个他们都不认识的乡下的杰克身上了。

03

福柯与铅笔

手握铅笔,坐下来读福柯。打翻了一杯水,水洒到了等候室的地上。放下福柯与铅笔,擦干水,重新倒了水。手握铅笔,坐下来读福柯。停下来在笔记本上记笔记。手握铅笔,拿起福柯。咨询师从门口点头示意。收起福柯和铅笔,以及笔记本和圆珠笔,坐下来和咨询师讨论充满激烈争吵与冲突的境况。咨询师指出危险,提出警告。离开咨询师,去地铁站。在地铁车厢里坐下来,拿出福柯与铅笔,但没有读,而是思考充满冲突的境况,警告,最近关于旅行的争吵;争吵本身变成某种旅行,每个句子将争吵者带往下一个句子,下一个带往再下一个,在最后,争吵者不再身处一开始的地方,并且对于旅行以及面对面相处了那么长时间感到厌倦。连续几站都在思考争吵,然后停止思考并打开福柯。发现,法语版的福柯很难懂。短句了比长句了要好懂 些。一些长句子的一个个部分是可以读懂的,但因为句子太长,还没到结尾就忘了开头。回到开头,理解了开头,继续读,依然是还没到结尾就忘了开头。继续读，没有回到前面，不能理解，无法记住，没有学到什么，铅笔闲握在手中。碰到意思清晰的句子，在边缘用铅笔做上记号。记号标示着理解，标示着阅读在向前进展。将眼睛从福柯上移开，看着其他乘客。拿出笔记本和圆珠笔，准备写下关于乘客的笔记，但不小心在福柯的边缘划下了铅笔印，放下笔记本，擦掉铅笔印。思绪重新回到争吵。争吵不仅像交通工具，带着争吵者向前进，也像植物，像樊篱一样生长起来，一开始只是稀疏地环绕着争吵者，有一些光还能够穿过，然后渐渐密了起来，挡住了光线，或让光线变暗。在争吵的尾声，争吵者无法离开樊篱，无法离开彼此，光线很暗淡。思考关于争吵可以提出的问题，拿出本子和笔写下来。收好笔记本，重新读福柯。更清楚福柯什么时候比较难懂什么时候比较好懂了：当句子很长，而句子中指示主语的名词被留在了开头，中途被阴性或阳性人称代词所替代，忘记了人称代词替代的是什么名词而整个句子只有人称代词做伴的时候比较难懂。有时在句子中途人称代词被新的名词替掉了，新的名词结果又被新的人称代词替代掉，于是新的人称代词一直贯穿到句子结尾。此外，当句子的主语是像思想、空缺、法律这样的名词时比较难懂；当主语是像沙滩、海浪、沙子、疗养院、养老金、门、走廊或公务员时比较好懂。然而，在关于沙子、公务员或养老金的句子前后，总是有关于吸引力、忽视、空无、空缺或法律这样的句子，所以，书中看懂的部分总是被不懂的部分隔开了。放下了福柯与铅笔,拿出笔记本记下现在至少懂了阅读福柯时不太懂的是什么,抬头看其他乘客,又开始思考争吵,记下与之前同样的关于争吵的问题,这次的重点在不同的词上。

04

老鼠

老鼠住在我们家的墙后面，但并不会来袭击我们的厨房。我们很高兴，但无法理解它们为什么不来我们的厨房。因为它们会去邻居家的厨房，所以我们在自己的厨房里也放了捕鼠夹。虽然我们很高兴，但我们也很生气，因为这些老鼠这么做就好像我们的厨房有什么问题一样。更难以理解的是，我们的厨房比邻居的厨房更乱。我们的厨房里有更多到处乱放的食物，厨台上有更多面包屑，烂洋葱皮被踢到了橱柜底下。事实上，厨房里有那么多散乱的食物，我唯一能想出来的解释是那些老鼠被它们给打败了。在一间整洁的厨房里，要一夜夜找到足够过冬的食物是一个挑战。它们一小时又一小时耐心地搜寻着、小口地噬咬着，直到获得满足。相反，在我们的厨房里，它们面对的是和自己的经验毫不相称的东西，弄得不知道该怎么办才好。它们可能会试探着迈出几步，但很快那排山倒海的场面和气味就会把它们赶回洞里去，它们会因为无法履行自己搜寻的本分而难受、难堪。

第十三个女人

在一个有十二个女人的镇上还有第十三个女人。没有人承认她住在那儿,没有寄给她的信,没有人和她说话,没有人问起她的情况,没有人卖给她面包,没有人从她那里买过东西,没有人回应过她的目光,没有人敲过她的门;雨不会落到她身上,太阳从不照在她身上,天不为她破晓,黑夜不为她来临;对于她来说,一个个星期并不逝去,年月也并不向前滚动;她的房子没有编号,她的花园无人照料,她的门前小径无人踩踏,她的床铺没被睡过,她的食物没被吃过,她的衣服没被穿过;但尽管如此,她依然住在这个镇上,并不憎恨它对她做过的一切。

06

教 授

几年前,我常对自己说我要嫁给一名牛仔。我为什么不能对自己这么说呢?——我一个人住,为那棕黄色的地平线而感到兴奋,在西海岸宽阔的高速公路上行驶时,有时我会从后视镜中看到一个开着皮卡车的牛仔。事实上,我意识到我依然有兴趣嫁给一名牛仔,虽然现在我已经搬到了东部,而且已经嫁给了一个不是牛仔的人。

然而牛仔有什么理由要找一个像我这样的女人呢——她是一个英语教授,另一个英语教授的女儿,并且她还不是那么随和?如果我喝了一两杯酒,我会变得随和一些,但我说话还是会很得体,并且不知道怎么和人开玩笑,除非和他们很熟,而这些人或他们的家人通常也在大学里工作,说话也很得体。虽然我不介意和他们在一起,但我感到我和这个国家里的其他所有人都是完全隔绝的——这还仅仅是说这个国家里的人。

我告诉自己我喜欢牛仔穿衣服的方式,从帽子开始就是,我还喜欢他们穿得总是那么舒服，因为工作的关系，他们的穿着总是很实用。许多教授穿衣服的方式似乎是他们认为一名教授应该穿着的方式，而不是出于兴趣或喜爱。他们的衣服总是太紧，要么就是已经过时好几年了，这只会使他们的身体显得更别扭。

在我第一次得到教职时，我买了一只公文包，当我开始教书时我像其他教授一样拎着它穿过学校大楼。我发现年长的教授们——主要是男人但也有少量女人——已不再在意公文包的重要性，而年轻的女人则假装不在意，但年轻的男人则像提着战利品一样提着他们的公文包。

与此同时，我父亲开始给我寄厚厚的材料，他认为这些都是我会在课程上用得到的东西，包括可以布置的作业和能用到的引文。就算在心绪坚强的时候我都读不了几页纸。一个老教授怎么能教一个年轻教授怎么教书呢？他难道不知道，白天拎着公文包穿过讲堂，和同事与学生打招呼，上完课后回家再阅读老教授的讲义是我无法做到的事吗？

事实上，我喜欢教书，因为我喜欢教导别人。那些日子里我比现在更信奉这一点——那就是如果我用某种方式去做一件事，那么它对于其他人也一定是对的。我是如此相信这一点，于是我的学生们也就信服了。然而，尽管我表面上是一名教师，我的内心里却是另一种人。一些老教授内心里还是老教授，然而内心里，我甚至都不是一个年轻教授。我看上去是一个戴眼镜的女人,但我梦想着过一种完全不同的生活,一个不会戴眼镜的女人的生活,那种我时不时会在酒吧里从远处观察的女人。

比牛仔穿的衣服以及他们穿衣服的方式更重要的是,他们知道的不会比他需要知道的多多少。他会想着他的工作,想着他的家庭,如果他有家庭的话,他会想怎么玩得开心,除此之外不会想更多。我厌倦了想太多事情,那是那段日子里我大多数时间都在做的事。我还会做其他事,但我在做其他事时还是会继续思考。我可能会有些感受,但与此同时我会思索我的感受。我甚至要思考我在思考什么,并反思我为什么要这么思考。当我产生要嫁给一个牛仔的想法时,我想象或许这个牛仔能帮助我少想一些事情。

我还想象,虽然对此我可能也是错的,那就是牛仔会和我认识的所有人都不一样——比如一个老共产党员,或是某个筹划委员会的成员,一个为报纸写文章的作家,在学生茶会给大家泡茶的教员家属,一个看书稿的教授,他手里拿着削尖的铅笔,要求所有人保持安静。我觉得当我的头脑,这个总是如此忙碌、总是在绕圈子、总是产生想法然后产生关于想法的想法的头脑接触到他的头脑时,它碰到的会是某种更安静的东西,那里会有更多空白,更多空隙,我想他脑子里的东西可能会有天空、云朵、山坡,以及其他像绳子、马鞍、马鬃、马和牛的气味、机油、老茧、食物油、栅栏、水沟、干涸的河床、跛脚牛、胎死腹中的小牛、小牛畸胎、看兽医、治疗、疫苗接种这样具体的事情。我想象着这些东西，尽管我知道，有些我喜欢想象他脑子里会想的东西，比如马鞍、鞍伤、马毛，甚至是马本身，都很少是牛仔生活的组成部分了。至于和这个牛仔共同生活时我会做什么，有时我会想象我自己穿着干净的衣服坐在一间漂亮的书房里，但有时我会想象自己给马具上油，或是煮一大锅味道寡淡的食物，或是清晨在谷仓里帮忙干活，而牛仔则双手伸进母牛的肚子里，以便牛犊能顺利地产下来。像这样的问题和活计都是很清楚的，而我也能够以一种清楚的方式去处理它们。我不会停止阅读和思考，但我不会认识太多经常阅读和思考的人，所以我会有更多的私人空间，因为这个牛仔尽管时刻在我身边，但他不会想要理解我而是不管我。那将不再是一件难为情的事。

我觉得如果我嫁给了一名牛仔，我就不用离开西部了。我喜欢西部是因为它带来的困难。首先我喜欢很难分辨一个季节何时结束而下一个季节又何时开始这一点，然后我喜欢很难在这个地方的风景中找到任何优雅之处这一点。一开始我习惯了它的那种丑陋，习惯了山谷中的那些宽阔的高速公路，以及在光秃的山坡上新竖起的建筑。之后我开始发现了其中的美，我喜欢上了旱季时裸露的土地，山坡单调的棕色，而在山坡的褶缝中，湿气缭绕的地方将会长出青草、灌木和开花的植物。我喜欢望出去时大海的平淡和空无。而之后，因为我如此艰难地才发现了这种美，我便不想放弃它。

想要和牛仔结婚的想法可能是春天时和一个朋友一起看电影时产生的，这个朋友也是一名教授——他是一个英俊而聪明的男人，人比我好，但与他人相处时却更加局促紧张，由于突然袭来的羞涩，他甚至会忘记老朋友的名字。他似乎很喜欢那部电影，虽然我并不知道他脑子里在想什么。或许他在想象和电影中的女人一起生活会是什么样子，那个女人和他纤瘦、紧张、美丽的妻子是那么不同。当我们开着车从电影院回去时，宽阔的高速公路上前前后后除了车的前灯和尾灯什么也没有，路的两边除了黑暗什么也没有，我想做的只是下车走进沙漠里，将我生命中所知的一切都丢得远远的，从我教书的大学，从它附近的小镇、城市离开，离开在那里居住和工作的聪明人，他们会在笔记本、在办公室的电脑和家中的书房里记下他们的想法，从难懂的书中摘录笔记。我想离开这一切，带着一个小男孩走进沙漠里开一家汽车旅馆，一个疲倦的牛仔会出现，他是一个疲倦的中年牛仔，必要的话可以是一个酒鬼，而我会嫁给他。我想我认识一个可以带过去的小男孩。然后我需要的只是这个变老的牛仔和一家汽车旅馆。我会将这家汽车旅馆打理得很好，我会好好照料它，在任何问题出现时合理而及时地将它们处理掉。因为我看了这部展示了一个有本事的、坚韧的女商人的电影，我便觉得我也能当一个有本事的、坚韧的女商人。这个女人同时还有一颗善良的心，并且有能力包容他人的错误。但事实是如果我的生命中出现了一个牛仔，我可能会因为他酗酒的毛病把他骂死，一直到他离家出走。但在那段时间，因为看了那部好电影，我产生了那种奇怪的自信，我觉得我可以成为一个完全不同的人，我开始听汽车电台里的西部乡村音乐，虽然我知道它们不是为我写的。

那时候我在我教的一门课上认识了一个男人，他相当接近我关于牛仔的想法，虽然现在我已经无法理解当时自己为什么会那么想。他并不真的像一个牛仔，或是我想象中的牛仔，所以我想要的一定是别的什么东西，而牛仔的想法会冒出来仅仅是出于便利。事实对不上。他并非做着牛仔做的工作，而是做着一份类似将黑猩猩的骨头粘在一起的工作。他吹爵士长号，去上课的时候会穿一件深色的外套、拎一只黑色的公文包。他差一点就算得上好看，他的下巴方方的、肉肉的，有着一张苍白的脸，黑色的头发、胡子和眼睛；他不算那么好看，不是因为他有一个粗糙的下巴，那里留着弹片打下的疤痕，而是因为他的脸上有一种松弛或是狂野的表情，他的眼睛总是大张着，即便是在笑着的时候也是，他的身体总是静止的，只有他的眼睛在动，观察着一切，什么也不错过。他总是充满警惕，准备好为自己辩护，就好像所有交谈都可能会演变成一场争执。

有一天课后我们一群人一起去喝啤酒，他很安静，看上去情绪很低落，最终，他头也不抬地对我们说，他觉得他可能要搬回去和他父亲一起住,并把他的小女儿送回她母亲那里。他说把她留在身边对她不公平,因为有时候他只是坐在椅子里一句话也不说——她会试着和他说话,但他却开不了口,她会继续尝试,而他只是坐在那儿,知道他必须回答她但却做不到。

那时候他的粗鲁和狂野并未让我不舒服,而且因为他会时不时地开我玩笑,我觉得他足够喜欢我,所以我不妨邀请他共进晚餐,而我最终确实这么做了,仅仅是为了看看会发生什么。他表现得很吃惊,但愉快地接受了,因为得到教授的注意而感到郑重、感到受宠若惊。

这次约会并不会变成改变我人生方向的一个事件,虽然那时我并不那样想,那只是我事后才想到的。他很晚才到我当时住的研究生公寓来接我。我已经在房子里来来回回走了一个小时,走到有树荫的阳台上,那里正对着一个操场和一个停车场,又走回小小的客厅,那里挤满了我不认识的一对情侣的东西,我变得越来越绝望,就在我以为他不会来了的时候,他进来了,他穿着一件旧工装,袖子挽起来,一条棕色的灯芯绒裤子,腿上的绒都磨损了。他站在那里四下里望,好像就要开始干什么活似的,突然他发现了钢琴,于是在前面弯下腰,他弹了一段快节奏的、美丽的曲子,当他发现我又高兴了起来时,就在中途停了下来。

我对他非常好奇,就好像在我已知的东西之外,任何新发现都会是一种启示。当我们坐进车子里时他将手伸向我的方向打开了手套箱，等我们准备下车时他又伸手过来将手套箱锁上了。我问他为什么要这么做，他抬起手套箱里的一叠纸，向我展示了一把手枪的木把。他告诉我有几个男人在追他，这和他的小女儿有关。

我们把车停在餐厅附近，他从车里挂着的一个衣架上取下一件灰色的外套并把它搭在手臂上，他一边走一边将衬衣塞进裤腰里，然后穿上了外套。我心想这就是一个牛仔应有的举止——将他的灰外套用衣架在车里挂起来，当他收拾整齐和一个女人出门时，他会轻柔地整理他的头发。

他用牛奶搭配中餐。他谈论起他的工作，向我提供了一些科学信息，又讲了一些很烂的笑话。我们两个人吃得都不多，我想，像这样单独在一起我们都感到难堪。他告诉我他从战场回来后马上就娶了他的妻子。她有一半中国血统，一半墨西哥血统。他告诉我他的耳朵在战争中受了伤，然后我注意到我说话时他会看着我的嘴唇。他告诉我他的身体平衡也受到了影响，在餐厅外面我注意到他走路时总是会转向路沿。在餐厅里他喝牛奶，但后来我们去酒吧打台球时他喝了啤酒。在酒吧外面他拥抱了我，但回到车里时他说他得回家接替保姆。但后来他改变了主意，他把我带到了某个悬崖边能看到海的地方，并且亲吻了我。那里还停了几辆别人的车，以及一辆皮卡。

在他红褐色的福特车里，电台开着，他亲吻了我好几次，以致我会想象我现在又像是一个少女,不过在那个时候我从未做过像这样的事情。然后我们走出车子,走到悬崖边上看海,我们看着海湾里黑色的海水,以及我们刚刚打台球的镇上倒映在水中的几束灯光。我们坐在离悬崖边缘不远的沙滩上,他告诉了我更多关于他和他的妻子相处有多么困难的事,他怎样试图与她复合,他怎样用尽一切办法试图迷住她,但她却不会被迷住。他告诉我现在他已经和他的小女儿一起住了六个月了,他的妻子几天后会回家试着和他一起住住看,尽管他之前所做的一切都没有什么效果。他说他没办法再见我了。我说我反正也不期待再见他,因为我很快就要离开西部了。不期待再见他这一点不是真的,但我很快要离开这一点是真的。最后他把我送回了家,走的时候亲吻了我。

在我看来,我不介意这次约会进展的方式,虽然第二天在去往能开车进去的银行的路上我哭了。我以为我是为了他而哭,为了他的恐惧,他所面对的困难,那些他觉得在追他和他女儿的神秘的男人,但我也可能是为了我自己而哭,因为失望而哭,虽然我也不清楚我到底要什么。几个月后,我又回到东部了,一天晚上,一个人在公寓里喝了几瓶啤酒后,我打了一通长途电话给他,他接电话时背后有说话和笑的声音,那要么是他的家人要么是一个聚会,我想不起来是什么了,他听起来好像很高兴接到我的电话,并感到受宠若惊,就好像我约他出去的那次一样。

我仍然会想象嫁给一名牛仔,虽然不再经常那么想了,而且我的梦想也有了一些改变。我现在已经习惯了我丈夫的陪伴,如果我要嫁给一个牛仔的话我得把他一起带上,不过他会强烈抗议任何关于搬到西部去的提议,因为他讨厌西部。所以如果我们要去,那会和几年前我的白日梦中的情形不同,不再是我准备寡淡的食物或是帮牛仔接生牛犊的画面。相反,它会以我丈夫和我呆呆地站在一间农场房子前面等着牛仔为我们准备房间结束,或开始。

07

雪松树

当我们的女人全部变成雪松树时,她们会围在墓园的一角,在大风里哀吟。妻子刚走时,我们的精神很振奋,我们都认为那声音很美。然后我们不再注意那声音了,我们开始变得不安,彼此之间经常吵架。

那一年经常刮大风。我们的村子陷入前所未有的骚动。燕子飞不起来,而是东飞西撞,然后沉落到安静的角落里;瓦片从屋顶上剥落,碎裂在人行道上。灌木丛抽打着我们低矮的窗户。一夜又一夜,我们疯狂纵饮,在彼此怀里入睡。

春天到来时,风平息了下去,阳光很强烈。夜晚,长长的影子拖过我们的地板,只有刀刃的闪光才不会被黑暗吞没。那黑暗也笼罩着我们的心绪。我们对彼此不再有善意的语言。我们不情不愿地去地里干活。我们沉默不语地看着来看我们的喷泉和教堂的陌生人;我们靠在喷泉的出水处,穿着靴子的腿交叉着,我们残废的狗躲避着我们。

然后道路开始失修。不再有陌生人来了。连旅行布道的牧师都不敢走进我们的村子了,尽管阳光闪耀在喷泉的水面上,底下山谷里的果树和坚果树上开满了白花,灼热的阳光在正午时分渗进教堂粉色的石头里,黄昏时又退散开去。猫在被压实的地面上踱来踱去,从一个门口走到另一个门口。鸟儿在我们身后的树林里鸣唱。我们无望地等待着有人来访,饥饿啃噬着我们的胃。

　　终于,在那些雪松树心底深处的某个地方,我们的妻子被扰动了,想起了我们。在我们看来,她们慵懒地,无甚所谓地,回到了家。看着她们尖刻的嘴唇,冷硬的眼神,我们的心融化了。在她们刺耳的说话声中,我们就像刚从沙漠里出来的男人一样纵酒狂欢。

08

监狱娱乐室里的猫

问题是监狱娱乐室里的猫。到处都是猫的粪便。猫粪试图藏在角落里,被发现的时候它们看起来愤怒而羞愧,像猴子。

下雨天猫们会待在监狱的娱乐室里,因为经常下雨,娱乐室闻起来很臭,囚犯们抱怨连连。气味不是来自粪便而是来自那些动物本身。那味道很强烈,让人头晕。

猫们赶不走。当你嘘它时,它们不会逃出门去,而是向四面八方逃窜,跑的时候身体贴着地,肚子垂挂着。也有很多会往高处跑,从一个横梁跳到另一个横梁,然后栖息在某个高处,打乒乓球的囚犯们知道尽管屋顶上很安静,但那里并非空无一物。

猫们无法被赶走是因为它们会从看不见的洞里进进出出。它们的脚步轻盈无声;它们能等人的时间比人能坚持等它们的时间长。

人总是有其他事情要想,但在猫生命中的每个时刻,它都只有一件事情要想。这就是它们能保持如此完美的平衡的原因,这也是为什么一只困惑或受惊的猫会让我们不安：我们既同情它们，又很想笑。面对危险或令它们困惑的事物时，它们唯一能做的就是从它们有着斑驳牙龈的嘴里呼出臭气。

那一年的囚犯都是小个子男人。他们犯的都不是什么严重的罪，所以受到了宽大的处理。尽管小个子男人总是有着令自己骄傲的健康体魄，如今，他们开始发皮疹和湿疹了。他们的膝盖弯和肘弯处发痒发痛，身上到处开始脱皮。他们给州长写愤怒的信，而这一年的州长碰巧也是一个小个子男人。囚犯们说，是那些猫导致了这些症状。

州长对囚犯们充满同情，他要求狱警处理好这个问题。

狱警有好多年没有踏足娱乐室了。他走进去四面察看，里面奇怪的味道让他作呕。

在走廊顶头，他困住了一只丑陋的公猫。狱警手持棍棒，而猫除了它愤怒的脸之外，武器只有牙齿和爪子。狱警和猫周旋了几个来回，然后狱警出棒打猫，猫绕着他跑开了，动作中没有丝毫闪失。

现在狱警发现猫到处都是。

晚间活动之后，囚犯们被关到各自的小牛房里，狱警提着一把来复枪回来了。那天晚上一整晚，囚犯们听到娱乐室里不断传来枪声。枪声很闷，听上去像是从远处，就好像是河对岸传来的。狱警的枪法很准，因此消灭了很多猫——猫像下雨般从屋顶上落到他身上，猫在门厅里翻来抛去——然而他离开的时候还是看到有影子从地下室的窗户上闪过。

然而，现在情况毕竟不同了。囚犯们的皮肤病好了。虽然房子里还是残留着一丝臭气，但这臭味不再像从前那样是温暖和新鲜的。还有几只猫仍然住在那里，但它们被火药、血液以及它们的同伴与幼崽的突然消失弄晕了。它们不再产崽，而是潜伏在角落里，即使无人经过也会嘶叫，即使不受刺激也会攻击。

这些猫吃得不好，也不再认真地清理自己，一个接一个地，它们以自己的方式，在不同的时间死去了，死后空气中留下了某种不同的强烈的气味，这气味在空气中弥漫了一两个星期，然后就散去了。几个月后，监狱娱乐室里不再有猫。那时候，小个子的囚犯被大个头的囚犯取代了，狱警被一个新人所接替，这个人更有野心；只有州长还在他的位子上。

09

一号妻子在乡下

一号妻子打去要跟儿子说话。二号妻子不耐烦地接了电话，把电话给了一号妻子的儿子。儿子听到了二号妻子声音中的不耐烦，于是告诉母亲他以为打电话的是父亲的妹妹：愤怒的姑姑，经常来电的人，麻烦的女人。一号妻子想：她自己会不会也是一个愤怒的女人，经常来电的人？不，是愤怒的女人但不是经常来电的人。虽然，对于二号妻子来说，也是麻烦的女人。

和儿子通完电话后，一号妻子心中产生许多不安。一号妻子思念儿子，想着几年以前她本人，同样，接起电话，和丈夫愤怒的妹妹，经常来电的人说话，在麻烦的女人面前保护丈夫。现在二号妻子要在麻烦的妹妹，经常来电的人，以及一号妻子，愤怒的女人面前保护丈夫了。一号妻子意识到了这一点并想象将来的三号妻子要不仅在愤怒的一号妻子和麻烦的二号妻子，同时还有经常来电的妹妹面前保护丈夫。

和儿子通完电话后，一号妻子，经常是愤怒的但现在是安静的女人,一个人吃晚饭,虽然有一个大电视陪伴。一号妻子吞咽食物,吞咽痛苦,再次吞咽食物。专注地观看关于易洗炉灶的广告:不是真正的母亲的母亲往热锅里翻一个煎蛋,然后又煎了一个,给不是真正的儿子的快乐的小儿子一个充满爱意的吻,与此同时不是真正的家养狗的西班牙猎狗从不是真正的儿子的儿子盘中偷走了第二个鸡蛋。痛苦在一号妻子体内增加,一号妻子吞咽食物,吞咽痛苦,再次吞咽食物,再次吞咽痛苦,再次吞咽食物。

10

鱼缸

我盯着超市一个鱼缸里的四条鱼看。它们以平行的队形,朝向喷出的一股水流游,它们的嘴一张一闭,就我所见,每一只都用一只眼睛盯着远方。我透过玻璃看着它们,想着,因为它们现在还是活的,它们吃起来会有多新鲜,盘算着我是否应该买一条回去做晚饭,而同时,就好像是在它们身后或是透过它们,我也看见一个巨大的、阴影的形象笼罩在鱼缸上,那是我,它们的捕猎者,在玻璃上投下的影子。

11

故事的中心

―――――

一个女人写了一个故事,其中写到一场飓风,而关于飓风的事通常都能确保是有趣的。但在这个故事中,飓风有袭击城市的威胁但最终并未袭击它。故事很平、很均匀,就像飓风逼近时地面看起来平而均匀,如果她要把这个故事拿给某个朋友看,这个朋友可能会说,不像飓风,这个故事没有中心。

这个故事不那么容易写,因为它是关于宗教的,而宗教并非她真正想写的东西。然而,出于某种原因她想写下这个故事。现在故事完成了,但它却让她感到困惑,而且它上面笼罩着某种诡异的黄色云翳,这要么是因为宗教,要么是因为飓风到来之前天空的颜色。

她想不出这个故事的中心可能在哪里。

有一次飓风来临时她在读《圣经》,不是因为她对于一场大灾难的来临感到害怕,虽然她确实害怕,也不是因为那些天碰巧是圣洁日[1]，而是因为她需要确切知道《圣经》里写了什么。她读得很慢，并且做了很多笔记。在她的公寓外面，天色在变幻：风变大了，小树上的树枝在摇晃，树叶在颤动。她读着诺亚方舟的故事，为了更好地理解它，她试着精确地想象她读到的东西：一个几百岁的男人艰难地行走着，为他的家人引路，洪水退去后淤泥覆盖大地，腐尸散发臭气，之后是以动物献祭，以及燃烧的头发、皮毛和号角的臭味。

有几天的时间，除了阅读《圣经》她基本上什么也没做。她会经常往窗外看，听新闻广播。《圣经》和飓风自然属于故事的一部分，虽然她并不知道它们是否应被放在故事的中心。她把她的房东太太放了故事的开头。房东太太是一个来自特立尼达岛的老妇人，她一个人在楼下的门厅里，悄声说着关于市长的话，而她在楼上，想着要给总统写一封信。房东太太说门厅地板上那截残损的红地毯是她的市长朋友送给她的。她很可能会把总统和房东太太从故事中拿掉，留下《圣经》和飓风。或许如果她把那些不是那么有趣，或因为其他原因而不属于这个故事的东西拿出来，故事的中心就会更明显，因为一旦故事中的东西变少了，那么处于中心的东西就一定会更多。

在故事的另一部分里，一个男人病得很重，觉得自己就要死

---

[1] The High Holy Days，在犹太教中，圣洁日可指犹太新年及赎罪日这两天，也可在广义上指称包括犹太新年及赎罪日在内的十天。

了。他不是真的要死了，只是食物中毒并且喝了太多酒，但他以为自己要死了，他给她打电话要她过来帮他。那时刚好是据说飓风要袭击城市的时候，在她所在的街区与他的街区之间，一些人家的窗户用胶布贴上了星形。在他的房间里，百叶窗是关着的，光线昏黄，窗户哐哐作响。他平躺在床上，一只手放在裸露的胸口。他的脸是灰色的。

她不清楚在这个故事中，他的位置是什么。很显然他的病和故事的其他部分没有什么关系，除了它是在飓风最强劲的时候击垮了他。但他又在电话里跟她说了些关于渎神的事。他说，他最近曾严重渎神，因为他在某个圣洁日做了一件被禁止的事。他说，在做这件事时他意识到，出于某些复杂的原因他是为了伤害上帝，而如果他想要伤害上帝，那么他一定信仰上帝。他亲身体验了很久之前就被传授的真相，渎神证明了一个人对上帝的信仰。

这个男人，他的疾病，他对于失去生命的恐惧，致使他生病的渎神行为，就像他可能认为的那样，以及后来，在她坐火车出城时想起他说的其他关于上帝的话，可以构成故事的中心，而《圣经》和飓风可以放在边缘，但关于这个男人可讲述的或许不足以构成中心，或者说现在可能还不是讲述他的故事的时机。

所以故事中有这场并未袭击城市而是在其上方投下黄光的飓风，和这个男人，以及《圣经》，但没有房东太太，没有总统，没有新闻播报员，虽然每一天她都会看好几次新闻，以追踪飓风的最新动向。当新闻播报员让她往窗外看时她就会往外看。他们会告诉她在当下这一刻，因为太阳落山了，城里到处都在吹响羊角号[1]，她会很激动，尽管她所在的街区根本听不到羊角号声。尽管新闻播报员们将故事从前一天到下一天串联起来，但在这个已然很难找到中心的故事里，他们显然不是中心。

在那些天里她还会去基督教堂和犹太教堂。她最后去的教堂是城市北边的一个浸礼会教堂。在那里，穿着白礼服的胖黑女人要求她坐下，但她却紧张得无法坐下。之后，她站在拥挤的大厅后面，当一队穿着红袍的女人一边唱诗、一边迈着庄严的步子向她走来时，她开始感到眩晕。她离开大厅，找到了洗手间，坐在隔间里盯着一只苍蝇看，怀疑自己还能不能站起来。

事实上，接近这个故事的中心的可能是这个女人意识到这一点的时刻：她意识到或许因为她在上教堂和研究《圣经》，所以尽管她不是一个信徒，她的心中却怀有一种不寻常的、宗教般的平静，她还意识到这平静让她能够接受可能到来的最坏的灾难，某种甚至比飓风还要可怕的灾难。

她乘坐沿着河开的火车离开城市。飓风的危险已经过去了。河水并没有上升到淹没铁轨的程度，虽然很近了。在望向水面的

---

[1] 这一天应为犹太教的赎罪日，新年后的第十天。按照犹太教的传统，成年犹太人在赎罪日要斋戒，并前往犹太教堂祷告。教堂仪式于傍晚时分结束，届时会吹响羊角号。

时候，她突然想到了魔鬼。在她可能会相信的事物中，甚至是在她就自己相信的事物可能会问的问题中，她都没有留出魔鬼的位置。她问过好几个朋友他们是否相信有上帝，但她从未向任何人问起过魔鬼。想起这一点后，她意识到了另外一个问题：她忘记了魔鬼这一点一定意味着，到目前为止，他都不在她的信仰体系之内，虽然她认为她相信邪恶的力量。

现在已经接近故事的结尾了，但她想故事大概不能以魔鬼和坐火车作结。所以结尾也成了一个问题，虽然不像中心的问题那么严重。或许故事没有中心是因为她不敢将任何元素放在中心的位置——男人、宗教，或是飓风。又或者——这与之前的理由或许相同，或许不同——故事有一个中心但这个中心是空的，或许是因为她没有找到属于那里的东西，又或许是因为它本就应该是空的：在那里，但却是空的，就像那个男人生病了但并未死去，飓风接近但却并未袭击城市，她怀有某种宗教般的宁静但却不具信仰。

12

爱

一个女人爱上了一个已经死了好几年的人。对她来说,刷洗他的外套、擦拭他的砚台、抚拭他的象牙梳子都还不足够:她需要把房子建在他的坟墓上,一夜又一夜和他一起坐在那潮湿的地窖里面。

13

我们的好意

我们怀有对世界上所有人都非常好的理想。但我们对自己的丈夫，那个我们身边最亲近的人，又非常不好。但我们又想是他在阻碍我们对世界上的其他人好。我们想，那是因为他不希望我们认识那些人！他宁愿我们待在自己家里。他说车子旧了。我们知道事实上他希望我们只认识几个人就好了，就像他本人那样。但他口中说的是车子没法开很远。我们知道他宁愿我们留下照看自己的家，照顾自己的家人。我们的家里不干净，不是十分干净。我们的家人不是十分整洁。我们知道车子好得很。但是他觉得我们想出去对其他人好可能只是因为我们情愿待在外面，因为我们希望不用只对这三个人好，在全世界所有人中对这三个人好是最难的，与此同时我们很容易对其他许多人好，比如我们在商店里遇到的那些人，我们去商店是因为他说，我们的车子或许能安全地开到那里。

14

自然灾害

我们的家住在水面上升的海边，我们没法坚持太久了。最后，寒冷和潮湿一定会摧毁我们，因为我们无法离开：寒冷将从此地离开的唯一的道路冻裂了，海面上升，填满了低处沼泽地的坑洞，水沉下去后在坑洞的边缘留下盐晶，水面又升得更高，使得道路无法通行。

海水从水管冲进了我们的洗脸池，我们的饮用水变成了咸水。软体动物出现在前门和花园里，我们每走一步都会踩在它们的壳上。每次涨潮时海水都会淹没我们的土地，而退潮后会在玫瑰花丛和黑麦田垄中留下水塘。我们的种子被冲走了；剩下的那些被乌鸦吃掉了。

现在我们搬进了楼上的房间里，站在窗前看着鱼在桃树的枝丫间闪跃而过。一条鳗鱼从独轮车底下看着我们。

我们洗好的放在楼上窗边晾的衣物会被冻住：我们的衬衣和裤子会在绳子上结成扭曲的形状。现在，我们身上穿的衣服总是湿的,里面的盐摩擦着我们的皮肤,我们的身上又红又痛。一天中的大部分时间,我们都躺在沉重的、酸臭的被子底下;木头墙板湿透了;海水漫进窗缝,滴落到地板上。早上破晓前,我们中有三个人相继死于肺炎和支气管炎。还有三个人活着,但是都很虚弱,我们睡觉睡得很轻,思考时脑中满是困惑,不再开口说话,几乎不再能够看清光与黑暗,看到的只是昏暗与阴影。

15

奇怪的举动

你看这就是为什么要怪的是环境。我并不是一个奇怪的人,尽管我往耳朵里塞了越来越多撕碎的纸巾,头上缠着一条围巾:当我一个人住的时候我拥有我所需要的一切宁静。

16

圣马丁

那一年的大部分时间我们在当看护人,从早秋直到第二年夏天。我们需要照看一幢房子和它的院子,两条狗,还有两只猫。我们给猫喂食,一只白猫一只三花猫,它们住在屋外并在厨房的窗沿上吃饭,等食的时候会在阳光下打呼噜,但我们并不会将屋子打扫得很干净,或是及时割掉院子里的野草,我们的雇主虽然是很善良的人,但因为发生在其中一条狗身上的事,他们或许从未真正原谅我们。

我们对一个干净的家应该是什么样子的没什么概念。我们刚开始自觉整洁时就会发现房间里的灰尘和杂物,以及灶台上的炉灰。有时我们会为此争吵,有时我们会开始打扫。煤油炉堵塞得很厉害,但我们好多天都置之不理,因为电话打不出去。需要帮助时我们就去找之前的看护人,他们是住在最近村子里的一对老夫妇,家中的笼子里养着正在育种的金丝雀。老先生有时候会过来,看到房子周围长出蒿草时,他会一言不发地把草割掉。

我们的雇主需要我们做的基本就是待在家里。照理说我们每次离家不应超过几个小时，因为这房子常常遭到抢劫。有一次我们去许多英里外的一个朋友家庆祝新年前夜，那是我们唯一彻夜未归的一次。我们带上了那两只狗，将它们放在车后座的座垫上。半路上我们在村里的喷泉前停下了，往狗身上喷了水。反正我们身上也没有钱，哪里都去不了。我们的雇主每个月会寄一小笔钱给我们，那钱我们立刻就会花在邮票、香烟和食品杂物上。我们会买一整条鲭鱼回来自己洗，还有整只鸡，自己斩掉鸡头，洗干净，将鸡的双腿绑在一起用来烤。厨房里总是散发着大蒜的味道。那一年我们常听人说大蒜会让我们增强体力。有时候我们会写信回家要钱，有时候会有小额支票寄来，但银行要好几周才能将支票兑现。

我们最多只能去到最近的镇上买食物，还有一个半小时车程外的村子，村子在一座长满灌木橡树的小山的另一边。我们会将床单、毛巾、桌布和其他衣物留在村子里洗，就像我们的雇主指示我们的那样，一周以后去取衣物时，我们有时会留下来看一场电影。一个骑摩托车的女人会将我们的信送到家里来。

但即便有钱我们也不会走得太远，因为我们选择住在那幢房子里，与世隔绝，是为了能做各自的工作，而我们大多数时间也会坐在家里，试图工作，虽然并不总是进展顺利。我们会花很多时间坐在这间或那间屋子里，时而看着自己的工作，时而抬头看窗外，虽然外面也没有太多可看的，这取决于你身处哪个房间，你能看见一丁点不同的风景——树、田野、天上的云、远处的一条路，路上远远的车子，西边地平线上一个村子如海市蜃楼般聚拢在方形的教堂塔尖旁边，北边的山谷对面山头上的另一个村子，一个走过或在田野中干活的人，走着或飞起的一只或几只鸟，不远处一间残破的外屋。

两条狗几乎时刻在我们身边，紧紧地蜷着身子睡觉。我们和它们说话时，它们会抬起头，用老年人般忧虑的眼神看着我们。它们是黄色的纯种拉布拉多犬，是两姐弟。公狗体型很大，体格健壮，身形完美，有着近乎白色的浅金毛发，漂亮的头型与一张可爱的宽脸。它的个性单纯，脾气很好。它到处跑动，闻这闻那，听到我们叫它时会跑过来，然后就是吃和睡。它强壮、灵活，又很配合，对我们让它捡东西的要求有求必应，为了捡一根棍子，不管多陡多长的沙坡它都会冲下去，不惜一头扎进水中。只有在村镇里它才会害羞和害怕，它会颤抖着钻到咖啡馆的桌子底下或是汽车下面躲着。

它的姐姐却非常不同，虽然我们喜欢弟弟的善良与俊美，我们也同样喜欢姐姐怪异的幽默感，它的犹疑，它的慧黠，它的坏脾气，它的狡诈。它在村镇里时气定神闲，并且完全不捡东西。它个子较小，毛发是一种锈棕色，体型有缺陷，细细的腿上支着水桶一样的身体，脸长得像黄鼠狼。

因为这两条狗，一天之中我们时常要走出门去。有时候我们当中的一个早上五点钟就要离开暖和的被子，快步跑下冰冷的石阶把它们放出去，而它们心急得甚至会大便失禁，在厨房和阳台的红色地砖上留下一串粪便。等它们时，我们会抬头看看星星，它们明亮而遥远，而整个天空相比我们上一次看到的位置会有所偏移。

早秋时分，葡萄采摘者来到附近的田野里采集果实，蛇在玻璃窗外爬行，它们的腹部呈金绿色。房间里到处都是苍蝇。我们在音乐室玻璃门中透过来的大束阳光中打苍蝇。它们活着时困扰着我们，死后成堆地堆积在窗沿上，覆盖着我们的笔记本和文件。它们是我们的"七害"之一，其他六害是突然从屋顶上轰鸣飞过的战斗机，从树顶上更悠闲地振翅而过的战斗直升机，在房子附近游荡的猎人，雷电，两只偷东西的猫，以及一段时间以后，寒冷的天气。

猎人打枪的声音会从山后或是我们的窗户底下传来，清早就把我们吵醒。我们看到男人独自一人或几个一起走着，有时候是一个女人后面拖着一个小孩，或是西班牙猎犬跑出视野之外，烟从来复枪口冒出来。在树林里时，有时我们会发现猎人留下的脏乱痕迹，附近有 个小石房的废墟，他在那里做了午饭——一个塑料酒瓶、一个玻璃酒瓶、一些碎纸片、一个揉皱了的纸袋，以及一个空子弹盒。或者我们会撞上一个一动不动躲在树丛里的猎人，他的枪端在胳膊上，要不是站到了他身前我们根本不会注意到他，而即便那时他也不会动，只是拿眼睛盯着我们。

在村里的咖啡馆，天黑时分，店主那穿着橄榄绿裤子的儿子会拐过柜台，带着他的两只年迈的、鬼鬼祟祟的橘色狗上楼，与此同时几个女人会带着她们在黄昏前新采的蘑菇来卖。在一块平坦的田野那边，子弹盒点缀着一片空地，它是这片农田遍布的山谷中几个奇怪的小垃圾场之一。干枯的秋草间布满了石块，其间还有两辆废弃的汽车。从这里，一面传来野百里香的味道，另一面则是污水沟里传来的臭味。

我们几乎不和人来往，除了一个农民，一个屠夫，以及一个从城里来的浮夸的退休商人。农民一个人带着一条狗和两只猫住在一幢大石头房子里，他的房子和我们的只隔了一两块田。商人带短横线的名字中事实上真的含有浮夸这个词[1]，他住在最近的村子中的一幢新房子里，就在西边田野的另一边。年轻的屠夫和他的妻子住在镇子上，他们没有孩子，我们有时会碰见他将肉从货车上搬到对街的店里。有时候他会停下来在阳光下和我们说话，他的脸上带着谨慎的笑容，手里还抱着牛或羊的屠体。结束一天的工作时，他常常会外出拍照。他通过函授学习了摄影，并且取得了学位。他拍下镇上的节庆和游行，市集和射击比赛。有时候他会带着我们一起。时不时会有陌生人无心撞到我们的家里来。

---

[1] 原文为 pomp，前面形容商人浮夸时用的是 pomp 的形容词形式 pompous。

有一次一个年轻女孩如一阵风般走进厨房，她的脸色苍白，身形瘦弱，举止奇怪，就像一束游离的思想。

因为钱实在太少，我们的娱乐活动很简单。我们会走进砸到白色碎石路和照耀在橄榄树上的阳光下，一个接一个地扔石子，手投过肩，将石子扔到约十英尺外迷迭香丛中的一个大陶罐里。我们举行扔石子比赛，但自己一个人也会玩，在我们结束工作或是无法工作的时候。有时你在工作的时候会听到一声又一声沉闷的叮哐声，那是石头击中陶罐又落到碎石上的声音，或是石头落到陶罐里面时发出的带有回声的叮咚，这时我们就会知道另一个人在外面玩。

天气变得太冷时，我们会待在室内玩金罗美牌。仲冬时分，因为整栋房子只有几个房间里有供暖，我们会不分昼夜地玩牌，索性将它组织成了锦标赛。之后有几周，我们停止玩牌，转而在夜晚的炉火边学习德语。春天时，我们又转回了扔石子游戏。

几乎每天下午我们都会遛狗。冬天最冷的时候，我们出去捡到足够的引火柴和烧火的松果就会回来。天气稍暖的时候，我们会一次出去一个小时以上，大部分时候是去房子后面在一处高地上绵延数里的公共森林，有时是去山谷中的葡萄园和薰衣草园，有时是走进大草地，有时则是走进山谷深处一处古老的橄榄树林里。因为长时间被灌木丛、石头、松树、橡树、红土与田野环绕，即便是回到家中时，我们仍然感觉像是被它们环绕着。

我们出门散步，回来时袜子上会粘满毛刺，因为需要推开荆棘进入森林所以腿上和手臂上布满划痕，但我们第二天还是会出去散步，两条狗总是相信我们向某个方向前进是有原因的，回家也是有原因的，但在那看上去无边无际的森林中，几乎没有什么明显的标志能被当成散步的目的地，所以我们只是随意走着，观察着两边千篇一律的小径——那密密地长在土路两边的多刺的、细枝横生的橡树丛，路平直地向前延伸，偶尔才有一个小小的拐弯或和缓的坡，然后又平直地延伸开去。

如果我们是从一条陌生的路线回家，如果我们绕开那被深犁过的、过分繁密的农田，绕着森林的边缘然后走到一片芦苇荡的边缘，转向一块农田附近时，我们会看见一个穿着蓝色衣服的农民和他身穿红色衣服的太太在地里干活，身后跟着一条狗，回到家时我们感到自己变化那么大，我们会对家里丝毫未变这一点深感惊讶：有那么一会儿，屋子里和院子里的宁静几乎让我们相信我们从未离开家。

在森林和田野之间，在茂密的灌木丛中，我们有时会发现一处农舍的废墟，看到陡峭的石阶的曲面，边缘损毁了，伸向现已不存在的二楼，在废墟中间和周围，荆棘、荨麻和薄荷蓬勃生长，有时候，在附近会长着一株古老、丑陋、枝叶蓬乱的树，树的一半枝干都死了。我们发现这处农舍与我们自己的有着相同的构造。晚上我们踏着同样的弯曲的石阶上楼睡觉。在我们的房子里，同样地，动物们也住在楼下——我们带拱顶的餐厅曾经是一个羊圈。

有时候，散步的时候，我们会碰到一些难以名状的东西，比如有一次，在一个野火堆的灰烬中，我们发现了两只长耳大野兔的尸体。有时候我们会迷路，而且天黑以后还在迷路，这时我们会开始跑起来，因为害怕黑暗，我们不知疲倦地跑着，直到认出自己在哪儿后才会停止奔跑。

我们会有远方来的客人，有时候住上几天，有时候住上几个礼拜，有时候我们很欢迎他们，有时候，随着他们越住越久，便越来越不受欢迎。客人中有一位是一名年轻的摄影师，曾与我们的雇主合作过，习惯了来这房子里小住。他通常带着杂志的拍摄任务来到此地，总是在清晨和黄昏时分影子很长时拍他的照片。因为他花的是公司的钱，他为每晚住宿付给我们的钱和一间条件上好的酒店房间差不多。他是一个小个子的、整洁的男人，笑的时候笑容消失得很快，露出半截牙齿。他有时自己来，有时带着他的女朋友。

他会和狗玩，抚摸它们，当我们坐在楼下房间里试图工作时在我们头顶上和它们摔跤，我们会生气地向对方说他的坏话。要不就是他和他的女朋友在我们的头顶上裂衣服，一开始我们分辨不出那噪声是什么，那是硬邦邦的电线击打和摩擦地板的声音。有时候，我们本来就已经很难工作了。

他们令人难以置信地缺乏条理。出门办事的时候他们会让水在炉灶上沸起来，任水池里满是热肥皂水，就好像他们还在家一样。要么他们办完事回家时会让门大开着，冷风从门口吹进来，猫也会进来。他们近午时才吃早饭，并会把桌子上弄得满是食物碎屑。有时候，深夜时我们会发现那个女孩在沙发上睡着了。

但是我们很孤独，而摄影师和他的女朋友又很友善，他们有时会为我们做晚饭，或是带我们出去吃饭。他们的来访意味着我们又会有钱了。

十二月初，当我们将厨房里的煤油炉整天都开到最大时，我们在餐厅里工作，两条狗会睡在炉子旁边。我们望向窗外，看见两个男人正赶回田里干活，其中一个人坐在一架拖拉机上，另一个跟在一台耕犁后，那犁估计只耕了十陇田就久久闲置，上面生了锈。夜里有时刮起狂风，并且持续到第二天，鸟儿无法飞动，灰尘从地板缝隙中筛下来。有时深夜听到活动窗板在乱撞，我们当中的一个要起身，穿着睡衣走到车库铺着地砖的屋顶上去把窗子固定住，或是把它从铰链上卸下来。

暴风雨来时会持续好几个小时，淹没附近本已残损的外屋，将石墙打成黑色。第二天早晨的空气将会柔和而绵软。在持续的雨声和呼啸的风声过去后，空气中有时会有一种全然的寂静，一分钟又一分钟，直到远处天边突然传来飞机引擎突突的回声。暴雨过后，屋外碎石路上的石头是那么白，看上去像雪一般。

月中时,树和灌木开始落叶,附近田里的一个小石屋开始显现,从前那条黑色的入口被荆棘给挡住了。

一群羊聚在破烂的外屋那里,它们胖胖的,尾巴很长,长着脏脏的棕色的毛,苍白的瘦骨嶙峋的腿。它们相互顶撞着,从废墟里一齐涌出来,翻过摇摇欲坠的墙,小羊会发出像人声一样尖细的叫声,盖住铃铛碰撞时发出的闷响。牧羊人全身穿棕色,帽子的帽檐低低地盖住眼睛,他坐在木堆旁的草地上吃饭,他的脸上充满光泽,下巴上胡须茂密。当羊变得太过兴奋时,牧羊人不高兴地哼着,他的小黑狗有一次冲到羊群边上,羊群成群地用僵硬的腿跑开了。当它们回来后,又在屋内鱼贯而行时,黑狗又将它们赶得四处乱窜。等它们消失在旁边的田野中后,牧羊人又在那里坐了一会儿,之后才慢慢走开,他穿着肥大的棕色裤子,一只小皮口袋用一条长带挂在身后,他一只手拿着一根小棍棒,外套搭在肩上,随着他的口哨声,小黑狗东窜西跑。

一天下午,我们几乎一点钱都没有了,而且几乎也没有食物。我们的情绪很低落。我们不打招呼就去拜访了商人和他的妻子,希望他们能邀请我们共进晚餐。他们在楼上读书,两人前后脚下楼,手里握着眼镜,看上去疲惫而苍老。我们发现,没有按待访客的准备时,他们会在客厅里电视机前的扶手椅上放上一块毯子和一个睡袋。他们邀请我们第二天晚上去他们家吃晚饭。

第二天晚上我们去了他们家,阿塞兹德-蓬皮尼昂先生在饭前请我们喝了加朗姆的鸡尾酒，饭后我们一起看了一部电影。电影结束后我们离开了，我们顶着大风，穿过那狭窄而封闭的街道飞快地走向车子，尘土飞到了我们的嘴巴里。

第二天，我们吃了一根香肠当晚饭。我们所有的钱只有客厅桌子上的一小堆硬币，那是我们从家里各处的盘碟里收集起来的，总额是2.97法郎，还不到五十美分，但这些钱足够买点什么来当第二天的晚饭了。

之后家里哪儿都没有钱了，而且几乎也没有吃的了。仔细地搜寻过厨房之后，我们发现了几个洋葱、一盒看起来很旧但未开封的面包粉、一点肥肉，还有一点干掉的牛奶。我们意识到我们可以用这些东西来烤一个洋葱派。我们做了派，烤了它，切了两块来吃，并把剩下的放回烤箱，准备在吃的时候让它再烤一会儿。派出奇地好吃。我们的情绪高涨起来，我们一边吃，一边说着话，完全忘记了烤箱里的派。等我们闻到东西烤煳的味道时，那派已经黑得没法吃了。

那天下午，我们走到外面的碎石路上，完全不知所措。在盛烈的阳光和凉爽的空气中，我们扔了一会儿石子。我们没怎么说话，因为对于那些问题，我们没有答案。然后我们听到有一辆车正开过来。车开在从主路通往我们的颠簸的土路上，经过刷着粉色灰泥墙、有着铁艺装饰的周末度假屋，之后，一边是葡萄园、另一边是田野，我们看见漂亮的租用车里坐着摄影师。全然出于巧合，或者说像一个天使般，他在我们完全无计可施的时刻前来拯救我们。

我们并不会因为难堪而不敢说出我们既没有钱，也没有食物，而他很愉快地邀请我们和他共进晚餐。他带我们去了主广场上的一家很好的餐厅，广场上种了一排排芭蕉树。一队电视台工作人员也在那里吃饭，他们一桌十二个人，其中一个是驼背。在一面墙中明亮的大火堆旁，三位老妇人在打毛线：第一个脸上和手上布满了老年斑，第二个面色憔悴、瘦骨嶙峋，第三个相对年轻、快乐，但却略显迟钝。摄影师用公款好好地招待了我们。他在我们那里住了几个晚上，走的时候留给我们几张五十法郎的钞票，这足以让我们坚持一段时间，因为，举个例子，一瓶当地产的葡萄酒也不过1.5法郎。

冬天来临的时候，我们把房间一个个封闭了，将自己的活动范围局限在有一个大煤油炉的厨房，带拱顶的餐厅，我们会在餐厅里巨大的橡树桌前玩牌，在那里从厨房过来的暖气依然很热，我们用音乐室里昂贵的电暖气炉烤腿，在顶层没有暖气的卧室里，铺着红色地砖的地面那么大，地板在房间中央凹下去又升起来延伸到唯一的小窗需要花不少时间，窗户下面栽着一棵杏仁树和一棵橄榄树。大风吹起时，我们关上窗子，房子里的某些地方因而暗下来，此时整个房子会给人一种不同的感觉。

云雀在下午的田野里到处飞，露出银色的羽毛。通往村子里长而笔直的、布满深深车辙的土路变成了稀泥。在某些光线下，破损外屋的内墙呈现出贝壳一般的粉红色。两只狗在躺到冰冷的地砖上时会深深地叹气，闭上它们杏仁形的眼睛。当我们把它们放出去晒太阳时，它们会打架，喘着气，将石子踢得到处都是。在明亮、尖锐的阳光下，橄榄树的阴影就像一条暗河一般流过石子，又拍上墙壁。

一天晚上，顶着暴风雨，我们去了农夫家里吃晚饭。他家的房子旁边什么都没长，连草都没有；一所巨大的石头房子立在院子里深深的湿泥里。前门很重，很难推开。走道上传来一股潮湿的、发霉的味道，那是挂在一个木桩上的皮袋子里装的松露的气味。墙上挂满了装着各式种子和谷物的布袋。

我们跟着农夫去屋外捡鸡蛋做晚饭。在屋檐下，在一个过去是羊圈的棚屋里，母鸡栖息其中，它们的脸在农夫手电筒光的照耀下显得十分锐利。他一只手握着手电筒，一只手捡出鸡蛋，交给我们拿着。当我们绕过房子的正面回去时，雨伞在大风里被吹得翻了起来。

因为有一台大煤油炉，厨房里很暖。烤箱是开着的，一只猫坐在里面往外望。在家时，农夫大部分时间都待在厨房里。有东西要扔时，他会直接把它扔到窗外，之后再将它埋掉。餐桌上挤满了瓶瓶罐罐——醋，油，他从酒窖里拿上来的、用威士忌瓶装的自酿酒——其间还有布餐巾和大块的海盐。餐桌后是一个沙发，上面堆满了外套。墙上的架子上挂着两把来复枪。冰箱上贴着一张照片，照片中是农夫和他过去用的从巴黎开到马赛的卡车。

晚饭他给我们吃的是蘸油和醋的韭葱，少许硬香肠和面包，吃起来像纸板一样的黑橄榄，以及松露炒鸡蛋。他用厨房擦碗巾包着生菜叶甩干，给我们做了一个放了太多蒜的沙拉，之后请我们吃了洛克福奶酪。他告诉我们他会在去地里干活之前吃第一顿早餐，通常是一块配蒜的面包。他自称是一个共产党员而且谈起了法国抵抗运动[1]，他告诉我们那个年代的人就是知道谁是通敌者。通敌者会躲在家里，不怎么去咖啡馆，而且事实上在有麻烦的时候就会立刻被杀掉，不过他没说麻烦到底是什么。他对很多事都有自己的看法，即便是对《古兰经》也有看法，他说，在《古兰经》里，撒谎和偷窃不算是罪行，然后他有问题要问我们：他不知道在我们的国家是不是在过同一年。

他的卫生间很新、很干净，去那里时我们带着手电筒照路。我们经过了一个楼梯顶层平台，穿过了一间空旷的、屋顶很高的房间，发现那里除了一个壁炉什么也没有。晚饭后我们听了一张他从一堆东西里翻出的革命歌曲唱片，渐渐地他困乏了，一边打着哈欠，一边拨弄着手指。

回到家后，像往常一样，我们把狗放了出去，这样他们就可

---

[1] 指第二次世界大战时期在法国发起的针对纳粹德国占领者和法国维希政权的抵抗运动。

以在被关在屋里过夜前到处跑动一会儿。又到了打猎的季节了。我们不该把狗放出去,但我们并不知道这一点。一个多小时过去了,母狗回来了,公狗却没有。我们立马害怕起来,因为它从不会在外面待一小时以上。我们在附近一遍又一遍地喊它,第二天早上,发现它还没有回来时,我们走进了四面的森林里,在树林中不断地叫喊、搜寻。

我们知道它不会这么久不回家,除非是有什么事阻止了它。它可能是游荡到了最近的村子,然后被一只发情的母狗引诱了。它可能在路边被路过的骑摩托车的人发现并带走了。它还可能是被一个猎人偷走了,这个猎人渴望有一条个性纯良又漂亮的猎狗,他会骄傲地把它带到烟雾缭绕的咖啡馆里到处炫耀。但我们最先愿意相信以及相信了最长时间的解释是它在一处灌木丛中被毒死了,或是掉进了捕兽笼里,或是被子弹打伤了。

时间一天一天过去,它还是没有回来,一丁点关于它的消息也没有。我们开着车去往一个又一个村庄,问人,张贴有它照片的启事,但我们也知道我们问的人可能会对我们说谎,因为人们很可能不会交还一条像它那样漂亮的狗。

人们看到黄狗,或是发现流浪狗时会打电话给我们,但每次我们去看时,那狗都和我们的狗大相径庭。因为我们不知道它怎么样了,因为我们总觉得它有可能会回来,我们很难接受它已经不在了这个事实。它不是我们的狗这一点只是让事情雪上加霜。

一个月过去了，我们还是希望狗会回来，不过，春天的到来以及其他事物开始分散我们的注意力。杏花是那么白，在后面软软犁过的田野的映衬下，它们看起来近乎是蓝色的。一对喜鹊飞到木堆旁边的矮橡树丛中，扑扇着翅膀、嘎嘎叫着，忽地斜冲下去。

周末度假屋的人回来了，每个星期天，他们在我们屋后狭长的田野里干活时会大声叫唤彼此的名字。母狗到我们院子的顶头冲着他们吠叫，她的腿紧张而僵硬。

有一次我们在村口停下来和一个妇人说话，她向我们展示了她因挖地而满是泥巴的双手。在她身后，我们看到一个男人带着另一个男人回他的菜园拿药草。

蒲公英和水仙在田野里盛开。我们采了一大瓶回来放在睡房里，醒来时就像被下了药一般怠懒。鸢尾开了花，然后第一朵玫瑰开了，是黄色的。数不尽的苍蝇又冒出来，发出吵闹的声音。

我们又出去长时间散步，现在只带着一条狗。房子附近草质粗硬的草丛中有虫子，泥土中的小缝里有蚂蚁。田野中，紫色的三叶草长到我们的脚踝处，大朵的白色和黄色雏菊开在我们的膝边。血红色的熊蜂栖落到和我们的手一般高的毛茛花上。长长的、繁茂的绿草在田野中伸展，风吹过时如波浪般起伏，在附近的一处密林里，枯枝啪啪地断裂。风平息下来时，我们能听到一处涨起来的溪水流下来的声音，听起来像是流进了一个石盆。

五月，我们听到了第一只夜莺的叫声。一等天全黑下来，它便开始歌唱。它的歌声与知更鸟的歌声也并无太多不同，先是啭鸣，然后是喳喳叫，然后是打着颤，再是啭鸣，再是啁啾，再是啭鸣，但它是在夜晚的寂静中，在黑暗中，或是在月光下，藏在黑色的树枝里一个神秘之所唱歌。

17

同 意

———————

一开始她愤而出门,在她出门的时候他也出了门。不对,在她出门之前,他先离开了她,因为她说了什么话,那时他才刚回家不久。他没有说他会离开多久,或是要去哪里,因为他很生气。除了一句"我受够了",他什么也没有说。然后,在他出门的时候,她离开了他,带着孩子到了街上。然后,在她出门的时候,他回了家,但她还没有回来而天又黑了下去,他出门去找她。她回家时没有看见他,在家待了一会儿后,她又带着孩子出门去找他。后来,他说是她甩开了他,她也同意是她甩开了他,但那仅仅是因为他先甩开了她。然后他同意是他甩开了她,但仅仅是因为她说了不该说的话。他说她应该同意她说了不该说的话,并且这大晚上的矛盾是由她造成的。她同意她说了不该说的话,但她接着说他们之间的问题之前就开始了,所以如果她同意是她造成了这天晚上的矛盾,他应该同意是他造成了之前就开始的问题。但他不愿同意那一点,至少现在还不行。

18

在服饰区

　　一个男人已经在服饰区送了好多年的货：每天早上他用移动挂衣架推着同样的衣服去一家商店，晚上又将它们送回仓库。发生这种事是因为商店与仓库之间存在一个无法和解的纠纷：商店否认订购了这些衣服，它们做工很差，用料廉价，而且现在已经过时好多年了；而仓库又不愿承担责任，因为他们没法将货退给批发商，这批货对批发商也没有用了。这个男人对此一点都无所谓。这些衣服不是他的，有人付钱让他做这份工作，虽然他计划很快离开这家公司，不过现在还不是时候。

19

反 对

他说是她在反对他。她说不对,那不是事实,是他在反对她。事情是关于屏蔽门的。她的想法是屏蔽门不该开着,因为有苍蝇;他的想法是早上一起来可以开着,因为那时露台上没有苍蝇。不管怎样,他说,大部分苍蝇是从其他地方进来的:事实上,他放出去的苍蝇可能要比放进来的多。

20

演员们

我们镇上有一位演员，H——一个高大、粗犷、容易兴奋的男人——他出演奥赛罗的时候剧院总是满座，这里的女人都为他感到兴奋。和其他男人相比他还是相当英俊的，虽然他的鼻子有点宽，而且躯干相对身高来说有点短。他的表演僵硬、不灵活，他的动作明显是背下来的并且相当机械化，然而他的声音很浑厚，足以让人忘记其他一切。有一些晚上，他会因为生病或醉酒而起不了床——这发生得比人们想象得更加频繁——他的角色会由 J 来顶替，J 是他的替身。此刻，台上的 J 苍白而瘦小，完全不适合演一个摩尔人[1]；当他上台面对那么多空椅子时，他的双腿会颤抖。他的声音过了前几排就听不到了，他的小手在烟雾中无谓地挥动。看他表演时，我们只感到怜悯与焦躁，然而戏演到最后，我们却发现自己难以解释地被感动了，就好像尽管我们不情

---

[1] 即奥赛罗。摩尔人指的是中世纪生活在马格里布、伊比利亚半岛、西西里和马耳他等地的穆斯林。在莎士比亚戏剧中，奥赛罗是一个生活在威尼斯的摩尔人。

愿，奥赛罗个性中某种怯懦与悲伤的东西还是被传达给了我们。但H和J的举止与技巧——我们会在下午聚会聊天时仔细探讨，晚饭后独自待着时也会细细思索——在城里来的伟大的斯帕尔向我们表演了真正的奥赛罗之后就突然不算什么了。我们看得那样入迷，那样如痴如醉，以至根本无法描述我们的感受。在他离开后我们又只有H和J时，我们几乎是心怀感激的，尽管他们是那样不完美，但却是我们所熟悉的，让我们感到舒服，像是我们的自己人。

21

有趣的是

写这篇小说对她来说也很难,或者说要把它写好对她来说很难。她把它拿给一个朋友看了,朋友说它需要更有趣一点。她很失望,虽然她知道这篇小说只有一个部分是有趣的。她试图弄明白为什么其他部分是无趣的。

或许根本就没有办法使它有趣,因为它如此简单:一个女人,有一点醉但还没有醉到无法讨论一个暑假计划的地步,被她的情人扔进了一辆出租车并被要求回家,这个男人正是她以为她会与之讨论那个度假计划的人。

她问她的朋友这是否,至少,是会让一个女人感到受伤的事,还是这根本不算什么。他认为这会令人受伤,但尽管如此,它不是很有趣。

他把她和两个男人塞进了一辆车,因为好多年前发生过的一些复杂的事,这两个男人不是很乐意和她坐在同一辆车里,而她也不是很乐意和他们坐在一起。她很礼貌地和他们说话,但是心里对这个让她置身如此处境的男人很生气。

在那个故事里,被那个男人扔进出租车怎么会让她那么生气这点说得不是很清楚。或者说,这一点对她来说十分清楚,却很难向其他人解释,虽然她知道任何人被和那两个男人扔进同一辆出租车都会很生气。

她一回家就立刻给他打电话。她对他大发脾气,但他却笑了,她于是更为光火,他稍微道了一下歉但又笑了,然后说他有点困想去睡觉。她挂了电话。她开始哭然后开始喝酒。她气得恨不得要对他挥拳相向,但是他不在那儿,他在睡觉而且说不定梦里还在笑。她一边喝酒一边使劲想着,怒不可遏。

这次他想对她做什么呢?她想。她和他并没有很多机会在一起,晚饭时他们面对面坐着,他们最近开始谈起夏天一起出去度假的计划,他们之前没有一起出去过,甚至没有谈起过,他甚至发给她一张他们将一起住的房子的照片。他们说晚饭后他们会再详谈,她对这一切非常开心,并且觉得他们之间的爱终于开始变成某种实在的东西,某种她可以指望的东西。然后,当她的头脑轻松愉快、肚子饱足,准备和他走到街上去时,他突然毫无征兆地一把抓起她的胳膊把她领到一辆出租车前,刚好那两个男人正在上车,而且因为现场还有其他他们两个都认识的人,除了假装她不介意当时的情况她什么也不能说。他这么做到底是什么意思?她对此应该作何感想?应该如何反应?

在她愤怒的思绪里她一度决定放弃和他一起度暑假的想法。如果现在他做了这件事，那么暑假里他会对她做什么？或者更坏的是，夏天结束后他会做什么？她又喝了更多酒以排遣她的失落。

他们陷入恋爱这件事本来应该是有趣的，因为任何恋爱通常都比无恋爱有趣，就好像一个故事中有两个人应该要比一个人更有趣，一段困难的恋情应该要比一段简单的恋情有趣。就好像，比方说，在一个喧闹的餐馆里和朋友聚餐之后一个快乐的女人和她的情人手挽手走在街上，她对他那么高这件事和她伸手去摸他时他柔顺的头发在她手掌下的感觉感到满意，和他走在一起讨论夏天的计划，那时她还确信他们会一起去度假，这件事或许没有在难堪与仓促间被塞进一辆出租车，或是寻找一对丢失的钥匙那么有趣，她后来确实在找钥匙，然后毫无疑问关于钥匙的想法要比关于出租车的想法更有趣，关于一件失而复得之物的想法要比已然知道她在哪里的想法更有趣，她在哪是已知的，先是在出租车上，然后在家里，虽然在某个更广的意义上她不知道她和他的关系进展到了哪里，他对她的期待是什么，而他认为他们之间又会发生什么。

他们之间的恋情是非常规的、断断续续的，对她来说是痛苦的，因为在他们间隔那么久才做的安排里，在几个月过去之后，他总是会做一些她不知道他会做的事并且它总是会和他们原先的安排相冲突。她会特地去借一间公寓好让他们有一个舒服的地方相会，但是他会先答应晚上来，最后又不来，在她打电话问他在哪却听到他满是睡意的声音后，她会绞着手在那个借来的公寓里从一个房间走到另一个房间。另外一次他肯定地说他不会到那个借来的公寓去，最后又没有事先通知就去了那里。或者他们会约好只吃午饭，但是他会突然提议他们去一个汽车旅馆。在汽车旅馆里，出乎意料地，他又会说他想保留房间晚上再见面，她会很高兴，然后整个晚上，在家里，她会等着他打电话告诉她什么时间来见她，然后最终她会打电话给他并听到他说他并没有保留那个房间并且不会来见她。

但是如果他总是做这些她没有料到他会做的事，如果她已经知道这一点，为什么她不会提前想到不管他说他会做什么，他最后都不会做？虽然她不是一个笨女人，她还是没有那样做。而且通常那些她没有料到的事也是不友善的事，几乎每次都是，但是这或许要比他是友善而可靠的——像她期望的那样——要更有趣，这同时要比他是迷人的而且对她开放要更有趣，他也经常是这样的：她上次见他的时候他看起来多么快乐呀，在酒吧里他坐在她身边，他们刚刚见面，他的脸上是纯粹的快乐，直到她说他看起来很快乐并且问他为什么，他先是顾左右而言他，最后才说出了事实，他见到她很高兴，但在这之后他的心情似乎就没那么好了。

她还没有完全结束哭泣和生气，但是她无法待在她的公寓里，那个似乎只有她和那件刚刚发生的事及其携带的失望的地方。她跪在客厅的地毯上，试图记起她把一些钥匙放在哪里了，一个朋友公寓的钥匙。她想去这间公寓，虽然她知道这个朋友不在家而且不会回家。她无法带着她的麻烦去见这个朋友，而且，即便是透过酒醉的迷雾，她想她也不能带着她的麻烦去见他。但是她也无法停止去做那件她十分想要做的事。她需要让属于不同时空的那些墙壁把她从刚刚发生的事情当中解救出来，哪怕只是一点点。

她把一个大而重的抽屉从写字台中拿出来在地毯上倒空。那个抽屉很难拿并且很难翻过来。她翻遍了里面所有的东西，很难看得很清楚，她没有找到那对钥匙，于是她把所有东西又放了回去，将抽屉放回写字台。然后她又从一个架子上取下一只鞋盒，它比抽屉要轻而且容易拿。她将鞋盒在地毯上倒空，但是钥匙也不在那里，于是她仍然跪在地毯上，仍在哭着，然后面朝下躺在地毯上，因为她找不到钥匙。如果她找不到钥匙，她不知道该拿自己怎么办。

她停止了哭泣，洗了脸并擦干，试着回想她是在哪里最后一次见到那些钥匙。然后她想起来它们不是单独放着的，而是被装在了一个信封里，一旦想起这一点，她就想起了她最近在哪里见过那个皱巴巴的信封,并在桌上的一个木托盘里找到了它。她把钥匙装进信封,打电话叫了一辆出租车,离开了她的公寓,穿过几个不同街区的寂静的街道,来到了朋友的公寓,一走进去她就立刻在客厅的地毯上睡着了,这个地毯比她家的更厚、更舒服。

当清晨干净的光线透过他家高高的窗户时她醒了过来,并且很快离开了他的公寓,以防碰见他。现在她可以回她自己家了,就好像在夜里她爬到了某个很高、很困难的位置而早上她又爬了下来。

她永远也不会告诉朋友她在他家睡了一晚上。距离上次她使用他的钥匙已经很久了。如果他知道此事,他的反应应该也会很有趣。事实上,这个朋友很可能会是整个故事中最有趣的人,如果她是把他而不是他的公寓写进去的话。

因为前一天晚上喝得太多,那天她病了。在喝了那么多酒之后身体无恙会比病着更有趣,但是那一天她更愿意自己生着病而非身体健康,就好像那对于发生的变化是某种庆祝,变化是这个夏天她不会和她的情人坐在地中海的阳光下了。在此之后,她和他之间差不多也没什么关系了。她不会再回他的信,要是碰巧遇到他,她也不太和他说话,然而她这持续许久的愤怒对她来说无疑要更有趣,因为在最后,她发现这一点比她爱了他那么久要更加难以解释。

22

在沼泽地

今天我坐在一辆有顶篷和橡胶车轮的车里，穿越丛林拉里的非洲之旅野生动物园[1]。我们经过了一棵勒颈无花果树和几头关在笼子里的美洲狮。一头母豹在石头后躲避着我们。在"兰花城堡"中一棵棕榈树的高处，一个生了锈的水龙头边盛开着孤零零的一朵花。之后我们将垃圾扔到了一个塑料狮子张开的嘴巴里，前往"塞米诺尔印第安村"。

村子关闭了，虽然"村立商店"是营业的，但我们什么也没有买，可能是因为那些为我们服务、看着我们挑拣串珠小商品的印第安人看起来过分阴郁了。

后来我坐在一艘气垫船前排短短一排人中间，伴随着一股难受的后坐力，我们的船掠过锯齿草丛，猛地冲了出去。红树林沼泽地间到处都是受惊的动物，一只接一只地，接连数里，苍鹭和

---

[1] 即 Jungle Larry's African Safari，由美国著名驯兽师拉里·泰茨拉夫（Larry Tetzlaff）和妻子南茜·泰茨拉夫（Nancy Tetzlaff）于1969年在佛罗里达州那不勒斯市成立，园内展示品种繁多的野生动物。

白鹭在我们面前展翅，飞向白色的天空。

一整天我都在看着阳光普照的风景，然后在船长的指示下，我观察着水面，希望看到短吻鳄。破碎的阳光反射在水面上，痛苦地闪烁着。现在是晚上了，我坐在台灯的灯光下，眼睛很疼，并且无力思考。

我看着周围的事物：纸糊的墙面，金叶装饰品，台灯灯光下的桌子，桌子上我的手，特别是我的右手手背，一个女人今天在上面印了一个蜷成一团的猴子，现在那印章变得模糊而丑陋，不管我怎么一遍遍试着回想这章到底是在何处、为什么盖上去的，我还是想不起来。

23

一家人

向晚时分，在低沉的夕阳下，在绿草上，河边的游戏场上只有一家人。秋千前后摆动时发出吱吱呀呀的响声。荡秋千的孩子的身影被缩短了，影子从草地上飞到草丛中。1 __年轻的胖白人女人用一只胳膊将白人婴儿拉到草地上摊开的被子上。2 __黑人小男孩和大一些的黑人女孩抢秋千，3 __但被命令坐在草地上，4 __他闷闷不乐地站着，这时 5 __胖白人女人艰难地站起身，走向他，打了他一巴掌。6 __黑人小男孩啜泣着，躺在草地上而 7 __胖白人女人在和婴儿玩，8 __此时年轻的黑人男人命令黑人女孩从秋千上下来。9 __年轻的黑人男人开始和长头发的白人女孩玩摔跤，10 __女孩抗议，此时 11 __瘦高个、满脸皱纹、长着大胡子、戴着棒球帽的白人男人叉着手、驼着背站在那里，对讲机插在他的右边屁股后面，12 __而黑人女孩趴下来，脸对着婴儿的脸。13 __婴儿眯着眼睛看着黑人女孩和四周，14 __同时白人女孩抗议得更大声，15 __当年轻的黑人男人打她屁股的时候，16 __年长些的白人男人只是叉着手看着。17＿白人女孩挣脱了年轻的黑人男人，边哭边跑向河边，18＿年轻的黑人男人不紧不慢在后面追她，19＿而年长些的戴棒球帽的白人男人姿势古怪地追她，一只手放在屁股上的对讲机上。20＿年轻的黑人男人抱起白人女孩，把她带回年轻的胖白人女人那里，21＿后者将她放在双腿上，22＿而黑人小男孩坐在草地上看着。23＿白人女孩在年轻白人女人的怀抱里扭动，挣脱后又跑了起来，她哭着跑向河边。24＿个子高些的黑人女孩在后面追，赶上她，提起她，把她带了回去。25＿年轻的白人女人抱着白人女孩，女孩在挣扎，头发盖住脸，26＿这时黑人女孩抱着白人婴儿在荡秋千，27＿而白人男人一动不动地站着，驼着背，伸着屁股，眼睛被棒球帽的帽檐遮得看不见。28＿年轻的黑人男人向着夕阳中的石砌小屋走去，29＿又回来叫白人女人，30＿女人离开白人女孩，抱着婴儿跟随男人走向小屋，31＿留下黑人女孩一个人荡秋千，32＿黑人男孩一个人坐在草地上，33＿而白人男人叉着胳膊一动不动地站着，从帽檐下往前看。34＿白人女人和黑人男人一起回来，弯下腰去拿草地上的被子和袋子。35＿戴棒球帽的白人男人撑开睡袋，36＿让年轻的白人女人将婴儿放进去。37＿年轻的白人女人命令黑人男孩从地上起来。38＿黑人男孩摇着头并继续坐在草地上。39＿白人女人打了黑人男孩一耳光，40＿男孩开始哭。41＿白人女人抱着婴儿与年轻的黑人男人及两个女孩走了，42＿年长些的白人男人跟着，手里牵着哭泣的黑人男孩。43__一家人离开了游戏场,走到了灰尘扑扑的路上。44__一家人停下来,等着戴棒球帽的白人男人,45__他慢慢地走回游戏场,从草地上捡起一双小孩的人字拖,46__然后重新回到家人中间。47__一家人继续走着,走向沼泽地、短桥,以及红色的天边。

24

试着理解

  我试着理解这个开我玩笑的爱玩闹的男人与那个和我谈钱时严肃得不再能注意到我的严肃的男人以及那个在困难的时候向我提供建议的耐心的男人以及那个离开家时摔门的愤怒的男人是同一个人。我经常希望那个爱玩闹的男人能更严肃,那个严肃的男人能不那么严肃,而那个耐心的男人能更好玩。至于那个愤怒的男人,他对我来说是一个陌生人,我不觉得讨厌他有什么错。现在我意识到如果在那个愤怒的男人离开家时我对他说了刻薄的话,我也是在伤害其他人,那些我不想伤害的人,那个开我玩笑的爱玩闹的男人,那个谈钱的严肃的男人,那个提供建议的耐心的男人。但是,比方说,我看着那个耐心的男人,他是我最不希望用刻薄的言语伤及的男人,虽然我对自己说他和其他男人是同一个人,我还是只能相信我的那些话不是对他,而是对另一个人说的,那个人是我的敌人,他应该承受我所有的愤怒。

25

反 复

米歇尔·布托尔说旅行就是写作，因为旅行就是阅读。这一点还可以进一步展开：写作就是旅行，写作就是阅读，阅读就是写作，阅读就是旅行。但乔治·斯坦纳说翻译也是阅读，翻译也是写作，就像写作也是翻译，阅读也是翻译。那么我们也可以说：翻译就是旅行，旅行就是翻译。比方说，翻译一份旅行书写，就是阅读一份旅行书写、写作一份旅行书写、阅读一份书写、写作一份书写，以及旅行。但如果你是因为翻译而阅读，因为写作而翻译，因为旅行而写作，因为旅行而阅读，因为翻译而旅行；也就是说，如果阅读就是翻译，翻译就是写作，写作就是旅行，阅读就是旅行，写作就是阅读，阅读就是写作，旅行就是翻译；那么写作也是写作，阅读也是阅读，更进一步说，因为阅读的时候你是阅读，也是旅行，因为旅行也是阅读，那么阅读的时候你是在阅读和阅读；因为阅读也是写作，那么也是阅读；因为阅读也是翻译,那么也是阅读;那么,阅读的时候你是在阅读,阅读,阅读和阅读。相同的论述对于翻译、旅行和写作也同样适用。

26

罗伊斯顿爵士的旅行

哥德堡：大胆进食
*

今天早上在斯卡恩，在坐船逆流而上之前，他晕得七荤八素。船上还有领事史密斯先生，以及一位铁矿商人，达姆先生。他和他的两个侍从都听不懂旅馆里任何人说的语言。哥德堡有相当一部分被烧毁了，因为它几乎全部是由木头建成的，现在他们正在用白色的砖石进行重建。

他完全满足了自己对于这座城市的好奇心。

在去特罗尔海坦市的旅途中，马具在每两站之间都会坏上三四次。在这里，旅行者自己驾车，而农夫则跟在马车旁边跑或从后面跳上车。他饶有兴致地看着特罗尔海坦的瀑布。在特罗尔海坦市一间小旅店的相本上，他题了几句希腊抑抑扬格诗句，这些诗句唤起了他对那些瀑布的印象。

他在一个可靠的老兵的引导下欣赏运河与瀑布。他看见几条装载着铁矿和木材的船穿过水闸。那些英国商人都对他以礼相待,尤其是史密斯先生,那位领事。他吃奶酪,喝玉米白兰地,吃了生鲱鱼、鱼子酱、带骨的大块肉、烤肉、鱼和汤,于是忍不住想起蒲柏的诗句:"大胆进食。"

哥本哈根:海水,微咸而已

*

离开哥德堡后,他先是经过了一些了无生气的乡村,地上没有树,只有沙和石头,然后又经过了一些有水有树的乡村,那里主要种植黑麦和大麦,间有少量小麦田和几处啤酒花田。许多木桥都腐烂得很严重,几乎承受不住一辆马车的重量。在抵达赫尔辛堡后穿越厄勒海峡时,他惊讶地发现一群鹅在海里游泳,他尝了尝海水,发现那水只不过是微咸而已。

他对哥本哈根的认识目前为止仅限于他驾车经过的那些街巷,以及他房间里的四面墙。但他没有发现贫穷的迹象,从瑞典的木房子也看不出来,人们都穿得很体面。他对于侍从们也很满意,尤其是普尔,他既肯干又聪明。

丹麦的贵族大多数都隐退乡间了。

贫瘠的斯莫兰省

*

离开赫尔辛堡后,他穿越了大片的冷杉林和桦树林:这是贫瘠的斯莫兰省,这里的人烟是如此稀少,两天内他仅仅遇见了一个独行的旅行者。

普尔自创了一种语言,它融合了英语、荷兰语、德语、瑞典语和丹麦语,这种语言远非悦耳。

有一段时间除了一点黑麦面包外他什么吃的也没有——他想,对任何人来说,那些面包都太硬、太黑、太酸了。他可以吃到许多生咸鹅,如果他喜欢的话。

斯德哥尔摩规划得没有哥本哈根那么整齐,但却要宏伟得多。

他去了兵工厂,看到了古斯塔夫·阿道夫国王在吕岑战役中骑的战马的马皮,还有查尔斯七世被枪杀时穿的衣服。

他给他的父亲寄去了两枚瑞典钱币,钱币很重,当它还是通行货币时,一名公务员要带上手推车去把一个季度的薪俸运回来。

去韦斯特罗斯

*

在乌普萨拉他参观了大教堂,在那里遇见了一个拉丁文说得很流利的男人。教堂主管不在家。因为马车的车轴坏了,他在冷杉和桦树林里被耽搁了。总的来说，他很讨厌每次都要为自己和马匹寻找不同住处这一点。

瑞典语严重地损伤了他会的那一点点德语。

在图尔库

*

他得知俄罗斯皇室里正愁云一片。

圣彼得堡：玩惠斯特牌[1]

*

一开始，这片无边无际的冷杉林刺激着他的想象力，但很快就因过分单调而变得令人生厌。他吃了山鹑和一只啄木鸟。在朝着芬兰的俄罗斯人聚集区逼近时，他发现一切都变得越来越有俄罗斯特色：教堂开始变成有镀金穹顶的样式，留胡子的人也越来越多。一位邮局局长用拉丁语向他问了好，但尽管如此，此人并不是很有教养。路况极差，八匹马都不管用，最后还是几个农民帮助他上了山。他碰见了两头狼。他从一座木桥上过了涅瓦河。当他在街上看到了他的老朋友、爱尔兰双轮马车时，他被逗乐了。

在这里最令人惊讶的事物自然要算那些普通民众了。

---

[1] 一种起源于英国的纸牌游戏，18世纪及19世纪在欧洲和美洲十分流行。

当他发现俄语中有一个单独的词来表达"歪曲正义的法官"时，他对这个国家的民众的诚实程度深感怀疑，同样地，在阿拉伯语中有一个词的意思是"给法官的贿赂品"。

在俄语中表达红色和美丽这两种意思的只有一个词，就好像古罗马人用紫色[1]这个词时不一定是指颜色，比如"紫色的雪"[2]中的用法。

与俄罗斯人相处让他感到无聊，打惠斯特牌的时候，几乎不会有任何有趣的谈话。对他来说，打牌甚至比往桥底下吐口水或是用一根拐杖在靴子上敲出韵律来更无聊、更没意思。

圣彼得堡的外观十分宏伟，让他见识了砖和石灰的奇妙功用——不过，外围的乡村却极为平坦、无趣，而且沼泽遍布。天气开始变冷了，屋子里需要生火，出门在外时则必须穿皮毛斗篷。

他希望能看到雪山和雪橇，还有冷冻市场。

有一次他无意中去看了一部五幕俄罗斯悲剧，他原以为那是一部法语歌剧。不过，他希望以后能与别人谈起这部《斯拉夫人》。他看见了塔夫利达宫，如今已经被皇室接管，在后面是一个被花坛和碎石路分隔的冬景花园，园子里种了橘子树及其他异国植物，整个园子由大量炉子均匀地供了暖。涅瓦河现在被拉多

---

[1] 原文为 purple。还有皇室及红衣主教之职的意思。
[2] 原文为 purple snow，应为"美丽的雪"之意。

加湖漂来的浮冰堵塞了。气温已经下降到了零下三十摄氏度,本地人却认为这不算什么。

皇后生了一位公主。当皇室聚到一起庆贺时,最引人注目的是瓦拉几亚大公伊普西兰蒂和他的希腊随从们。

他的生活模式基本一成不变。早上他会学习俄语。

他对这个地方以及此地的人开始生厌:他们的热情好客;他们的饕餮;他们公然无耻的欺骗;他们既缺乏信息又没有观点的可怜的谈话;他们对于西伯利亚的无休止的畏惧;他们的冷酷、沉闷、缺乏活力。相比之下,波兰人要绅士得多,他们似乎是比他们的俄罗斯统治者更优等的人。

他不会像原计划那样在这里待那么久,相反,他会购买两辆雪橇,配备好其他物资就离开此地,不是去莫斯科,而是去阿尔汉格尔斯克。

他想象驾着驯鹿马车穿过白海冰原一定是很新奇的经历。

去阿尔汉格尔斯克

*

他买了两辆带篷顶的雪橇,往里面装上垫子,并配备了冻牛排、马德拉酒、白兰地和 只大炖锅。为了这趟旅行,他里面穿了法兰呢,外面套上他平日穿的衣服,在靴子外他套上了皮毛的鞋子,外面再套上一双毛靴子,他的头上戴着一顶蓝色的羔皮帽子，身上裹着一件紫貂大衣，最后，他整个人身上又盖上一块熊皮。

一路上没有旅店，所以他有机会看到农民家里的样子。有时一家人住在一间屋子里，室内的高温与气味令人窒息，且时有蟑螂，在木头棚屋里更是成群结队。到处都是土。但那里的人们却礼貌、热情、开朗而又聪明，尽管他们酗酒、互相之间喜欢吵架，而且热衷撒谎。他们比他碰到的其他人都更像爱尔兰的平民。彼得大帝下令让他们剪掉胡子，但这一计划远未成功。

人们到他住的农舍里来看他吃饭。他的身边围着二三十个女人，她们仔细地打量他，向他提问。

他经过了拉多加湖和维捷格拉。在快到卡尔戈波尔的时候，他数了数，视线内有十九座教堂，它们大部分有着五个气球一样的穹顶，上面镶了金和铜，或是漆上了最为俗艳的颜色。他以为这会是一座庄严宏伟的城市，但这里教堂的数量和房子的数量几乎一样多。

在阿尔汉格尔斯克，大主教拉丁文说得很流利，但他不知道在他辖区内的萨莫耶德人是异教徒还是基督徒。

他的女主人急于向他展示他们这里也有水果，她拿出了一些保存好的样品。当地树林里的一种莓果尝起来有一股浓重的松节油的味道。

晚上市长来了,他用俄语对他做了一段四十五分钟的讲话。

阿尔汉格尔斯克的气温是零下二十九摄氏度。他的两只手都冻僵了,保韦尔斯有一只脚冻僵了。他去了阿尔汉格尔斯克的东北部,买了三驾雪橇和十二只驯鹿,然后踏上了那无人踏足的雪地去寻找萨莫耶德人。他恰好在北极圈界上找到了他们,在一片一望无际的雪原上,他们被几百只驯鹿包围着。他们是异教徒。

回到阿尔汉格尔斯克后,寒冷更加剧了,想要喝到马德拉酒他就必须将它放到烤箱中烤,想要吃肉他必须用一把斧头把它砍开。现在的气温是零下三十八摄氏度,只比水银凝固的温度高一点点。

莫斯科巨大且无与伦比

*

在破烂的路上奔波了许久,穿过了绵延无尽的单调无趣的森林之后,他来到了莫斯科,他发现这座城市巨大而又无与伦比。

他开始能够顺利地阅读俄语书了,说得也过得去。普尔的俄语学得也够用了。

他在阿尔汉格尔斯克请一个农民用河马的牙雕出一驾萨莫耶雪橇和三只驯鹿,现在给他的弟弟寄了过去。

尽管人口不多,莫斯科的面积却大得惊人,因为整座城市里的房子都是不相连的。克里姆林宫自然庄严壮丽，近三十个镀金的穹顶让它的外观看起来尤为奇特。

他对经过的一些游牧民族的兵团很感兴趣。有一天从奥伦堡前线来了两千个巴什基尔士兵，他们骑着精瘦的沙漠马，背着弓和长矛，有一些人用铠甲全副武装起来，有一些穿着铁丝编成的铠甲或是锁子甲，有一些戴着骇人的帽子，还有一些戴着铁头盔。这些人是伊斯兰教徒。他们的首领穿着一件猩红色的卡夫坦袍，他们会用嘴角吹一种笛子，齐声唱歌。他们与吉尔吉斯斯坦的战争几乎从不停歇。

还有一队卡尔梅克人也从城里经过。他还看到一些以小队出现的吉尔吉斯人。

他继续学习俄语。他认为俄语音调铿锵，但不认为它值得花工夫学习，因为俄语作家是那么少——所以想要传播文学直接翻译外国作品还要更容易。不过，关于征服喀山的鞑靼人的民族史诗会很好，如果它的音律不是那么单调难忍的话。

另一趟去圣彼得堡的旅程

*

马车行驶在冻河上时，车夫弄错了路，走到了一块开始融化的冰面上，马踩破了冰面。他坐的雪车无法从里面打开，而车夫们完全没有注意到他，因为他们一心在想怎么救起自己的马。一名车夫把普尔从雪橇里叫了起来,他要借一把斧头。普尔看到了半漂在水里的雪车,再迟一点的话连打开皮罩子的时间都没有了。他带着他的写字桌跳上了冰面,马车沉了下去。淹死了一匹马。

圣彼得堡正在举行一场狂欢节:河面上和雪山边都支起了剧院的帐篷,雪橇的队伍排得很长,到处都是人,早晚都有集体化装舞会。

再次来到莫斯科,他计划着接下来的旅程

*

莫斯科在斋戒期间十分无聊。

他计划弄到一条大船,在喀山起程,然后坐在船上的沙发上,沿伏尔加河顺流而下去阿斯特拉罕。他会抵达里海沿岸。

他将要用的马车整个车身上连一块铁都没有。

他碰到了一个阉人教派的人,他们是为了抵达天国而那么做的。他们的教旨一度传播甚广,政府因害怕人口减少而被迫介入。政府逮捕了其中一些人,将他们送去了西伯利亚的矿场。

他正在为接下来的旅程做准备,一直到阿斯特拉罕,波因塞特先生——一个来自南卡罗莱那州的美国人都会与他同行,他认为波因塞特是从新世界的森林里出来的人中极少见的开明而有教养的绅士。

他雇了一位鞑靼翻译,他的贴身男仆有点害怕此人,称其为"鞑靼先生"[1]。

他正在等待从喀山来的关于路况的信件,但因为现在是春天,不管是乘雪橇还是马车都很危险,因此通信也基本被切断了。

国家颁布了一项法令,禁止谈论有关政治的话题。

在俄罗斯帝国,你遇到的三个人中一个可能来自中国,另一个可能来自波斯,还有一个可能来自拉普兰,于是你会丧失关于距离的概念。

外国报纸在这里是被查禁的。

在复活节前夜,他在凌晨一点登上了一座高塔,观看莫斯科城成百上千座教堂被点亮的盛景。

之后,当这家人的妇人们都跑过来向他哭喊"基督从死者中复活"时,他很吃惊。

与波因塞特先生一起出发的时候,他们两个人每人都会带上一把双筒枪,一对手枪,一把短剑,一把波斯弯刀;四个侍从每人也会带上手枪和短剑。他会很舍不得离开莫斯科。

---

[1] 此处为法语 Monsieur le Tartare。

喀山:没有人会感觉自己身在欧洲

*

一路上的住宿条件与在莫斯科大公国时无异:只有一个房间,你和一大家子人睡在一起,忍受令人窒息的高温和气味;除了一张桌子和一条长凳,没有别的家具;几乎没有什么吃的。

越往前走他发现鞑靼人的数量越多,戴俄罗斯皮帽的人变少了,而戴穆斯林头巾和中式绣花头巾的人则越来越多。

他住在一个切列米斯人家的小屋里,屋子里既没有烟囱也没有窗户。女人的衬裙只到膝盖,她们的辫子编得很长,上面缠着一些筒状黄铜饰物。

在这里没有人会感觉自己是身在欧洲——尽管按习俗来说喀山的确位于欧洲——但当他想到这里鞑靼式的堡垒,教堂和商铺独特的建筑样式,以及鞑靼人、切列米斯人、楚瓦什人、巴什基尔人和亚美尼亚人混居的状况之时,这种感觉就在所难免了。

一个亚美尼亚商人保证两三天内会为他准备好一条船。

去阿斯特拉罕附近的隔离区

*

伏尔加河的景致令人心旷神怡,右岸山岭绵延,绿树青葱。到察里津时,河的两岸都位于亚洲,而且两岸都是沙漠。

他看到了大批鹈鹕。它们把河中的沙洲染白了。他还看见了大量老鹰。他们的伙食很好,主要吃的是体鲟和体鲟子制成的鱼子酱。伏尔加河里的鱼数量惊人。出于某些迷信的原因,有些鱼俄罗斯的农民不吃。一个例子是,他有很多某种类似鲱鱼的鱼,当他邀请船员来吃时他们拒绝了,他们说这种鱼游的时候会不停地打圈,就像发了疯一样,如果他们吃了这鱼的话自己也会变疯。

出于某些原因他们也不吃鸽子和兔子。

一些卡尔梅克人会到萨马拉来过冬。他们只在夏天的时候才会带着牲口去往亚洲那边,在广阔的大草原上支起毛毡帐篷扎营。西伯利亚大草原酷热难忍。夏天的热风倾刻之间就能摧毁牲口群,并让它们即刻腐烂。鞑靼人和卡尔梅克人会制作各式各样的奶制品,他们还会用母牛和母马的奶来酿酒。

他经过了一个村子。这里的房屋与花园干净整洁,与俄罗斯人的肮脏一样令人吃惊。

阿斯特拉罕城里住着十三或十四个不同民族的人,每一个民族的商人都有自己的商队旅馆。

在去往波斯北部之前,他会去沙漠中不远处一位卡尔梅克汗的住处。他想和大汗的女儿一起去带鹰打猎,公主嘴里叼着烟,骑一匹沙漠里产的烈马。

索良卡:风中的旗帜

*

他现在住在一个只有鞑靼人的村子里。他去了一个卡尔梅克人的营地,并且去了喇嘛首领的帐篷。帐篷很干净,里面镶着白色的毛毡,地上铺了席子,上面还撒着玫瑰花瓣。喇嘛给他看了一些佛像和经书。然后他拿出一面丝制的旗子,上面绣着黄道十二宫的图案。有一些旗子上还绣着经文。这些旗子挂在帐篷门口,随风飘舞着:据说让旗子在风中飘舞与念经文起到的作用是一样的。喇嘛让人上了茶:这是蒙古奶茶,茶叶和茶梗被压成了饼,加入黄油和盐一起在水里煮。奶茶的味道有点恶心,但他还是喝完了才走,此时整个村子的人都从帐篷里出来送他去河边。村子里的男人至少有三分之一是喇嘛。

去鞑靼汗王那里：看见一条巨大的鲟鱼

*

他继续在沙漠中行进，沙漠一直延伸到高加索山脉。这里和阿尔汉格尔斯克是那样不同：酷暑取代了严寒，沙漠取代了雪原，卡尔梅克人的骆驼取代了驯鹿。

地面很平坦，雪车驾驶起来十分顺畅。从远处望去，他们以为地平线上有着连绵不绝的高山，但实际上那只不过是一些被水汽放大的小山丘罢了。

侍从不小心浪费了许多水，而且因为池塘里的水和海水一样咸，他们一路上焦渴万分：他们的下半身和身体两侧沾满了一种美丽的、散发出浓烈紫罗兰香味的晶状物。

所有的植物尝起来都是咸的，露水是咸的，就连从鞑靼人那里买的牛奶都是微咸的。

之后是满天飞的蚊虫，他每次开口说话或吃饭时都会吃到满嘴的蚊子。觉肯定是睡不成了。

过一条河时，河水有马车车窗那么高，马车漂浮在水中。他们还穿过了一片四英里宽、三四英尺深的沼泽地。

在基兹利亚尔他卖掉了雪车，并将他的马车送回了莫斯科。沙漠中剩下的旅程里他会骑马。

他们在一个鞑靼营地里过了夜，主人为他们端来了酸马奶。清早他们抵达了鞑靼王的驻地。村里人带来了一条巨大的鲟鱼，那鱼还是活的,他们把它放在他的双脚前。

在院子里他仔细观察着一个留长发的男人,因为那是不合习俗的。

杰尔宾特:行程越远,他便越显尊贵

*

他和一名护卫一起出发前往杰尔宾特。旅行队的构成很奇特:里面有他和他的美国同伴,一个瑞士人,一个荷兰人,一个黑白混血的人,一个梁赞来的鞑靼人,一些陪护的列斯基人[1],两个犹太人,一个从圣彼得堡回来的某位土著汗王的使者,还有三个切尔克斯少女——一个导游从山里买下了她们,打算把她们带到巴库去卖。

在杰尔宾特他住在一个波斯人家里,这个波斯人不在家。人们给他送来毯子和枕头,还有大量的水果和手抓饭。行程越远,他便越显尊贵:在基兹利亚尔,只要你有一个懂规矩的侍从,人们就会认为你很了不起,在这里他是双倍的了不起,因为他有两个侍从。

晚上他和他的波斯朋友们一起骑马出门,马是白色的,尾巴

---

[1] 原文为 lesgees,疑为 Lesguis 另一拼法。因译者未能找到对应中文译名,故根据英文音译。根据 John Walker 所著,1795 年于伦敦出版的《通用地名词典》(*The Universal Gazetteer*)一书,Lesguis 为高加索地区小国之一,位于黑海和里海之间,根据该词典,外界将格鲁吉亚、列斯基与塔吉斯坦混用。

染成了红色。波斯人互相之间以试图将对方弄下马取乐,而他则欣赏着里海的风光、建在陡峭的山岩上的城市、外围的园林,以及从后面隆起的高加索山脉。

世界之园

*

俄罗斯军官给了他一队由哥萨克人和波斯人组成的护卫队,他们会送他到萨穆尔河,告诉他哪些地方可以安全涉过,并帮助他过河。

那个买卖妇女的商人还在队伍里。现在,因为他的女孩子们在旅程开始时引起了一些注意,尽管外面炎热无比,他还是把她们装进了一个毛毡做的大袋子里。

他对住在塔吉斯坦萨穆尔河附近的犹太人很感兴趣,对他们的传统刨根问底。他们的语言奠基于希伯来语,不过,其他国家的犹太人很显然听不懂他们的话。

从萨穆河到巴库之间的乡野简直就是世界之园。这里种的农作物似乎有大米、玉米、棉花、小米,还有某种有芒小麦。果园里有苹果、梨子、李子、石榴、榅桲,以及某种会抽丝的白莓子。几乎所有的灌木和树上都缠着藤,藤上结着品质上好的葡萄。这里主要的役畜是水牛,主要的野生动物是羚羊,要不是因为太累的话,晚上他们一定会被胡狼的嚎叫声吵醒。

一大队波斯人

*

他们碰到了由两兄弟带领的一大队波斯人,波斯人恳求他们回去拜见库巴汗。他们拒绝了。兄弟俩中的一个宣布除非他们打赢了,否则不让他们通行。他们决定与波斯人开战。他们的武装更好,理应能够不受干扰地继续前进,但那个买卖妇女的商人央求他们不要抛弃他,不然他就完蛋了:波斯人偷了他的马,并警告说如果他不按他们开的价将女人们卖给他们的话,他们就会要他的命。旅行队的人威胁说他们会告诉库巴汗,于是波斯人归还了商人的马。

晚上他们在一个叫作贝什·巴马格山,即"五指山"的山脚下休息,那是在里海上行船时的一个重要航标。从那里到巴库的路上几乎全是沙漠,时不时他们会看见一个商队旅馆的废墟。

他到达的那天卡塞姆·阿尔芬娜·贝格[1]来访,他是这里的波斯人首领。

在这里,那些数不尽的拱顶全都是尖的。

著名的石油脑油田

*

古里夫将军,队里的那个司令官,要带他们去一个著名的石

---

[1] 原文为 Cassim Elfina Beg。

油脑大油田玩。他们跟着大将军、贝格,还有其他几个波斯人一起骑马去了主要油井的所在地。那强烈的气味从很远就能闻到,而一路上地面都像是覆盖了凝固的沥青。有一口井冒出的是白色的石油脑;其他井中的石油脑都是黑色的,不过很稀。

永恒之火及附近的果树

*

他又骑了五公里去参观永恒之火及拜火教徒的敬奉处。在约两英里见方的地面上,若是地面被翻起并点了火,蒸汽也会一直烧着,直到被暴风雨熄灭。农民用这种方法煅烧石灰。

在这片区域的中心是一座方形的房子,被一个庭院所包围。房子里有几间小房间,每一间都有独立的入口。门拱的形状是尖的,每一个的上方都有一块刻着铭文的小牌子,上面刻着他不认识的文字。其中一个小房间里有一块陶土铸成的平台,两边连着两根疏散蒸汽的管子,其中一根管子下火一直烧着。住在房子里的人自称是一名来自印度的帕西人,他说这座房子是由印度人建的,被派来的人在获令之前不得离开。当被问及他为什么会被送来这里时,他回答:来尊奉和敬拜火焰。庭院的中间是一个坟冢,开口处喷出永恒之火,旁边围着一圈小支的火焰。

那附近的水果会自然长到完美。

穿越沙漠：看见一只大黑豹

*

他从巴库出发，要穿越沙漠去往沙马基。走了七十俄里时，他们在一条小溪边停下来休息，在那里他们惊动了一只大黑豹，黑豹吓得跑到了山里。第二天早上他们到达了老巴库城，那里现在已经废弃了。晚上，他们到达了沙马基。他在一个毁弃的商队旅馆的破房间里过夜。住在那里的可怜的农民奉穆斯塔法汗的命令招待他们。

法塔格城[1]

*

第二天他翻过了一片果树覆盖的山坡，下到一片山谷，然后从一处陡峭的山坡上进入了法塔格城，希尔凡汗穆斯塔法住在那里。可汗只住帐篷，他大约是他目前为止见到的所有土著汗王中最为邋遢、无知、愚蠢的一个。

在可汗的宴会上，穆罕默德的训条完全被无视了；按照波斯人的礼仪，在宴会的末尾，有歌女和舞女出来为宾客表演。可汗送给他们一些马匹和地毯等作为礼物。

---

1 原文为 Fettag，此处为音译。

从法塔格到第比利斯：秘书生病了

*

第二天晚上他们到了艾载[1]苏丹的营地，苏丹心情很好，因为在和邻国苏丹治下山民的一场战斗中他们赢了，打仗的原因是为了一些被偷走的牛。第二天他们受到了贾法·寇力[2]汗的接待，他用漫长的时间向他们讲述他怎样以少胜多打败沙驰人[3]军队的故事。他的故事中有一些疑点，但他们什么话也没有说，因为质疑君王是很危险的事情。

两天之后他来到了库拉河岸边，即古希腊人口中的塞勒斯河。在从占贾到第比利斯的路上，他的秘书保韦尔斯发了高烧。找不到马车，更坏的是因为有人向他们提供了虚假信息，他们在河边的露水里不舒服地躺了三个晚上。后来他们抵达了一个哥萨克驿站，在那里他们把秘书留下了。他们骑到了第比利斯，叫回了一辆马车来接他。尽管秘书得到了医疗护理，他还是在四五天内就死掉了。

---

1 原文为 Azai。
2 原文为 Giafar Kouli。
3 原文为 Shach。

第比利斯：最好的城市之一

*

他很高兴地抵达了第比利斯，它是西亚最好的城市之一。他们在一处上好的天然温泉里泡澡。女人们的美貌名不虚传。卖给伊斯兰教徒的女人是切尔克斯人，而那些本身就是伊斯兰教徒的切尔克斯人是不会卖掉自己的小孩的。

他持有一封给伊梅列季亚皇后的介绍信，来到了她的国家位于费西斯河河岸的首都。她事实上只是一位名义上的皇后。与别人告诉他的情况不同，她并不住在山洞里，而是在她的宅子里接待了他们，她的客厅里有沙发，有镜子，四面墙上都挂满了皇室成员的照片。

然而，这里的气候却不是很舒适，对于旅行者尤为不友好，他和他的同伴波因塞特先生都因发高烧而卧床不起。三名侍从也生病了。

他认为伊斯法罕不能再被称为波斯的首都了。

他听说古杜维奇伯爵在卡尔斯附近打败了尤素夫帕夏。

传闻法国和俄国之间讲和了；没有人知道英格兰是否加入了和平条约。

在一些树皮的帮助下：穿越高加索

*

他一能骑马就立刻离开了他的格鲁吉亚朋友们，策马出了城。高加索山的冰与雪，以及他从一位天主教会传教士那里弄来的树皮起了作用，他一开始爬雪山就立刻恢复了健康和体力。

高加索山脉中住着大约二十个不同民族的人，他们大多数有着自己的语言，他们与世隔绝，因此，一个山谷中住民的语言，山另一边的人就听不懂了。

他们买了一顶帐篷，以避免住在有瘟疫的城镇上。俄罗斯帝国总是威胁要清洗掉这一条边境上伊斯兰民族的人。在他们经过的村庄里，有时整村的人都死去了，还有一些村子里人都跑光了。在乡下他们经常一个人都碰不到，碰见的少数几个人也会小心地绕道而行。

卡夫特拉斯[1]部落有人想要袭击他们，但却错袭了一些哥萨克人。他们杀死了一个哥萨克人，还有一个受了重伤。

他们前进了三十六俄里到达了科比亚[2]，经过了高加索山脉最高的山峰之一卡兹别克山，又在岩石遍布的达格然[3]的山谷行进了二十八俄里，很快走出山区抵达了弗拉季高加索。他们穿过了小卡巴达，瘟疫让这里人口锐减。路上他看到了许多哥萨克人的

---

1 原文为 Caftouras。
2 原文为 Kobia。
3 原文为 Dagran。

尸体，他们的断矛遍地都是。

在莫兹多克，他们被隔离了。

从莫兹多克到塔曼：发烧

*

莫兹多克最近被捷列克河的河水淹了。他的帐篷不防水，而据说在这个国家人很容易发烧。他躺在泥地上高烧了许多天，他的周围都是接雨水的盆，但他还是被水浇透了。

境况的转变和服用鞣过的树皮让他的病情好转了，但在格奥尔吉耶夫斯克，他还是因为同行旅伴的病情被扣留了。

他们会沿着库班河去塔曼，即希腊殖民地戈里亚的所在地，之后会穿越基梅里博斯普鲁斯海峡到达刻赤，即古潘吉卡裴。

塔曼：按欧洲习惯饮食起居

*

在斯塔夫罗波尔他第三次发烧了，这次他病得一站起来就几乎要晕倒。他的视神经很松弛，弄得他就像盲人一般；他的右眼晚上连蜡烛的火苗都几乎看不清。等到他恢复体力以后，他的视力也恢复了。

大剂量服食詹姆斯氏散[1]让他退了烧，但有一段时间他还是

---

[1] 又称锑粉，约于1746年由英国医生罗伯特·詹姆斯发明，由一份氧化锑和两份磷酸钙调配而成，用来医治发烧和一系列其他疾病。

听不清声音，心脏跳得奇快，而且虚弱得无法久站。

在塔曼，因为随行翻译的病情，他们再次被扣留了。他们决定等他好起来再走，但因为住的地方很潮湿，他的病情非但没有好转，反而加剧了。波因塞特患了严重的胆汁热并变得很虚弱，他们为此感到十分忧虑，不过他很快就好了。他好起来是因为用了一些冰，因为他按照欧洲的习惯饮食起居，并且得益于范肖将军的悉心照顾。范肖将军是克里米亚地区的长官，他是一个英国人。

回到莫斯科：一位苏格兰医生

*

他们在俄罗斯第三大城市基辅作了停留。这里的语言主要是波兰语而非俄语。

他又失去了一位侍从。这个侍从萎靡不振，不仅拒绝运动，还偷偷地扔掉了他的药，于是病得更加严重；他们让他躺在雪车床上送他去一个英国商人家里，但是他中途跑了出去，另一个侍从把他弄回车上，他却陷入了昏睡，在去莫斯科的旅馆的路上他们发现他死了。

于是，他们从莫斯科城带出去的四名侍从中只有一个安然回来了。那是波因塞特先生的一个黑人仆从，他比其他人更能适应恶劣的气候。

他带出来的衣服现在只剩下了一件外套和一条裤子。

他希望从圣彼得堡直接回哈里奇。现在,身在莫斯科,他请来了基尔先生,一位苏格兰医生。基尔医生指导他接下来的四个月除了静养什么都不能做,并让他吃一道由树皮、硫酸、牛肉、羊肉和红酒做成的菜。

健康好转:一种绅士般的纤瘦

*

他的健康迅速好转,所有坏症状都消失了:他水肿的双腿现在有了一种绅士般的纤瘦,之前肿起来的肚子很快像缩水的硬板一样平了下去,他也不再受到心悸和头痛的折磨。

在过去的三天里他哑了两个月的嗓子恢复了。他现在过着僧侣一般的日子。

波因塞特很快就会离开。之后他会开始撰写此次旅行的游记,不过,旅行中的状况给写日记带来极大不便:前半段的路况很差,并且他一直没有桌子和椅子,第二段他则一直在生病。此外,他记下的几本笔记也在过一条水流湍急的河时被弄得难以辨认。

旅程的终结：海难

*

他来到了圣彼得堡，见到了他的朋友普伦上校及普伦夫人。他们将一起去库尔兰公国的利耶帕亚，然后将试着乘船取道瑞典回英格兰。他的身体又像在俄国南部时一样受到了刺激。他频繁地发烧和感染疟疾，上校和他的妻子在照顾他。

在利耶帕亚待了三个礼拜后，他们乘一条名叫阿加莎的船去卡尔斯克鲁纳。四月二号他们上了船。起航时天气很好，不过岸边一英里处就有冰层，他们以每小时两英里的速度向前挺进，到三点时抵达了无冰的水面。这一天以及第二天都有从东南边吹来的微风。四号大约下午两点时，他们看见了厄兰岛，就在离他们约八九英里之外。风猛烈地吹着：一小时后他们驶近了，他们看见离岸边约一英里处有冰。

普伦上校提出他们或许可以在厄兰岛抛锚停泊，但船上的一位名叫史密斯先生的英国水手则不赞成，因为冰会断裂漂移，并会割断缆绳。船长说他会先继续往南航行，到八点钟的时候再开回厄兰岛的方向，但到了八点、到了十二点钟他都不愿意再回去：现在从西边刮来了一阵狂风，海面波涛汹涌。船里进了很多水，而水泵却被碎冰堵住了。船员们能往外舀的水微乎其微；水涨得很快。

五日他们一整天都在逆风而行。到了六日正午时，普伦上校说他不知道他们的船还得维持多久。英国海员说船撑不了太久了，除非水手们尽快排水，船里的水现在已经有三英尺深，并且还在继续往上涨。他说此时自救的最好办法是开往某个普鲁士的海港。普伦同意了这个提议并告诉了船长。船长同意并推荐了利耶帕亚，但这次遭到了上校反对，因为英国水手和某位雷内先生两个人都是从俄国逃出来的，他们没有护照。船长同意去梅默尔，但他提出他从未去过那里：如果英国海员想要掌舵的话，在他们抵达沙洲时他会把船交给他。海员同意了，因为他对梅默尔港很熟。

七日凌晨两点钟他们看见了梅默尔南边约十五英里处的一处海岸。但因为船长的无知，以及大意地在黑暗中航行过久，他们现在被困在了一个下风岸里。他们往左舷方向抢风行驶，四点钟的时候终于看见了梅默尔。他还以为这里是利耶帕尔，当他们告诉他这是梅默尔时，他大为吃惊。普伦上校和其他人来到了甲板上，要求船长将船交给英国海员。他照做了。

六点钟时他们抵达了沙洲，这时海浪很高，有两个人在掌舵。乘客们都挤在舵柄旁，英国海员让他们下去，因为他们挡住了舵手的视线，十分危险。但不幸的是，船长看见海浪掀过了沙洲，于是他立刻冲到了舵柄旁边。在手下的帮助下他向右舷方向转了舵。虽然英国海员对此提出了抗议，但十分钟后他们来到了南岸。

船第三次受到了海浪袭击,这次它搁浅了,里面到处都是水。他们离海岸还有一英里半远。

甲板后有一个小船舱,普伦太太、巴恩斯太太和她的三个小孩、两位绅士、一个男人以及一个女仆走进去躲避海浪。普伦上校和英国海员开始往外放救生船;水手们在一边袖手旁观。他们抬出了一条小船,三名水手和船长一起坐了进去。病重的罗伊斯顿子爵要跟着他们进去,但英国海员阻止了他,他告诉他船不安全。船长听到后就出来了。救生船一下水就翻了,三个水手被淹死了。

他们开始清理大救生船。他们将救生船用索具紧紧地拴在甲板上的带环螺栓上。一个大浪打来,冲毁了部分索具。英国海员叫普伦上校跳出救生船,不然下一轮海浪就会把船和所有人都冲走。他们刚刚从救生船里爬出来船就翻了。现在他们已经失去了所有希望,只能听天由命了。九点钟时他们砍掉了桅杆以给船减轻压力,此时那只救生船一丁点都看不见了。他们紧张万分,因为滔天的巨浪直击他们的头顶,而海水又冰冷刺骨,他们根本无法握住任何东西。

普伦上校问后甲板舱室是否还撑得住,他得知只要船的底部还在它就会没事。

普伦上校去了舱室后门,恳求他的太太在里面不要惊慌,他说救生船很快就要来了。现在已经是九点半了,但是视线之内什么都没有。除了舱室附近,船上到处都是水。雷内先生很快就被冲下了船去,在他之后,大约十点钟时,在几次浪涛之间,普伦上校、贝利先生、贝克尔先生、一名水手、罗伊斯顿子爵的侍从、巴恩斯太太的侍从以及罗伊斯顿子爵本人都被冲下了船。

三年后,英国海员史密斯先生写下了这次海难的经过,由《绅士杂志》发表。

27

另外那个人

为了烦另外那个人,她改变了屋子里的这件东西,那个人确实被弄烦了所以又把它改了回去,她又改变了屋子里的另外一样东西去烦那个人,那个人被弄烦了所以又把它改了回去,然后她把发生的事原原本本告诉了其他几个人而他们觉得它很有趣,但那个人听了之后并不觉得有趣,但是这次他无法将它改回去了。

28

我的一个朋友

我正想着我的一个朋友,想到她不仅是她以为的那个人,还是她的朋友以为的那个人,她的家人以为的那个人,甚至是萍水相逢的人和陌生人眼中的那个人。关于某些事,她的朋友和她有着不同的看法。比如,她认为她太胖了,并且理应受过更好的教育,但她的朋友都知道她很瘦,而且她比我们大多数人受的教育都要好。对于另外一些事她同意她朋友的看法,比如和他人在一起时她很有趣,她喜欢准时,也喜欢别人准时,而且家里常常不是很整洁。或许我们都同意的地方确实是她这个人真实的自我的一部分,或者说,她真实的自我应该是那样的,如果有那么一种东西叫作真实的自我的话,因为当我去寻找她的真实的自我时,我发现到处都是矛盾:即便她和她的朋友们都同意某件事,这件事在一个萍水相逢的人看来可能是不对的,比如,这个人可能会觉得她和他人在一起时很阴郁,或是她的房间很整洁,而且这个人也不完全是错的,因为有时候她确实是无聊的,有时候她会把房间收拾得很干净，虽然这两种情况不会同时发生，因为当她感觉无聊的时候她就不会很整洁。

因为这些关于我朋友的想法都是正确的，我突然想到我肯定也不完全知道我自己是谁，其他人对我的某些方面肯定看得比我还要清楚，虽然我以为我应该什么都知道并且就像自己都知道那样行事。然而，即便现在意识到了这一点，除了继续当作完全知道自己是谁那样行事，我也别无他法，虽然，时不时地，我可能也会试着去猜那些别人知道而我不知道的事到底是什么。

29

这种状况

在这种状况里：不仅被男人也被女人所扰动，不论胖瘦，裸露的或穿着衣服的；被青少年和性潜伏期的儿童所扰动；被像马和狗这样的动物所扰动；被像胡萝卜、西葫芦、茄子、黄瓜等特定蔬菜所扰动；被像西瓜、柚子、奇异果这样的水果所扰动；被像花瓣、花萼、雄蕊、雌蕊等特定植物器官所扰动；被一把木椅光滑的扶手、一只盛花的圆花瓶、一束炙热的阳光、一盘布丁、一个远处走进隧道的人、一滩水、一只搭在光滑的石头上的手、一只搭在裸露的肩膀上的手、一段光秃的树枝所扰动；被任何弯曲的、光秃的、闪光的，就像是树枝或树干一样的东西所扰动；被任何碰触所扰动，如一个拿钱的陌生人的碰触；被任何圆形的、随意地挂着的东西所扰动，如窗帘上的流苏、春天里栗树枝上的毛刺、细线上系着的茶包；被任何发亮的东西所扰动，如一块滚烫的煤；任何柔软而缓慢的东西，如一只从椅子上起身的猫；任何光滑而干燥的东西，如一块石头，或是温暖而闪光的东西;任何滑动的东西,任何前后滑动的东西;任何有着油滑的表面滑进滑出的东西,如某些机器部件;任何特定形状的东西,如佛罗里达州;任何捶打的东西,任何击打的东西;任何垂直拴着的东西,任何水平而张开的东西,如某种海葵;任何温暖的东西,任何潮湿的东西,任何潮湿的红色的东西,任何变红的东西,如傍晚的太阳;任何潮湿的粉色的东西;任何长而直的底端是钝的的东西,如杵子;任何从其他物体中出来的东西,如从外壳中伸出身体的蜗牛,如从蜗牛头上伸出的触角;任何开着的东西;任何流动的水,任何流动的东西,任何喷射的东西,任何喷涌的东西;任何呼喊,任何轻柔的呼喊,任何哼声;任何进入其他物体的东西,如一只伸向皮包中找东西的手;任何紧握的东西,任何抓握的东西;任何上升的东西,任何收紧或填充的东西,如一张风帆;任何滴落的东西,任何变硬的东西,任何变软的东西。

30

走开

当他说,"走开并且不要回来"时,你被这些话语伤害了,虽然你知道他的意思不是这些话的字面意思,或者更准确地说,你认为他的意思确实是"走开",因为他太生你的气了,所以他现在不希望你在他身边,但你十分确定他不希望你一直不在,他一定想要你回去,或早或晚,这取决于你不在时他什么时候会变得不那么生气,他可能会想起他经常对你怀有的那些不那么愤怒的情绪,那可能会软化他现在的愤怒。然而虽然他的意思确实是"走开",他的意思更多的是在表达这些话语中包含的愤怒,就像他说"不要回来"时也是在表达这句话中的愤怒一样。他的意思是要表达某个会说这些话并且想要表达这些话的意思——即你不要再回来,永远不要——的人想要表达的所有愤怒;或者更准确地说他想要表达这样一个人想要表达的部分愤怒,因为如果他真要表达那所有的愤怒,那么他的意思也会是那些话本身的意思,即你不要再回来,永远不要。然而,生气时,如果他只是说"我对你非常生气"，你就不会像现在这样受伤，或者你完全不会受伤，虽然他愤怒的程度，如果这程度可以被衡量的话，是完全一样的。又或者愤怒的程度不会是一样的。又或者它的程度可能是一样的，但那必须是另外一种愤怒，那种愤怒可以被当作一个问题来分担，而他的这种愤怒只能通过这些不代表他真实意思的话语来表达。所以就并不是这些话语中的愤怒让你受到了伤害，而是因为他选择说了意思是你永远都不要再回来这样的话语而让你受到了伤害，尽管他的意思不是这些话语的字面意思，尽管只有这些话语本身在表达它们的字面意思。

31

伊莲牧师
的
简报

———————

一年前的复活节礼拜日我们去了一座教堂,因为刚刚搬到这个镇上,我们希望获得融入社区的感觉。那时我们把名字加到了教堂通讯录上,所以现在我们会收到简报。

几乎每一天,我们都会在傍晚时走路去邮局,之后会绕过公园走去五金店或图书馆。

在游戏场通往图书馆的路上,我们有时会看见伊莲牧师在她家的后院里,她穿着短裤,在后门旁的福禄考花丛讠除草,门上有一块牌子,上面写着"牧师书房"。现在我们通讨教堂简报得知某个"夜间生物"偷走了她新种的西红柿和茄子,她很生气。

"我气炸了!"她写道。她不仅被那个夜间生物气炸了,她还对她自己的大意和健忘生气,因为同样的事去年也发生过一次。"我怎么能把它忘了呢?"她问道。

她的故事里有一个主旨,她想教给我们一些道理,这道理是"人类的天性让我们一次又一次地去做那些我们宁愿自己不去做的事。我们远非完美。我有时会忘记照看好花园，然后对自己气恼万分。"

我们也经常会对自己生气，为了诸如大意和健忘这样的原因，但我们的感觉要糟糕多了。

伊莲牧师用《圣经》来阐释她的教诲。"保罗说得真对，"她说，紧接着她引用了《罗马书》，"我竟不明白我所做的；因为我所愿意的，我偏不去做；我所恨恶的，我反而去做。我真是苦啊，谁能救我脱离这取死的身体呢？"[1]

伊莲牧师对于她在菜园里犯下的错误似乎反应过于强烈了，因为，在一个没有装上合适围栏的菜园里种菜并不是在做她"恨恶"的事，但我们仔细阅读了她写的东西，因为它倒是准确地描述了我们经常做的事。我们经常做自己憎恶的事。我们经常对自己说我们想做什么事，其中最重要的是想对自己的孩子好，温柔地、耐心地对待他们，但我们却不去做我们想做的，而是我们憎恶的；我们会突然失去耐心，对他们大喊大叫，或是拧他们的身子，或是摇晃他们，或是捶着桌子吓唬他们。而且，我们也不明白自己为什么要这样做。是因为我们并不想做那些我们深信我们想要做的事吗？

我们有时也会意识到自己制造的难听的声音可能会被隔壁

---

[1] 原文出自《圣经》"好消息译本"（Good News Translation），即"现代英语译本"（Today English Version），译文取自以"现代英语译本"为蓝本的"现代中文译本"。

其乐融融的一家人听到。他们年幼的儿子在被他们叫作 BVM[1] 或是永恒圣女[2]的教堂当祭坛侍者。但这也无法使我们停止我们所做的。

我们不是基督徒,但我们的母亲给了我们一本《圣经》。虽然我们不是信徒,但我们觉得如果我们和信徒读的是同样的字句,我们或许也能得到安慰,或是学到什么。伊莲牧师引用的篇章在我们这个版本的《圣经》里略有不同。它是这样的:"因为我所作的,我自己不以为是;我所愿意的,我并不作;我所恨恶的,我倒去作。因为,立志为善由得我,只是行善之法我寻不着。故此,我所愿意的善,我反不作;我所不愿意的恶,我倒去作。"[3]

这听起来很像我们的情况,虽然对于我们所做的,我们不会称之为恶,而只是错误的。我们立志,我们带着极大的决心立志,当我们独自在楼上的书房里、在楼上的卫生间里,在任何不和小孩在一起的地方时。但当要去实践善的行为时,当我们坐在不算坏孩子的两个孩子中间,如果大孩子因为无聊而捉弄我们,而小孩子因为累了而哭闹,我们的意志就会变得十分薄弱,事实上是全然无力。那么,立志到底是什么意思呢,如果我们无法将

---

1 即 Blessed Virgin Mary,圣母玛利亚。
2 原文为"the Perpetual",同指圣母玛利亚。在天主教教义中,玛利亚被认为是永葆童贞的圣女。
3 原文出自"英王钦定本"《圣经》,译文取自"中文英王钦定本"。下同。

其付诸实践的话？在楼上立的一切志愿都毫无用处。我们似乎只能在一个非常肤浅的程度上立志，而当我们需要依赖这种意志时它很快就用光了，一点不剩。如果这不是问题所在的话，那么，在我们立志的方式里一定出了别的问题。

当我们那样突然地失去耐心时，我们感觉就像是中了邪，就像被某种外力附体，这种感觉就好像我们在接下来的篇章中读到的一样："若我去作所不愿意作的，就不是我作的，乃是住在我里头的罪作的。我也知道，在我里头（就是我肉体之中），没有良善。"这就好像并不是我们在做我们做的事，而是某种我们不认识的生物在做。显然，盛怒之时连我们自己都不认识自己。因为最近的我们是温柔的，我们是可以温柔的。只不过这个别的生物在我们看来不像是罪，而是一个有生命的恶魔，它好像并非栖居在我们身上，而只是偶尔来到我们身上然后又离开。除非它时时刻刻都在我们身上，只不过是安静的，只有在被激怒的时候才会跑出来。

"但我觉得肢体中另有个律和我心中的律交战。"我们的《圣经》上说。但如果我们的身体中有一种别的律法，那似乎不是在我们的四肢内，不在我们的体内，而是在别的地方，在我们怀有的激情中，像风暴一般发作，将我们攫取，与我们心中的律法作战。如果不是这样的话，除非它是从我们的激情中升发，然后扩展到我们的肢体内，因为有时候我们能感觉到进入我们肉体中的不是什么好东西：当我们生气时，我们的血液变得滚烫，我们的神经开始尖叫。

"在我里头（就是我肉体之中），没有良善"这句话旁边一个小小的斜体字母c将我们指向《创世记》中的两个句子，我们翻书去找那些句子。我们找到的第一个句子是："人从小时心里原是怀着恶念。"第二句用了许多相同的字眼但意思略有不同："终日所思想的尽都是恶。"我们不认为自己终日被恶所占据，因为如果说进入我们体内的不是什么好东西的话，那也只是偶尔如此而已。不过，如果说它并非一直都在我们体内的话，我们或许就愿意承认它不仅是错误的，而且是邪恶的，这个生物，这个来到我们体内，掐着我们的身体、扭曲我们的脸的恶魔或毒药，我们听到一个声音："你应该好好看看自己的脸！"

"谁能救我脱离这取死的身体呢？"这一篇上继续说。但对我们来说，我们常常是那么羞愧，我们希望能立刻获得拯救，从生活当中，从我们这个时而被邪恶的事物充满并且对与我们的心智——我们锐利的却又虚弱的心智——作战的律法俯首称臣的身体当中获得拯救。或者说，我们的心智很锐利，但我们的意志却很虚弱。又或者说，我们的意志很强硬，但却不听话。是这样吗——我们的心智很尖锐且有着自己的律法，但我们的意志却强硬而不听话？

在简报的最后，伊莲牧师写道她夏天会离开几个星期，她说如果我们在这段时间需要精神上的引导的话我们可以打电话给任何一位长老，或是副会长，她给了我们副会长的电话。但在这个镇上，我们无法带着我们的问题去见任何长老或是副会长。

如果我们去找伊莲牧师本人寻求精神指引的话，她可能会让我们去看另外一个篇章，这个篇章我们碰巧在《加拉太书》里面读到了："灵所结的果子，就是仁爱、喜乐、和平、忍耐[1]、恩慈、良善、信心。"我们多么希望拥有它啊：灵所结的果子。我们又读了一遍这个单子，而这一次，我们将它和我们本身有时就拥有的东西作对照：仁爱、喜乐、和平、恩慈、良善。我们似乎不具备信心。至于忍耐，我们不知道它是不是一种可以少量拥有的东西。现在我们意识到，可能正是因为忍耐的阙如，坏东西才来到了我们的体内，让我们变得恶毒，就好像是中了邪一般，而与此同时，我们也一度失去了仁爱、喜乐、和平、恩慈与良善。但我们不知道要怎样才能获得更多的忍耐。不管怎么样，像我们这样只是想要它，或是立志获得它，或是从一个很肤浅的地方立志是不够的。

我们像往常一样散步去了邮局，然后经过了伊莲牧师家，又去了五金店买一只彩色灯泡。我们看见伊莲牧师在后门口福禄考上方的绳子上晾了衣服。虽然外面的阳光很强烈，我们还是透过窗户看到她书房里的灯是开着的。我们想着这一天以及前一天和

---

[1] 原文为 long-suffering，直译即长期忍受（苦难、伤害等）。

孩子相处的状况,我们是怎样站着抱着那沉重的小孩子,同时伸出手去推大孩子的胳膊,让他不要挡我们的路或是走得快一些;或是想着我们和他们一起坐在闷热的车子里时,我们的心里是怎样揪着一团火,我们极力想要从自己的体内、体外,或是随便哪儿找到更多的忍耐,但我们不知道怎样才能做到。我们不禁想:我们已经往大孩子身体内注入了多少愤怒啊?我们又往小孩子的心中注入了多少冷酷啊?而他的心原本是那么的柔软。

32

我们镇上
的
一个男人

我们镇上的一个男人既是一条狗又是它的主人。主人对狗极不公正,将它的生活弄得十分悲惨。头一分钟他想和它玩,下一分钟他又会因为它太难管而狠狠打它,让它屈服。他狠狠地打它的鼻子和后腿,因为它跑到他床上睡觉并在他的枕头上留下狗毛,然而某些感到孤独的夜晚他又会把狗拉到身边来睡,尽管那狗会因为恐惧而发抖。

但错也不全在一方。也没有其他人能够忍受这样一条狗。它身上的气味是那么酸臭,那么刺鼻,甚至比狗本身还要更可怕、更具侵略性,因为这是一条害羞的狗,在受惊时会不受控制地撒尿。这是一个臭烘烘、湿答答的生物。

然而主人很少能注意到这些,因为他经常把自己喝病,然后整夜蜷缩在一条小巷的墙边。

太阳下山时我们看见他在公园边上闲闲地大步跑着,鼻子伸向风中;他转慢为小跑,转着圈搜寻着某种气味,然后他抓挠着头上的短毛,并拿出了一支香烟。他用颤抖的手点燃香烟,并在一条长凳上坐了下来,坐下前用手帕擦了擦凳子。他静静地抽烟,直到只剩下烟头。然后他突然一阵狂怒爆发,开始捶打自己的头,踢自己的腿。等到筋疲力尽后,他将脸转向天空,开始挫败地嚎叫。只是有时他会摸一下自己的头,直到获得抚慰。

33

第二次机会

如果我有机会从我的错误中学习,我会的,但有太多事你不会去做第二次;事实上,那些最重要的事都是你不会做两次的事,所以你无法在第二次时将它们做得更好。你做错了某件事,意识到正确的做法是什么,并且准备好那样去做,如果你还有机会的话,但下一次的经验与上一次大相径庭,于是你的判断又是错的,所以虽然你已经准备好去应对这一次的经验,如果它再次发生的话,但你并没有准备好去应对下一次的经验。比方说,假如你能两次在十八岁结婚,那么在第二次时你能确保自己在这个年龄结婚不是太早,因为你会拥有一个更年长之人的视角,而且你会知道那个建议你和这个男人结婚的人给出的是错误的建议,因为他给出的理由和上次他建议你在十八岁结婚时的理由是一样的。如果你能再一次将一个孩子从第一次婚姻带入第二次婚姻,你就会知道如果某些事你做得不对,慷慨会变成怨恨,而如果你做对了,怨恨又会变成慷慨,除非第二次再婚时你的下一个对象的性情与你第一次再婚时的下一个对象大不相同，那样的话你也得和那个人结两次婚，这样你才能知道和一个拥有他那样性情的人相处时怎样做才是最明智的。如果你的母亲能死两次，你可能就会准备好为她争取一间单人房，这样在她死去的时候就不会有人在里面看电视，但即便你准备好了去争取那一点，并确实做到了，但你可能需要再失去她一次，这样你才会知道叫人把她的牙齿放在正确的位置而不是错误的位置，这样在你走进她的房间见她最后一面时你就不会看见她奇怪的笑容，但你可能还需要再失去她一次，这样你才能确保她的骨灰被送到北方的墓地时不再是被装在那种普普通通的航空包裹盒中。

34

恐惧

几乎每天早晨,我们社区的某个女人就会从她的房子里跑出来,她的脸色苍白,外套狂乱地甩动着。她大叫着"紧急情况,紧急情况",于是我们当中的一个人就会跑到她身边,抱着她直到她的恐惧平定下去为止。但对此我们是理解的,因为几乎没有人不曾在某个时刻产生冲动去做她所做的,而每一次,我们都需要用尽所有力气,甚至还有我们的朋友和家人的力气,来让自己安静下来。

35

几乎没有记忆

某个女人有着很敏锐的意识但几乎没有记忆。她记得的足以应付日常生活。她记得的足以应付工作,而且她工作很努力。她的工作很出色,她从中获得报酬,赚得的钱足够生活,但她不记得她的工作,所以当人们问起与之相关的问题时她无法回答,而且他们确实会问,因为她做的工作是有趣的。

她记得的足以应付日常生活,足以应付工作,但她从她所做过、听过或读过的东西中没有学到什么。她确实在读书,她热爱阅读,而且她会就读过的东西做精彩的笔记,她写下读书时她获得的想法,因为她确实有一些自己的想法,她甚至会写下关于这些想法的想法。有一些想法甚至是极为精彩的想法,因为她有着十分敏锐的意识。于是她记下了精彩的笔记,并且年复一年地往里面增添内容,因为她已经这样做了很多年,所以她有一整排书架上都是这样的笔记本,在这些笔记中,她的字写得越来越小。

有时候,当她厌倦了读一本书,或是突然受到某种她自己也不完全理解的好奇心驱使时，她会从书架上取出一本笔记本，读一会儿，她会对她读到的东西很感兴趣。她会对她曾经就一本书记下的笔记或是她自己的想法很感兴趣。它们在她读来就会像是全新的，而的确其中大部分就像是全新的。有时候她会只是边读边思考，有时候她会在她正在使用的笔记本中记下她在早前的笔记本中读到的东西，或者她会记下她在阅读时产生的想法。有时候她想要写下一条笔记但决定不去写，因为她觉得就一条笔记再写一条笔记似乎是不对的，虽然她不是完全理解到底有什么不对。她想要就她正在阅读的笔记写一条笔记，因为这是她理解她所阅读的东西的方式，虽然她并没有将她读到的东西吸收进她的大脑，或者说它们不会停留太长时间，她只不过是又将它们吸收进了一个笔记本。又或者说，她想要记下一条笔记是因为记笔记是她思考某个问题的方式。

虽然她读到的大多数东西对她来说都是新的，但有时候她会立刻就认出她在读的东西，并毫不怀疑那是她自己写下的、思考过的。它们对她来说极为熟悉，就好像她就在当天才进行过那样的思考一样，虽然事实是她已经好多年没有思考过那个问题了，除非再读一次与再思考一次是一回事，或是与第一次思考它是一回事，虽然如果她不是碰巧又在笔记本中读到它的话，她可能永远也不会再思考那个问题了。于是她明白了这些笔记本确实与她切身相关，虽然她很难理解为什么，并且为此深受困扰，她很难理解它们是怎么样与她相关，其中有多少是她又有多少不是她且外在于她，这些放置在书架上的笔记本，它们是她曾经知道但现在不知道的，是她曾经读过但不记得读过的，是她曾经想过但现在不再想或不记得曾经想过的，或如果她记得她曾经想过，那么她也不知道她是刚刚才想过或是只是曾经想过，她也不理解为什么有时她会有过一个想法而多年后又会有同样的想法，而有时她有过一个想法但之后再也不会有相同的想法。

36

诺克利先生

去年秋天,我姑姑的寄宿公寓起了火,她被烧死了。除了房间一角一些半毁的物件,她整个被烧光了,我觉得那个角落肯定就是起火时她坐着的地方:那里有她的假牙、她的眼镜镜框、她的珍珠饰品、皮靴的鞋带孔,以及两根在灰堆里像蛇一样卷起来的毛衣针。

那天天色阴沉。死者的朋友们像孤独的蚂蚁一样在废墟中艰难跋涉,不停地修改着方向。时不时会有一个女人惊恐地大叫,然后被带走。烟囱仍然完好无损:剩下的都被烧毁了。雨点开始轻轻打到人们的身上。两个因缺觉而脸色苍白的消防员用皮靴踢着碎石,他们拦住了几个试图走近的人。

我的姑姑死了。或者说比死更糟,因为没有什么东西剩下来可以被称为死者。我不知道她的老情人诺克利先生会怎么样,为此我有点害怕。他是一个小个子男人,此刻正站在密匝匝的男人和女人中间,在一堆穿大衣的人里面,他的脸就像一颗白色的痘痘，他盯着废墟的样子就好像他的心被烧掉了。当我走近他时他用穿着小靴子的双脚快速跑开了。他的外衣领子立起来，灰色的平头上雨点闪着光。他走路的样子就好像他的腿、胳膊、胸部和脖子都受了伤，就好像他被打得全身都是弹孔。

下一个礼拜天，我在葬礼上又见到了他。教堂前有七具棺木。我后来才想到这些棺材肯定是空的。教堂里坐满了人：只有一个死者是大家完全陌生的人——警察还在往远至芝加哥的各个城市发他牙齿的照片。坐在我旁边的是一个眼神呆滞的老头，只要哪儿有人群，他就会像磁铁一样跟着过去：有一次我看见他从一所被废弃房子的窗口往某个游行队伍的人头上扔彩纸。第一排坐着一个虔诚的女人，她会花很多时间来教堂祷告。诺克利先生坐在后排，他的头垂得极低，几乎都看不见。

他和我坐了灵车后面的同一辆车，但他只是望着窗外的几个废铁熔铸厂，我和他说话时他也毫无反应。在墓园里，他一直站在我姑姑的棺木前，直到看着它被放到了墓穴中。他的脸悲痛地抽搐着，整个人看起来像是快要失控，我甚至感觉他会和她一起跳进墓穴里。但相反，在"土归土"[1]之后他突然转过身，独自走出门去。当我走回车子时他已不见踪影。

那时是十月初。白天长而凉爽。我每天晚上都会出门散步。我会在日落前就出门，然后一直待到天完全黑下来。每次我走的

---

[1] 指的是基督教葬礼上牧师通常会念的悼词"尘归尘，土归土"。

都是不同的路线，或是穿梭于后巷，或是沿着河边的土路走，或是远离河边，或是沿着镇子外围的山头走，或是穿过主街。我会往人们的客厅，往店铺的橱窗里看；我看着咖啡馆的玻璃窗里独自吃晚饭的人；我走过餐馆后厨冒出的一团团蒸汽，听着碗碟碰撞的响声。

我觉得我可能是在寻找诺克利先生，虽然我去的地方通常都是不大可能找到他的地方。我甚至都不知道他是否还在城里：我的姑姑已经死了，他也没有理由再留在这里了。但当我再见到他时，我感觉就好像一直以来我都想要再见到他。

那是一场剧烈的暴风雨过后，我走在一家海鲜餐馆后面泥泞的后巷里。云被吹散了，天上有些地方是亮的，不过当时已是日落之后了。我以为巷子里只有我一个人，但我突然听到了另外那头传来的响声，并看见了他。他穿着白色的工服，戴着一条有红色铁锚图案的白围裙，他正提着一只小桶往大垃圾桶里倒垃圾，餐馆后门旁边立着一排这样的大垃圾桶。我走向他的时候他正上下甩着桶，试图甩掉里面黏在一起的垃圾。他的头是低着的。我开口对他说话，他快速地抬起头。垃圾撒到了地上。他一动不动地站了一会儿；他在葬礼上表现出的情绪已经消失了：他的眼神、嘴巴都显得呆板而冷峻。我对他说了点什么，有那么一会儿以为他会回应我：他的脸动了，嘴唇松开了。但当我伸出手想要握住他的手时，他却躲开我的手转身回去了。厨房里的嘈杂声一下子停住了。我站在那儿，双脚陷到泥巴里，眼睛看着地上撒落的垃圾：蟹钳、酱汁。门开了一条缝，一个黑人的脸挡住了里面的光，然后门又关上了。我感到不舒服。我突然感觉我站在那儿很奇怪。我离开了。

但第二天晚上，还有第三天晚上，我又回去了。城市的其他地方对我来说已经没有什么意义。我会在餐馆前面的人行道上停下脚步，被经过我的人推来推去，我会盯着里面看，看窗户上红色霓虹灯的锚，看里面的桌子、收银员的柜台、女服务员、经理、经理助理，在我和那个经理助理之间还发生过一些龃龉。我偶尔会瞥见餐厅后面双开式弹簧门后的诺克利先生。当被人发现时，我就会离开。或者我会快速地走到后面的巷子里，但也会害怕在那里被人发现。我去得那么频繁，即便在最寂静的时候，餐厅里的声音我也全都听得见，巷子那边的噪声更尖锐，临街那边的噪声更柔和。

我一天比一天待得晚。我先是在天全黑下来时出去，我看见人们要么在往家里赶，要么正去往餐馆吃晚饭或电影院看电影；有时我会在街上空无一人，在电影院已经暗下来、餐厅里除了坐在一张桌子前写着什么的老板什么人也没有时还在继续走；之后我会在外面只剩在河边酒吧里喝酒的人时才回家。我走遍了城里的每一个角落：我以为这里没有什么我喜欢的东西，但是确实还是有的——几级楼梯、一个带拱顶的门厅、一座厂房的正面墙——它们吸引着我，我会一次又一次地回去，在不同的光线以及黑暗中看着它们，就好像在试着发现什么。不过，这里的人对我来说依旧是陌生人：我没有意识到我可能碰到过他们中的一些人很多次了，就好像一直都有新的陌生人来到这里似的。而我也深刻地感到自己是此地的陌生人，当我极偶尔碰到一个认识我的人对我说话时，我会惊讶不已，几乎完全无法应答。

我期待再次见到诺克利先生，但没想过要去餐馆外面等他。当我开始跟踪他时，我几乎是不由自主就这么做的。

我当时正挤在傍晚下班的人潮里，突然我看见他前倾的肩膀和小小的脑袋就在我前面，他比身边的人走得都要慢。我停下来，以防撞上他。我观察着他：他走路的时候双腿大张着，像是不这样就会失去平衡一样，而且他会轻微地向两边摇摆。我跟着他走到了主街的尽头。我又离远了一些，跟着他在小街上绕来绕去。他又回到了主街，现在街上空旷些了，然后他开始走向河边。他选择的路线毫无逻辑。我感到困惑而又疲累。一个小时过去了，天已经黑下来。我们离我最开始看到他的地方还不到五分钟的距离。然后他突然在人行道上停了下来。他先是定定地在那儿站了一会儿，然后又走了起来，然后向着河边差不多跑了起来。我把他跟丢了。

第二天晚上我在餐厅外面等着他。我再次跟踪了他，与前一天晚上同样的事情发生了，之后的几天也是一样。我总是看见他棕色的外套在前面，就像昏暗夜色中的一个污点，他总是会先停下，然后突然跑起来，当我追上去的时候前面总是空无一人。之后有一天晚上我总算没有把他跟丢，这次我自己也在跑，我跟着他过了桥到了一间酒吧门前。我在那儿停了下来。

我沿着河边来来回回地走了好长时间，思量着自己是否应该进去和诺克利先生说话。我知道自己不应该去烦他，我有一点难为情。我靠在河边的一面墙上，看着码头的灯光星星点点映在水面上；水面几乎平静无波，但时而有一阵微风吹来，水面稍动，灯光也会跳跃起来。在我的下方，在一片窄窄的、湿透的地面上，有一个穿着厚外套的女人，身影比黑色的河水还要黑，她往立在她脚边的包里摸索着，从里面取出了一些我在黑暗中看不清的东西，将它们扔到了水中。除了偶尔有经过河对面主街上的车子，以及偶尔从左边仓库后面的某处传来的叫喊声，水花轻柔溅起的声音是唯一的声响。

最后我终于走回了酒吧。我不知道我为什么那么确定他还在那儿。我走进去，环视了整个房间。有几个男人站在他们的酒杯前，看着我。诺克利先生不在那儿。我往一个烟雾缭绕的角落里看，看到两个妓女沉默地坐在一起。她们跷着腿，光着的胳膊搭在身前的桌子上。我走近了些，看到了诺克利先生。他躺在那儿睡着了，头枕在其中一个女人的腿上，他的双臂和双腿紧贴着身体，外套边缘落到了地板上的锯木屑中。然后，当我站在那儿时，女人拿起她的杯子，往他的眼睛上和耳朵里倒了一点啤酒。他几乎没有动，仅仅是用脚踢了一下椅背。女人对他露出一个浅笑，然后将脸移开，抬头看着我，盯视我的眼神中满含敌意。我不知道该怎么办，我想我应该买一杯酒喝，但我并不口渴。我走了出去。

好几周过去了我才鼓起勇气回到那个海鲜餐馆的后门，要求见诺克利先生。一个约摸四十岁的瘦瘦的男人出来了，他穿着和诺克利先生同样的白衬衫、戴着同样的白围裙，他的手臂苍白，一条擦碗毛巾搭在一边肩膀上，一叠有着红色铁锚图案的盘子托在一只手上。他用好奇的眼神上上下下打量我。厨房里的其他人也将手里的活儿停了下来。这个男人说诺克利先生已经离开好几周了。然后他以一种略为可疑的语气补充道诺克利先生在别的地方找到了工作。他不知道是在哪里。

之后的几天都在下雨。雨停后，风又大起来，风平息下来后，雨又开始下了。我不再知道什么叫明亮的天色。我几乎放弃了想要和诺克利先生交谈的希望：我搞砸了那唯一一次有希望的机会。然后有一天深夜我又看到了他，当时正下着雨。他在人行道上来回穿梭，拳头不断地刺进空气。他的头发长长了，紧贴着额头和脸颊。他快步走向一个惊恐地贴着墙向后退的女人，转头进了一家电影院后又走了出来，一个穿西装的高个子男人攥着他的胳膊将他推向一边，他在马路边沿绊了一跤，跌到地上。就在我走向他时，他爬起身，快步向电影院后的巷子里走去。我沿着防火梯下面的墙跑出去追他。虽然在下一个转角我差一点就追上他了，但等我转过去时他还是不见了。

那时已是十二月底，那晚之后，我完全累倒了。我不再那么经常散步，散步时我也不再注意身边的事物：虽然我还是会看那些房屋外墙，看天空，但一次又一次我发现我只是看着水泥路在我脚下卷过。

白天变长了。在城市里，没有太多季节变换的迹象。我时不时会散步到乡下，但虽然我会试着观察周围，我还是一点儿春天的迹象都看不见，或记不得。一天结束时，我能感觉到的仅仅是我脚底下的工厂外的草坪，围绕着树林的布满车辙的路，较窄那段河上的铁桥的震动。

诺克利先生死的时候我在场。夏天来了。那天早上我走路去了市里的垃圾场。在铁丝栅栏的另一边，在碎玻璃和破鞋子堆成的小山上，我看见一群男人弯着腰，用棍子和瓶子抽打什么东西。当我走近栅栏时，他们从废墟上跑开了。我走向诺克利先生。他的一只胳膊折在身下。一边的太阳穴上有坑洞。他的脸埋在了灰堆里。我没有看见血。

在垃圾场的另一边，大火熊熊地烧着。火焰在阳光下几乎不可见。远处的草地在高温下颤抖着。

我打电话给警察报告了他的案子。当他们问起我的名字时我挂断了电话。

37

为什么
他
总是对的

我经常觉得他关于我们应该怎么做的想法是错的,而我的是对的。但我知道以前他经常是对的,而我是错的。于是我让他继续做他错误的决定,并告诉自己,虽然我无法信服那个决定,但他的错误的决定可能会是对的。然后结果是,就像从前经常发生的那样,归根结底,他的决定是对的。或者,更准确地说,他的决定还是错的,但只是就与真实情况不同的情况来说是错的,但就我明显不懂的情况来说却是对的。

38

塔努克女人
的
强奸案

有一天，在塔努克的男人们离开村庄去狩猎时，整个突尼特村的男人都来到了塔努克人的雪屋，强奸了他们的女人以解决一场宿怨。当塔努克男人们回来后发现血与泪的痕迹时，他们誓要报仇雪耻，并立刻前往突尼特村，去往那里他们将要在冰雪覆盖的海岸线上连走几天。他们知道突尼特的男人们到时会在睡觉，因为只有强奸过女人又在仲冬的寒风中走了几天的男人才能像这样睡觉。然而当他们抵达突尼特村偷偷走过小路溜进雪屋时，发现里面寒冷而又空无一人。他们从突尼特人的海豹屠体上砍下冻肉，一边咀嚼一边思考下一步的行动。

然而，就在塔努克男人离开家，而塔努克女人缓慢地恢复平静之时，突尼特的男人们又偷偷地溜进了他们的营地，经过小路来到了他们的雪屋。再一次，突尼特男人和塔尼克女人躺在了一起，然后消失在围成圈的雪屋远处阳光微弱、一望无际的雪原上。而与此同时，突尼特的女人们回到了营地，发现塔尼克男人在那里挫败地打着瞌睡。塔尼克的男人们太过丧气，没有像原计划那样强奸突尼特女人报仇，他们离开了她们，决定去别处寻找突尼特男人。

就在他们踏上返程的时候，一股被称作尼格克的南风带着雪片吹来，让他们举步维艰。就在他们艰难地穿行于飞舞的雪片筑成的雪墙中时，他们突然发现了人影。嗜血的冲动让他们跃跃欲试，他们以为复仇就近在咫尺。然而当他们伸出手去碰那些影子时，人形即刻消散开去，又在远处重新成形。虽然塔努克男人一遍又一遍地攻击他们，却怎样都无法伤害他们，因为这些并不是塔努克人想象中的突尼特人，而是极地幽灵。

几天以后，塔努克男人们回到了村庄，看到了他们近乎疯狂的妻子和姐妹们。男人们仍出门在外时这些女人又接受了突尼特男人的第三次造访，而且就好像这些伤害还不够似的，她们又受到了极地幽灵的攻击，现在她们已不再能够认出自己的丈夫和兄弟。直到春天到来，太阳再次升起时，她们的恐惧才得以散去。直到那时，在冰雪开始消散而海水再次涌现时，她们的目光才再次温柔地落到自己的丈夫和兄弟身上。

39

我的感受

这些日子我试着对自己说我的感受并不是很重要。现在我已经在好几本书里读到这一点了：我的感受很重要，但并非一切的中心。或许我确实认识到了这一点，但我对它信奉的程度还不够深，不足以据此行动。我希望我能更深地信奉它。

那将会是多大的一种解脱啊。我不用时时刻刻都想着我的感受，并试着控制它，控制它的一切复杂状况和一切后果。我不用时时刻刻都想要让自己的心情变好。事实上，如果我不认为我的感受有那么重要，我的心情可能就不会那么糟糕，那么想要心情变好也就不会那么难。我就不用说，哦，我心情糟透了，这就是我的末日，在夜晚这间昏暗的客厅里，外面街灯下的街道是那么昏沉，哪里都不存在安慰，只有我，独自一人在楼下，我永远都无法让自己的心情平静到足以入睡，永远都无法入睡，永远都无法继续过下一天，我无法继续，无法活下去，哪怕是活到下一分钟。

如果我相信我的感受不是一切的中心,那么它就不会是一切的中心,而只是许多事物中的一件,待在一旁,而我就能够看到其他同样重要的事物并对它们加以关注,那样我就会拥有一些解脱。

但奇怪的是,你可以认识到一个想法绝对符合真理并且正确,但却不足够信奉它并据其行动。所以我的行为举止就好像我仍然认为我的感受是一切的中心,它们仍然使得我晚上独自一人坐在客厅的窗边。现在,不同的是,我有了这个想法:我的想法是很快我就不会认为我的感受是一切的中心。这对我来说是一个真正的安慰,因为如果你带着一种无法继续生活的绝望,但与此同时你能对自己说你的绝望或许不是很重要,那么要么你会停止绝望,要么你会继续绝望,但与此同时你会发现,同样地,你的绝望也可能会被移置一旁,只是许多事物中的一件。

40

丢失的事物

它们丢了,但又没有丢而是在这世界的某处。它们大多数很小,虽然有两件大一些,那是一件外套和一条狗。在那些小物件中,有一枚价格不菲的戒指,还有一粒贵重的纽扣。它们从我和我所在的地方丢失了,但它们又并没有消失。它们在别的地方,或许,属于其他人。但即便不属于任何人,那枚戒指,对于它自己来说,依旧没有丢,而是还在那儿,只是不在我所在的地方,而那粒纽扣,同样地,在那儿,只是仍然不在我所在的地方。

41

格伦·古尔德

我碰巧写信给我的朋友米奇[1],告诉他我在此地的生活是怎样的,我整天做些什么。我告诉他其中一件事是每天下午我会看一部叫《玛丽·泰勒·摩尔秀》[2]的电视剧。我知道他不像其他人,他会理解这件事。我刚收到他的回信,他说我不是他知道的唯一看这部电视剧的人。

米奇那里有许多关于人的古怪的信息,有知名人士的,也有普通人的。他总是在读书看报,他有一副极好的记性和极大的好奇心,并且他总是在与人交流,其中既有朋友,也有陌生人。如果他和陌生人谈话,他喜欢问对方在哪里上的高中。和朋友聊天时,他经常问对方午饭或晚饭吃了什么。有一次他告诉我他尝试记住与某个陌生人谈话的所有内容,以便去和另一个陌生人开始

---

[1] 此处是 Mitch,应为男子名米切尔(Mitchell)的昵称。
[2] 即 *The Mary Tyler Moore Show*,1970 年到 1977 年在美国 CBS 电视台播出的一部情景喜剧,玛丽·泰勒·摩尔是饰演女主角的演员的名字。该剧被认为是美国历史上首部以一位独立的职业女性为中心的电视剧,广受欢迎。

或展开一场交谈。试想想，比方说，一个陌生人发现米奇对纽约洲水牛城的政治那么熟时会变得多么健谈。这是一次我们站在市里一条繁华的大街上时他告诉我的，当时我们站在一间昂贵的精品店前，人行道上正在展卖皮包。我们当时被一群陌生人包围着，而他刚刚和卖皮包的男人聊了一会儿。

那个时候，那已经是几年前了，他和我都还没有搬离那个城市，他常常打电话给我，有时甚至会打一个小时，如果我可以聊那么久的话。通常聊到某个时候我会告诉他我没办法继续聊了因为我必须回去工作，他会因此生我的气。他自己没有工作，大部分时间都在家里看书，思考，和他的狗玩，打电话给他那几个保持着联系的朋友。我从未去过他的公寓。他告诉我里面有很多平装本悬疑小说。他还会从公共图书馆借不同方面的书籍。他是那时我知道的唯一会使用公共图书馆的人。当他问我午饭或晚饭吃了什么时，我总是很惊讶，但会很高兴地告诉他我吃了什么，或许是因为没有其他人对我午饭或晚饭吃了什么感兴趣。

在这封信里米奇说他自己也喜欢这部戏，而且格伦·古尔德也喜欢它。对此我诧异极了。我发现我的两个世界开始有了交集，而此前我以为它们隔得要多远有多远。

这位钢琴家是我整个儿时成长和学习弹钢琴时的偶像。他的一些专辑我曾经一听再听，我仔细研究专辑封面上他年轻帅气的脸、他瘦削的肩膀和胸膛。走出少女时代后，我不再那样痴迷地研究他的照片，但是会继续模仿他干净的指法，他奇怪的修饰，特别是他对巴赫的诠释。我会一次练琴长达四个小时，有时是六个小时，从音阶、琶音和五指练习法开始，然后弹一两首曲子，之后随意地翻乐谱练习。我无意将音乐发展成我的事业，但我会很高兴地整日在钢琴前如任何专业人士一样苦练，部分是为了逃避做那些更困难的事，部分是为了其中的乐趣。

在最初的惊讶褪去之后，我开始在几个层面上为古尔德也喜欢这部戏而感到高兴。一方面，我开始觉得有一个同伴在和我一起看这部戏，虽然格伦·古尔德已经去世了。在他的一生中，他几次说过五十岁以后他将不再弹琴，在他刚满五十岁的十天以后，他就死于中风。那是几年前的事。

另一方面，这个同伴是如此有智慧这个事实让我对这部戏产生了一种新的敬意。格伦·古尔德的标准是非常高的，至少对于作曲、音乐演奏及他自己的写作来说确是如此。他还是一个表达清晰、观点鲜明的人，关于音乐和其他话题都写得很好。他写过勋伯格、斯托科夫斯基、梅纽因、柏辽兹，还写过其他音乐人，比如佩屈拉·克拉克[1]。他说他还是学生的时候会为此感到沮丧和不解：竟会有正常的成年人将莫扎特的曲子视作西方音乐经典，虽然他自己享受演奏它们——他说他第一次听到阿尔贝蒂低

---

[1] Petula Clark，生于1932年，英国流行歌手，于20世纪60年代成名。

音[1]就不喜欢。他写过关于多伦多、电视节目，以及关于北方的概念的文章。他说很少有人去过北方后会丝毫不受触动：为北方的那种创造的可能性而激动，而他们通常会变成自己作品的哲学家。鲁宾斯坦热爱酒店，但是格伦·古尔德自称是一个"汽车旅馆男"。他说通常每年两次他会沿着加拿大苏必利尔湖的北岸而行，那儿每隔五十公里左右就会有一座以木材和采矿为主业的小镇。他会在汽车旅馆里待几天，在那里写作。他说这些小镇个性极其鲜明，因为它们都是围绕一种工业或一种农作物而发展起来的。他说如果他可以选择的话，那些小镇真的会是他想要生活的那种地方。

当然，在后来的岁月中我慢慢发现，他又是一个有着许多奇怪的想法和习惯的人。勋伯格是他最喜欢的作曲家之一，但施特劳斯也是。世人皆知他是一个疑病症患者，而且对自己的双手过分在乎。不管是哪个季节他都穿得很暖和，在他仍在音乐会上演奏的时候，他会带着自己的折叠椅，并且相对于键盘坐得很低。有时候他会开着吸尘器练琴，因为他说，这样他可以听清音乐的骨架。现在米奇告诉我他喜欢一个长得很丑的流行女歌手，而且会录下她的表演，就像他也录下了这个我如此喜欢的电视剧一样。他称那歌手的声音是一个"自然的奇迹"，并且深深叹服于

---

[1] 一种分解和弦音型，通常由左手弹奏，奏出次序为低音、高音、中音和高音。因意大利作曲家多米尼克·阿尔贝蒂而得名。

她能用自己的声音来表现的。米奇没有告诉我他为什么喜欢那部戏，而我仍对此感到困惑。这一定与他的幽默感有关——在他的文章中他挺有趣的。

既然我们现在住的这个镇上可以清楚地收到那么多电视台，而我又常常整天一个人和小孩在一起，我几乎每天都看那部剧。我丈夫已经意识到只要有机会我肯定会看它，有时晚饭中途无话可说时，他会问起它。我会告诉他其中一个角色说的什么话并且我能看出在我说出来之前他就准备好笑了，虽然很多时候，当谈起其他话题时，他对我要对他说的并不怎么感兴趣，尤其是当他看出我开始变得兴奋的时候。

他知道这些角色是因为过去他一个人住在城里的时候也看这部戏。我一个人住在城里的时候也会看。那时候是在深夜里播放，并且，伴随着黑夜和窗外的寂静，像那样独自一人观看会有一种特有的亲密感和某种强烈的东西。我看得那么聚精会神，我忘记了其他一切，并进入了在另外那个城市的那些角色的生活。

那种强烈的东西现在已经没有了。在下午晚些时候，阳光几乎是从窗口平擦着客厅的地板照进来，地板上散落着积木，我的小孩经常是在我身边玩，我和他玩好让他有事做，同时尽可能频繁地抬头看电视。小孩很开心，而他经常很吵，在他最大声的时候我总是听不见电视里的角色说话，在我看来，这种情况特别容易在他们说好玩的事情时发生：先是有一句话引出笑话，小孩会在下一句话时大叫,然后会是观众的笑声,于是我便知道我错过了某个可能也会让我发笑的段落,因为这个剧大部分时间都很好笑——它的剧本写得很好,演员也演得很好,即便在水平不佳的剧集里也总有一两个有趣的段子。在这种情况下我自然不能忘记我是谁,或是忘记我的生活。

格伦·古尔德没有孩子。他没有结过婚。我不知道他对女性有着怎样的看法,虽然我现在知道他喜欢那个丑陋的歌手和这部戏,戏中一个女人是主角,其他女人扮演了重要的角色。我不知道他是录下了这部戏以便在要离家时也能一集不落地看到——先是去演奏,在他不再演奏之后,是去录音,或是因为其他原因要离家,还是说为了建立一个完整的收藏,他在边看的时候就边录下来。

我带孩子的常规是下午四点左右离开家,先去邮局拿信,然后去公园,让小孩在那儿玩一会儿,然后去五金店或是图书馆附近转一下,再及时赶回家看电视,那个剧五点半开演。街道宽阔而宁静,这是我们搬到此地的原因之一,现在树上的叶子已经长得很茂密了。事实上,我们搬到此地的主要原因是这样我就可以做我现在在做的,带孩子去后街上走走,去店里和公园里逛逛。

当我走在城里的时候,街上总是有许多可看的,我会连走两公里路都意识不到已经走了多远。每一栋楼都是不一样的,每一个人都是不一样的。每一栋楼的檐口、窗户或门廊上都会有一些有趣的细节，街上总是很挤，所以不管在一天中的什么时间我都会经过其他人。甚至连那儿的天空都比这里的更有意思，因为它会在那些塔尖之后或之上，以及高楼尖锐的边缘如此柔和地铺展开来。

在这个只有空荡而平淡的房屋和院子的小镇上，没有太多好看的，所以我用力地看这里有的东西，草坪、装饰性的树或是院子周围的植物，有时候是一个不起眼的刻意修得不太大的花铺，沿着屋前小路铺开几码远，或是在草坪上形成一个孤岛。我会看那些房子的形状、屋檐、车库，试图找一些东西来思考。例如，我意识到某幢房子后面的一间车库曾经应该是一个小谷仓，里面有一匹马和一驾马车，上面的干草棚里堆着干草。

许多房子都很老，而且从前在后院里肯定有鸡棚，一两棵果树，一个菜园，以及一些葡萄藤。然后，一点点地，院落被收拾整齐，大树和矮篱被砍倒，葡萄藤被拔起，走廊上的装饰被移除，然后走廊被拆除，最终外屋也被拆除。现在只有不多的几样有趣的东西可看：在一条一头不通的街上，有三个相邻的废置的温室，前面的草坪上插着一个"待售"的牌子；一个围着尖篱笆的久未修理的院子，灌木和大树漫溢生长，里面还有一个鱼池；还有几个旧谷仓，不过，其中最老的、过去是车马出租所的那个在圣诞节前后被镇上的少年点火烧毁了。

镇上唯一养家畜的是一个前战犯和他的妻子，他们在杂货店旁边有一栋带院子的小房子，屋前的篱笆修得高高的，葡萄藤缠绕其上，被风吹来的垃圾装点着，车道上铺着厚厚的松枝而非沥青。他们在后院里养鹅和鸭，层层高篱笆将它们挡在隔壁银行停车场的客人的视线之外。只有某些天暖的时候我才会想起那些家禽的存在，因为从人行道边能闻到粪便的味道，然后在冬天的某些时候我也会想起它们，因为鹅群在开始下雪的季节会叫。

如果我从邮局径直去五金店或是图书馆，而不是绕道公园的话，我会经过归正会教堂和女牧师伊莲的家。那幢房子很大，虽然她一个人住。粗壮的树根将旁边的人行道顶得鼓了起来，我的婴儿车经过时也会颠起来。在五金店里，管事的两个女人总是会很亲切地和我的小孩说话。她们两人都是母亲，虽然她们的孩子要大得多，而且放学后会来店里做作业，同时在收银处帮忙。去图书馆的话我需要经过肉店，那儿有镇上唯一的红绿灯。在回家的路上，有时候我会去一下杂货店，买牛奶和香蕉。我会准时回家看电视，将婴儿车放在后阳台上的喇叭花藤边，将小孩抱到客厅里，然后和他一起在地板上坐下。

在我在此地看这部戏的几个月里他变了许多。现在他可以站起来了，而且长到可以将手伸到桌子边去够遥控器了。但电视剧不会也像这样，顺时地向前发展，而是在不同的时间里跳跃。有一天它跳回到了最开头，回到好像是第一集的时候。我将这个告诉了我丈夫，然而，或许是因为我看起来很兴奋而且很高兴，他并不是那么感兴趣，而只是耸了耸肩膀。

因为电视剧总是跳来跳去，所以每天戏里人物的发型都是不一样的，有时是长一些、塌一些的，有时是短一些、蓬松一些的，有时人物的发型太过时以致看起来有些可笑。有时人物的穿着也是可笑的，有时则仅仅是朴素。当她们的发型与穿着显得可笑时，我会为自己在看它而自觉更可笑，当她们的穿着和我更接近时，我就会感觉没那么可笑。而现在，听了米奇告诉我的事情之后，我不再为看这部戏而感到难为情了。

在半小时的戏结束之后，我会为此感到失落。我渴望更多。如果可以的话，我会再看半小时，再半小时，再半小时。我希望小孩去睡觉，希望我的丈夫不回家吃晚饭。我希望待在另外那个地方，另外那个城市，那是一座现实存在的城市，虽然我从未去过那里。我希望继续通过一个窗口窥探别人的生活，别人的办公室，别人的公寓，一个朋友走进门来，一个朋友留下来吃晚饭，通常是吃沙拉，一个女人在拌沙拉，通常酱料总是洒得很匀。那个另外的世界秩序井然。玛丽说那种秩序是可能的，而且因为她是温柔善良的，尽管有时有些尖刻，那么那种友善也是可能的。那个从楼上下来留下吃晚饭的朋友没有那么整洁，而且不是那么友善，相反有时有些自私，所以，那里也有空间容纳人的失败，同时也有空间容纳某种冲动和激情。

这部戏结束之后电视上在放另一部喜剧，时不时地我会试着看看，只是为了能在别的地方待一会儿，但是那部戏演得不好，剧本写得也不好，它不好笑，观众的笑声听起来甚至都是强迫的，让我无法信服。所以我只好去厨房准备晚饭，如果小孩不会抓着我的腿让我无法干活的话。

我还在试着弄明白格伦·古尔德从那个年纪大一点的女人和那个充满激情的女人那里分别找到了怎样的共鸣。就是说他在那两个女人和其他角色那里找到了怎样的陪伴，如果这是他看这部戏的原因的话？他算是一个隐士，一个自愿的隐士。他按照自己的意愿安排生活，依照自己的需要安排外界活动，在需要的时候去看电视，而且他能够做到自私而不伤害任何人。他是一个大度而体贴的朋友，但是他并不经常和他的朋友见面，因为他相信人与人之间的接触会让人分心，而且是不必要的。他说通过打电话他可以更好地理解一个人的本质。他会和他的朋友打很长时间电话，这时他总是会在面前摆一杯茶。这些谈话总是从午夜时开始，就在他开始工作之前，因为他总是白天睡觉，然后工作一整个晚上。

42

烟

蜂鸟在将死的白色花丛中制造爆炸——不止白花在死去,到处都有老女人从树上掉下来——在城市外的焚烧坑里,还有其他死去的东西在燃烧——又有什么能做的呢?没有人知道。不止一个地方丢了狗,于是他们的主人不再喜欢乡下了。不对——是老女人摔下来,带着她们得了癌症般的脸躺在橡树下。到处都是,到处都是。而土地上则长出我们看都不敢看的东西。焚烧坑同时还消化了其他难以名状的东西,那些我们很高兴看到它们消失的东西。烟像山一样高而浓厚,变成了我们的风景。如今已不再有山。它们很久之前就消失了,甚至都不在我们祖父的记忆当中。云低低地悬在我们的头顶,变成了我们的天空。很久都没有人看见过天空,看见过任何蓝色的东西了。雾是我们的丝绒制品,我们的扶手椅,我们的床。雾中的树是紫色的。花的蜡烛现在已熄灭了。雾很柔软,它没有爪子,至少现在还没有。我们祖母紫色的牙齿充满了渴望。她们渴望的东西我们甚至都不认识,虽然祖

母们还记得——她们在桥边大声呼叫。太多的东西都消失了，剩下的只有这可笑的大地和这些愤世嫉俗的树——而所有这些，都不过是它们自己的影子。而我们自己，同样也无药可救。有些人的癌症只不过是比其他人稍微轻些罢了，有些人还剩下稍多一点骨头、头发、身体器官。谁能想办法绕过那些焚烧坑，绕过那些贪婪的橡树呢？谁能在那些迷路与濒死的狗当中找到一条路，回到蜂鸟所在的地方呢？虽然它们仍是疯狂的，仍在炸那些花，而那些花，也仍然在死去。

43

从楼下，
　　作为一个邻居

如果我不是我，而是作为一个邻居，从楼下偷听到我和他说话，我会对自己说我多么高兴我不是她，听起来不像她那样，没有像她那样的声音和像她那样的看法。但我无法从楼下作为一个邻居听到我自己说话，我无法听到我听起来本不该是的样子，无法像假使可以听到她那样因为不是她而高兴。但话说回来，既然我是她，在楼上，我不因为我是她而遗憾，在这里我无法作为一个邻居听到她说话，我无法对自己说我多么高兴我不是她，而如果在楼下我就不得不那样说。

44

太祖母们

在家庭聚会上,太祖母们被安置在了阳光房里。但因为孩子们那里出了些问题,妹夫又醉得不省人事,太祖母们被大家遗忘了许久。当我们打开玻璃门,穿过塑料树组成的丛林,走向那些阳光照耀下的女人们时,一切为时已晚:她们满是骨节的手已经长进了手杖的木头里,她们的嘴唇粘在一起合成了一片薄膜,她们的眼珠变硬了,一动不动地聚焦于外面的栗子树丛,孩子们在那里穿来跑去。只有老艾格尼丝还一息尚存,我们能听到她艰难的呼吸声,我们能看到在她的丝裙底下她的心脏在劳作,但我们走向她时她的身体微微颤抖后便不动了。

45

伦理信条

"己所不欲,勿施于人。"在一个关于伦理的访谈节目中,我听到,这个观念是所有伦理体系的根基。如果你对待邻居的方式与你希望他对待你的方式一样,你便有了一套良好的伦理体系来指导生活。那时,我很高兴我知道了一个这么简单,又这么有道理的规则。但现在,当我想要将它套用到一个我认识的人身上时,它好像并不管用。他的问题之一是他对某些人总是充满敌意,当我想象他会希望他们怎么对待他时,我只能认为他事实上希望他们对他也充满敌意,而且他想象他们也是那样的,因为他对他们已经是那样充满敌意了。他还会希望他们怀疑他,就像他对他们的怀疑一样深,他会希望他们对他心怀怨念,就像他对他们也心怀怨念那样,因为他对他们的情绪是如此强烈,他需要想象他们对他的情绪也是同样强烈才能继续保持他对于他们的感受。所以,他确实已经是在用他希望某些人对待他的方式来对待他们了,尽管事实上我意识到目前为止他只是对他们怀有某种情绪却没有采取任何行动，所以他可能还是在某种伦理体系之内行事，除非对某人怀有某种情绪就是在对其采取行动。

46

后面的房子

我们住在后面看不见街上的房子里：我们的后窗正对着灰色的石头城墙，而我们的前窗外面是院子，对面是前面房子的厨房和洗手间。前面房子的公寓屋顶很高，很舒适，而我们的房子则拥挤而丑陋。在前面的房子里，用人们住在顶楼整洁的小房子里，望出去就是圣埃蒂安教堂[1]的尖顶，而在我们的屋檐下，小小的卧室连着昏暗的、灰扑扑的阳台，学生和贫穷的单身汉住在这里，共用后楼梯旁的一间厕所。前面房子的租户大多是高级公务员，而后面的房子里则住着小店主、售货员、退休的邮局雇员、未婚的学校教员。自然，我们无法因为前面房子里的人的财富而责怪他们，但我们受到了这财富的压迫：我们能感觉到与他们的不同。但这还不足以解释一直存在于两边租户之间的恶意。

黄昏时分我经常会坐在前窗，抬头盯着天空，听着对面房子

---

[1] Saint-Étienne-du-Mont，是法国巴黎的一座天主教堂，位于圣日内维耶广场，靠近先贤祠，内有巴黎主保圣人圣日内维耶的圣骨匣。

里的人发出的声响。天色渐晚时，鸽子会回到屋顶天窗，外面街上的车流之声变小了，不同人家的电视传出人语，或是暴力场面的响声。时不时地，我会听到楼下院子里传来金属垃圾桶的碰撞声，然后我会看见一个人影提着空塑料桶走回某栋房子里。

垃圾桶常常是令人难为情的东西，而现在这种气氛更加剧了：前面房子的租户不敢去倒垃圾。如果有其他租户已经在院子里的话，他们就不会过去。我能看到他们在门厅里等待时的身影。院子里四下无人时，他们一倒空垃圾桶就迅速地从鹅卵石的小路上往回走，担心独自在那里时会被人发现。有些前面房子的老妇人会成群结队一起下楼倒垃圾。

谋杀案大约在一年前发生。奇怪的是它几乎是毫无缘由的。杀人者是我们楼里一个备受尊重的已婚男人，被杀的女人是前面房子里少数和善的人之一；事实上，她是少数会与后面房子的租户交往的人之一。马丁先生没有理由要杀她。我只能认为他是因为受挫而发了狂：多年来他一直想住到前面的房子里去，但后来他越来越清楚这是永远都不会实现的。

那是黄昏时分。百叶窗都合上了。我正坐在窗边。我看见他们两人在院子里的垃圾桶旁相遇了。可能是她对他说了什么，那可能是完全无心的、友善的话，但却让他再次意识到他和她以及前面房子的所有人之间存在着多么大的差距。她根本就不应该和他说话——反正他们大多数人也不和我们说话。

她出来的时候他刚刚清完他的桶。她身上有着某种极为优雅的东西，即便是拎着垃圾桶，她也显得十分雍容。我想他一定注意到了即便是她的桶——和他一样的普普通通的黄色塑料桶——都比他的更鲜亮，而里面的垃圾都比他的更生动。他也一定注意到了她的裙子是多么的清爽、干净，它多么轻柔地在她强健的腿上飘荡，从中散发出的气味又是多么的香甜，在暗下去的天光中她的皮肤是多么的富有光泽，她的眼睛又带着她惯常的些微疯狂的幸福的闪光，她的银色头发微微发亮，蓬蓬地被发夹固定着。她出门后从鹅卵石路上悄声走向他时，他正在垃圾桶前弯着腰，用一把钝钝的猎刀刮着桶内。

那时候天色很暗，一开始他只能看清她的白裙子。他没有说话——以他过分礼貌的性格，他从来不会主动和前面房子里的人说话——并且他迅速地把眼睛从她身上移开了。但他还是不够快，因为她回应了他的目光，并且开口说话了。

她可能只是随意评价了一下晚风是多么的轻柔。如果她没有开口，他的愤怒可能就不会被她轻柔的声音所激发。但在那一瞬间他一定是意识到了他的夜晚永远都不会像她的那样柔和。又或许是她的语调——某种过分友善的东西，某种屈尊俯就，刚好足以让他意识到他注定要一直待在他所在的位置——让他失控了。他像一发子弹一样站起身，就好像他身体中有什么东西断掉了，他一刀挥向了她的喉咙。

我从楼上看到了这一切。它发生得很快，悄无声息。我什么也做不了。有那么一会儿我甚至都没弄明白我所看到的：这里的生活是如此平静，我几乎失去了反应的能力。但在那个场景中又有着某种吸引人的东西：他是一个体格健壮的男人，一个经验丰富的猎人，而她则像小鹿一样纤瘦优雅。他的动作极为优美；而她跌落到鹅卵石上时则如池塘表面的雾散去时一样轻柔无声。即便后来我恢复了思考能力，我还是什么也没有做。

在我还在看的时候，前面房子里的一些人走到了后门口，后面房子的一些人跑出前门，当他们看到她躺在地上而他一动不动地站在她身边时，他们提着垃圾桶半路停了下来。他的空桶立在脚边，刮得干干净净，而她的桶则仍被她紧握在手中，垃圾泼洒到她身旁的石头上，奇怪的是，这些垃圾看起来甚至与这起杀人事件本身一样令人震惊。越来越多租户聚集到门口观看。他们的嘴唇在动，但因为四面都是放电视的声音，我听不见他们在说什么。

我想之所以没有人立刻采取任何行动，是因为杀人事件是在这样一个类似无主之地的地方发生的。如果是在我们或是他们自己的房子里发生的，就已经有人采取行动了——在我们的房子里会是缓慢的，在他们的房子里则会很迅捷。然而，就是这样，人们充满了疑虑：前面房子的人不想降低身份介入此事，而我们楼里的人则不敢上前。最后是管理员出来处理了此事。尸体被法医拖走了，马丁先生则跟着警察走了。人群散去后，管理员扫掉了撒落的垃圾，冲掉了鹅卵石上的血迹，并将每个垃圾桶送还给了各自的主人。

其后的一两天，两边房子里的人都明显处于震惊当中。走廊里人声不断：在我们的房子里，说话声像暴风雨前树林中的风声；在对面，浑厚自信的音节如机关枪一样不断发射。现在两边房子里的人相遇时场面更加紧张：我们房子里的人遇到对方时会迅速避开，如若双方在街上相遇，在我们走进他们的听力范围内时，他们会突然停止说话。

但之后走廊里又安静了下来，一度甚至让人觉得什么事都没有发生。我想，或许这场事故对我们来说太难以理解了，因此它无法对我们产生影响。唯一的变化似乎是我们楼的一些人脸上有了一种空洞的表情，就好像休克了一般。但渐渐地我意识到这个事故产生了更深远的影响。空气中充满了疑惑与不安。现在，前面房子的人对我们后面的人感到害怕，而且双方之间再无丝毫交流。杀了前面房子里的那个女人，马丁先生其实杀死了更多东西：我们在前面房子的人面前丧失了最后一点自尊，因为我们所有人都对这罪行负有责任。现在继续假装也没有意义了。当然，确实还有一些人不受影响，继续把他们破烂的自尊穿在身上。但我们房子里的大部分人都变了。

我楼梯的对面住了一位夜班护士。每天早上她下班回家时，我都会被她的铁钥匙环敲打木门的重响和钥匙在锁洞中晃动的声音吵醒。下午她会再次出门，站在小布片上拖着脚在楼梯平台上走，给栏杆掸灰。现在她会坐在房间里听广播，偶尔轻声地咳嗽。拉马丁姐妹中的姐姐过去会给门留一道窄缝，以便能听到走廊上的人说话——偶然听得激动时她会将她的尖鼻子从门缝中伸出来，加入一两句自己的评论——现在除了星期天人们再也看不到她了，星期天清晨她会戴着一条蓝头巾出门去做礼拜。不管天气如何，住在二楼的邻居巴克太太都会把她的湿衣服挂在外面几天不收，我在自己的房间都能闻到那酸臭的气味。许多租户不再清理门口的地垫。人们开始羞于穿自己的衣服，出门时会转而穿雨衣。走廊里弥漫着霉味：送外卖的男孩和保险销售员跌跌撞撞地摸上楼梯，表情看起来十分难受。最恶劣的是，所有人都变得暴躁而恶毒：我们不再和彼此说话，却和外人说闲话，我们在彼此的楼梯平台上留下泥巴。

奇怪的是，城里许多前后房的邻里都会为类似的恶劣关系所苦：两边的房子之间往往处于一种充满不安的休战状态，直到某个意外事件爆发，情况开始恶化。前面房子里的人被困在自己冷淡的尊严中，而后面房子里的人则丧失了自信，脸色变成羞耻的灰色。

我最近发现自己差一点就要往院子里扔苹果核，于是意识到在楼里人的影响下，自己变得多么堕落。我的窗玻璃黯淡无光，我床边的脚踏板下一条条灰尘扭成了花。如果我现在不离开，我很快就会失去离开的勇气。我必须收拾东西，搬到别的街区去。

我知道如果我出去和邻居们告别，尽管我曾经和他们关系很好，他们中的一些人现在都不会开门，另一些人则会像不认识我那样看着我。但还是会有几个人能重拾过去的桀骜与强势的骄傲，和我握手，并祝我好运。

他们眼中的无望会让我对自己的离开感到羞愧。但我也帮不了他们。不管怎样，我猜想几年后情况又会回归正常。习惯会让这里的人们重新恢复寒碜的整洁，重新在早上说着前面租户的刻薄的闲话，重新去二手店里淘小东西，在没有风险的时候正派行事——而随着两边的房子都有人搬走，新的租户搬进来，当时的整个事故渐渐会被消化与遗忘。最终，唯一的受害人会是马丁先生的太太，马丁先生本人，以及被马丁先生杀死的那位文雅的太太。

47

出行

公路旁一阵愤怒的发作,小路上的拒绝对话,松树林间的一阵沉默,穿过老旧铁路桥时的一阵沉默,水中的尝试示好,平坦的石头上拒绝结束争吵,陡峭的土坡上愤怒的哭泣,树林中的一阵痛哭。

48

大学里的职位

我觉得我知道自己是一个什么样的人。但然后我想,某个陌生人听说我做过的这些或那些事后,将会对我产生完全不同的想象,比如我在大学里任职:我在大学里任职这件事好像意味着我肯定是在大学里任职的那种人。但然后,虽然是带着惊讶,我必须承认,说到底,我确实是在大学里任职。如果这是真的,那么或许我确实就是当你听说某人在大学里任职时会联想到的那种人。然而,话说回来,我知道我不是当我听说某人在大学里任职时会联想到的那种人。然后我发现了问题所在:当其他人这样描述我时,他们好像是将我描述完全了,但事实上他们并没有将我描述完全,而对我的一份完全的描述将包括许多看上去与我在大学里任职这件事毫不相容的事实。

49

关于困惑的例子

1
*

昨晚,在回家的路上,我透过一间咖啡馆的大玻璃窗往里看。店里全是橘色的,到处都是标语,因为店已关门了,柜台和高脚凳上都是空着的,在最里面,在后墙上镶着的镜子里面,在店的深处及被镜子照出的店的深处,在镜子的黑暗中,这黑暗或许是或许不是我身后的夜晚的黑暗,我所在的街道的黑暗,在我的身后是夜幕下的区政厅的钟形屋顶,虽然在镜子里看不见,我还是看见我的白色外套就像脱离了我的身体一般一晃而过,因为天色已晚它动得很快。我想着,如果那是我的话,它是多么遥远。然后我又想,至少,那个一晃而过的白色的东西,那个我,非常遥远。

2
*

我坐在连着旅馆房间的卫生间的地板上。此时已近拂晓而我又喝了太多酒,所以一些很简单的事情也让我深感惊讶。又或许它们并不简单。旅馆里很静。我看着身前地砖上我裸露的双脚并想着:那是她的脚。我站起来照镜子并想着:她在这儿。她正看着你。

然后我想明白了,并对我自己说:你必须用她如果那是在你之外的。如果你的脚是在那边,那它们就是在你之外,那是她的脚。在镜子中,你看见的是某种像你的脸的东西。那是她的脸。

3
*

那天我心里充满了邪恶或者说恶毒的情绪——针对我认为我应该爱的人怀有恶念,针对我自己怀有恶念,以及对没有做我应该在做的工作而感到气馁。我从借来的房子的窗户里往外望,这是最小的房间里一扇窄窄的窗户。突然我发现了我自己的灵魂:一只老白狗,屈着腿,晃着脑袋,用一只疯狂的、布满白内障的眼睛盯着阳台一角。

4
*

在短暂停电的那段时间里,我感觉我自己的电源也被切断了,并认为我将无法思考。我担心停电可能不仅会清除我做完的工作,而且还会清除我的一部分记忆。

5
*

在雨中开车时,我看见前面的路中间有一个皱巴巴的棕色物体。我以为那是一只小动物。我为它和所有我在路上及路边看到的动物而感到悲伤。当我开近它时,我发现那不是一只小动物,而是一个纸袋。然后有那么一会儿,我之前的悲伤还在,和这个纸袋在一起,于是我似乎是在为这个纸袋而感到悲伤。

6
*

我在清理厨房的地板。我不敢去打某通电话。现在已是九点钟,我也清理完地板了。如果我把这个簸箕挂起来,如果我将这个水桶收起来,那么在我和这通电话之间就什么也不剩了,就像在W的梦中,直到他们来为他剃头时他才开始害怕被处决,因为那时在他和处决他之间就什么也不剩了。

九点钟时我开始犹豫。我以为时间肯定到了九点半。但当我去看钟时，我发现才刚过了五分钟：我感觉到的时间长度其实只是我巨大的犹豫。

7
*

我一边吃着胡萝卜，一边读着某个诗人写下的一个句子。然后，虽然我知道我已经读过了这句话，虽然我知道我的眼睛掠过了它，我的耳朵听到了这些词句，但我确定我没有真的读过它。我的意思可能是理解它。但我的意思又可能是消化它：我没有消化它是因为我已经在吃胡萝卜了。胡萝卜也是一句话。

8
*

晚上很晚的时候，因为喝了酒，以及他带我在街上拐了太多弯，我感到迷糊，现在他搂着我，问我是否知道我在城里的哪个地方。我不很清楚。他带我上了几段楼梯，领我走进了一间小公寓。公寓对我来说很熟悉。任何房间都可能像是在梦中记住的一个房间，就好像任何门口都像是能通往另一个房间一样，但我还是观察了更长时间，我知道我曾经来过这里。那是另一年的另一个月，他不在这里，另外一个人在这里，我不认识那个人，而这个公寓是属于一个陌生人的。

9
*

坐在餐厅桌前等待食物的时候,我一再从眼角看到一只小猫跳到餐厅门口的白色大理石台阶上,然而,每一次我去看时,我看到的都不是一只小猫而是一个阴影,那是由街灯投下的,被盛夏河边的风吹动的一片大树叶的影子。

10
*

我等着接一通十点钟的电话。电话九点四十分时响了。我在楼上。因为我没有预料到它会在那时响,所以铃声听起来更尖锐,更大声。我接了:不是我等的那个人打来的,所以那人的声音听起来也更尖锐,更大声。

现在已经是十点钟了。我走到了前面的阳台上。我担心我在外面时电话可能会响。我走进屋,电话在我刚进去时就响了。而这一次又是别人打来的,但之后我会以为这不是那个人而是另外一个人,那个应该在这个时间打来的人打的。

11
*

他的右腿在我的右腿上，我的左腿在他的右腿上，他的左臂在我的背后，我的右臂绕着他的脖子，他的右臂横过我的胸部，我的左臂穿过他的右臂，我的右手抚摸着他右边的太阳穴。现在已经很难分清哪个身体部位是我的，哪个是他的。

我摩挲着他的头，他的头紧贴着我的，我听到他的头发擦着他的头皮的声音，就好像那是我自己的头发擦着我自己的头皮，就好像我现在是在用他的耳朵，从他的脑袋里面倾听。

12
*

我决定出门时要带上某本书。我累了，想不出要怎么带着它，虽然那是一本小书。我出门前正在读它，我读到：她给了我一只古董手镯，那失去光泽的黄铜镯子上刻了几十朵花。现在我觉得我能把这本书戴在手腕上出门了。

13
*

我从咖啡馆的窗户往外看，留心看一个朋友。她迟了。我担心她找不到这个地方。现在，如果街上走过的许多人都很不像我的朋友,我就觉得她离这儿还很远,或是完全迷路了。但如果某个路过的女人看上去像她,我就认为她很近,并且随时都有可能出现;路过的女人中有越多看起来像她,或是越像她,我就会认为她越近,或越有可能出现。

14
*

说起来这个派对不太可能请我,而且没有人和我说话。我觉得这个邀请本应是发给别人的。

一整天,钟准确地回答我关于时间的问题,于是,当思考那本书的书名叫什么时,我望向钟面寻找答案。

我差一点儿就错过了公车,我还是觉得我不在车上。

因为已经是一天结束的时候了,我以为快要到周末了。

对我说那句话是多么奇怪,我不相信那是对我说的。

因为这个专家就他的领域,即园艺给了我一些有用的信息,我就觉得我可以就另外一个领域向他请教,那个领域是家庭关系。

我几经辗转才找到这个地方,我以为我没有找到它。我正在和我到这里来见的人说话,但我觉得他仍然是一个人,正在等我。

15
*

屋顶很高,光线在屋顶尖角处变得很暗。要走很长时间才能穿过房间。到处都是灰,一层均匀的金色灰幕;在每一个拐角都有一张带滚轮的桌子,上面放着一个画板,画板上用大头钉钉着一张纸。在下一个拐角,以及再下一个,墙上挂着一幅画,画没有画完,在画前面的地上放着颜料罐,画笔斜插在罐中,水桶中的肥皂水被染成了红色或蓝色。并非所有的颜料罐上都布满灰尘。并非每一寸地板上都布满灰尘。

一开始似乎很明显,这个地方并不是某个梦境的一部分,而是你在现实生活中走过的地方。但绕过最后一个拐角来到房子最深处时,厚厚的灰尘堆积在一盒盒来自巴黎的木炭画笔上,窗户上一块变黄的薄麻纱窗帘在两个对称的位置被撕开了,透过两块灰扑扑的小玻璃窗能看见白色的天空,这里似乎是整个房间被遗忘或遗弃的部分,或至少是比其他地方更长时间无人造访的部分,你无法确定这个地方其实不是出自一个梦,虽然很难说它是不是完全出自那个梦,而如果它只是部分出自一个梦,那么它怎能既处于一个梦又处于现实世界——是你站在现实世界透过门厅望进那个更灰尘仆仆的地方、那个梦,还是你从这个现实世界绕过一个拐角来到那个灰尘更厚的地方,走进那个梦境里被过滤过的光,从那块变黄的窗帘中透过来的光。

50

耐心摩托车手赛

在这个比赛里，不是最快的那个赢，而是最慢的那个。一开始，你会以为做最慢的摩托车手应该很容易，但事实并非如此，因为缓慢和耐心不符合摩托车手的天性。

摩托车在起点处排成排，每一辆的装饰都比前一辆更炫、更昂贵，座椅和把手上套着白色皮垫，车身上嵌着桃花心木，车头上挂着一对鹿角。所有配件都让这些车子看上去如此激动人心，以至让人很难不开快。

开始的枪声响起后，车手们发动引擎，随着一声巨响动了起来，但他们在那炎热和灰扑扑的车道上不过走了一两英寸远，他们帅气的大黑靴子在侧面摆动着以稳住车身。新手打开啤酒开始喝，而老手都知道一旦开始喝酒他们就会失去继续比赛的耐心。相反，他们会听收音机，用小型的叮携式电视看节目，或是在继续稳固前行的同时看杂志或是轻松的书籍，他们既要保证不开得过快因而输掉比赛，又不能开得过慢以至车子会停住不走，因为，依据规则，在比赛全程车子都必须往前走。

车道两旁有一些叫作检查员的人，他们负责检查有没有人违反规则。通常，尤其是对于那些经验丰富的车手来说，只有通过观察车胎向下滚到灰尘中的前部边缘与滚出来的后部边缘才能感知车身的运动。检查员们坐在督导椅上，每隔几分钟就要起来一次，沿着赛道移动椅子。

尽管终点线只有几百码远，到半下午的时候，那些豪华的车子仍然挤在赛道的半路上。现在，一个接一个地，新手们开始变得不耐烦了，加大油门弄出了响声，他们的车子就像被鞭子抽过似的一动，把他们从同伴周围静止的尘雾中拽了出来，他们的头突然向后一倒，他们极其油腻的头发向前平飞起来。转眼间他们就飞驰过终点线出局了，而在后面更灰的尘雾中，离开那些看客，离开那群黑暗的、闪着光的、缓慢行驶的更有耐心的摩托车手，他们表现出了某种优越感，虽然事实上，因为现在没有人在看他们了，他们为自己未能在比赛中坚持更长时间而感到羞耻。

结束总是以一幅照片来展示。赢家往往是一个老手，他不仅是慢车赛的赢家而且也总是快车赛的赢家。现在，组装一个强劲的引擎，评估车道的状况和走向，衡量对手的实力，将自己练得更强以赢得快车比赛对他来说显得很容易了。因为训练自己的耐心，将自己的神经调适得可以适应蚯蚓和蜗牛的速度要难得多，它们是那么慢,相比之下螃蟹的移动都快如奔驰的骏马,而蝴蝶展翅就像是一道闪电。虽然两腿之间的车子有那么大的加速的潜能,但他却要让自己习惯于闲适地看着周围的世界,他行进得如此缓慢,慢得每一个动作的变换都几乎是不可感知的,而周围的世界,同样地,也似乎是静止不动的,除了天上移动的太阳投下的光,而在缓慢的一天结束的时候,就连阳光似乎都是由一把快弓射下来的。

51

亲近感

我们对某个思想家有亲近感是因为我们认同他；或者是因为他向我们展示了我们已经在思考的东西；或者是他以一种更清晰的方式向我们展示了我们已经在思考的东西；或者是他向我们展示了我们正要思考的东西；或者是我们迟早都要思考的东西；或者是如果我们现在没有读他的话就会晚得多才会思考的东西；或者是如果我们没有读他的话很可能会思考但最终不会思考的东西；或者是如果我们没有读他的话希望思考但最终不会思考的东西。

译后记

戴维斯的"个性"

1

一个女人,一名英语教授,一位作家,一位法语文学译者,一位母亲,一个常常失眠的人,一个离婚后独居但坚持称前夫为"我丈夫"的人,一个受挫的恋人,一个用索引卡整理自己生活的人……这些,是莉迪亚·戴维斯数量庞大的短篇小说中反复出现的形象。她们或许是同一个人,或许不是——我们无从判断,毕竟,对于戴维斯的人物,我们所知甚少。她们没有名字,来历不详。我们不知道她们的年龄、身高、长相。我们不知道她们在哪里出生,在哪里上过学,童年或青春期的创伤经验(这是多数现代小说家极力挖掘的),有过几段恋情。我们拥有的只是一个人称代词,一个"她",这个"她"时而会被称作"一个女人"。这个女人被放置于一个几乎像是不存在的地点——一个无名的小镇,一个无名的村子,一个无名的城市。

仅在极为必要的时候我们才被告知，在某个故事中我们被暂时性地转移到了某个（依然是无名的）法国乡村。在这些故事中，读者很难辨认出传统小说的重要元素——情节不再清晰，叙事线索不再完整，冲突不再由精心搭建的场景来呈现，甚至不再有对话（而是由一个孤独的叙事者报告另一个人对她说的话）。它们能被称为小说吗？或者，将它们称作散文更合适？或是内心独白？或是场景速写？

在另外一些故事中，我们则被带到了一些奇怪的领地。这些故事往往都很短，不超过一页纸。在一个故事中，女人们都变成了雪松树，她们围绕在墓地旁，在大风中哀吟，"男人们则疯狂纵饮，在彼此怀里入睡"；或者，一间屋子里住着一个悄无声息的妹夫，是谁的妹夫无人知晓，而他付的钱会变成"祖母的大盘子上一团银绿色的雾"；又或者，在"我们的镇上"，一个男人既是一条狗又是它的主人，主人对狗极不公正，"头一分钟他想和它玩，下一分钟他又会因为它太难管而狠狠打它，让它屈服"，而在某些感到孤独的夜晚他又会把狗拉到身边来睡，"尽管那狗会因为恐惧而发抖"。很显然，这些故事又属于一个完全不同的范畴。它们是寓言吗？或许是（就像科塔萨尔的《动物寓言集》中的那些）。它们是童话吗？也可以算（我们既认出了卡尔维诺，又读出了安吉拉·卡特）。很显然，它们不想成为"故事"，也十分自觉地不以故事自诩。在这些简洁、紧凑、突然而怪异的"断片"（让我们姑且这样称呼它们）中，我们可以确定的是作者的机智与自信，以及一种灵动而趣味十足的想象力。

　　初次读到戴维斯小说的人无疑都会受到巨大冲击——毫无疑问，它们与我们读惯的契诃夫式的短篇小说相去甚远。它们形式上是那样的新颖与怪异，那样的不合常规，那样的灵活与多样，而有时候，又显得那样的任性与一意孤行。而当我们打开《莉迪亚·戴维斯小说集》（*The Collected Stories of Lydia Davis*）随意读过一阵之后（不需遵循任何顺序，随意跳读便好），我们又发现了一种令人惊异的统一性——这种统一性难以解释，也难以被命名。但却像许多美国作家（例如弗朗辛·普罗斯［Francine Prose］、本·马库斯［Ben Marcus］）所观察到的那样，戴维斯的作品绝不会与其他人的作品相混淆；进一步说，一个戴维斯的故事，即便拿掉作者的名字，你依然能立刻认出它是戴维斯的作品。这种效果是惊人的——有多少作家敢于宣称自己的作品在不署名时也能被读者辨认出来呢？或许，这种极具辨识度的东西就是评论家口中的风格。但我认为戴维斯的独特是某种比风格更尖锐、更偏执也更内在化的东西，我倒是愿意方便地将其称为"个性"。

2
*

　　我想，对于每一个风格独具的作家来说，其写作生涯中一定会有一个关键性时刻。这个时刻,可以是一种信心的确立,一种兴趣的确认,或是一种风格的转向。对有些人来说,这一时刻远非清晰,而是由一系列无法明确指认的内在变化缓慢促成;在另外一些情况下,这一时刻却突然而鲜明,类似一种清澈的顿悟,一种美妙的命定——而这种"命定",则常常是通过阅读来实现的。一位作家对于另一位作家的影响不仅在于技巧的点拨,更重要的或许是一种个性上的吸引(让我们再次回到个性)——就像福克纳之于马尔克斯,切斯特顿之于博尔赫斯(或许是一个不那么显而易见的例子),海明威之于雷蒙德·卡佛。对于戴维斯来说,影响的源头很清晰,贝克特是一个(戴维斯称十三岁时读到贝克特的《无名者》时眼界大开,并在二十岁出头时认真学习过贝克特的语言),而卡夫卡是另外一个(卡夫卡是其最爱的作家)。但真正开启了她的写作生涯,帮助其确立风格并坚定写作方向的,却是美国文学史上一位国际声名不彰的诗人——拉塞尔·埃德森(Russell Edson,1935—2014)。这位今年刚刚去世的诗人是20世纪后半期美国风格最为独特的诗人之一,在美国国内颇受重视,却未能获得太大国际影响力。因国内尚未引进其作品,知之者寥寥。埃德森的诗作多为散文诗,叙事性强,语言诙谐,想象力丰富而奇诡,具有强烈的寓言性。事实上,埃德森本人便将他的一些作品称为寓言(fables)。正是接触到埃德森的这些寓言体散文诗之后,戴维斯意识到自己也可以尝试此类创作,而不必拘泥于短篇小说讲述完整故事的陈规。对于这一美妙的发现，戴维斯可以清晰地追溯到1973年，那时她二十六岁，已经尝试传统短篇小说写作许多年了。

埃德森的影响是显而易见的。他的荒诞、怪异，他的黑色而令人不安的意象，他的扭曲的感性，他的出其不意的幽默感，都可以在戴维斯的一些作品（尤其是一些短作品）中找到——我们或许可以将这些作品称作"埃德森体"。

这是埃德森的《让我们考虑一下》的前后两节（虽有常规分行，但因其节奏的松散与明显的叙事性，也不妨称其为散文诗）：

让我们考虑一下那个将他的草帽当成甜心的
农民；或是那个将一盏落地灯当成儿子的老妇人；
或是那个定下将自己的影子刮下墙壁
这一目标的年轻女人……

让我们考虑一下那个以炸玫瑰为晚餐的男人，
他的厨房闻起来像是一座燃烧的玫瑰园；或是那个
将自己伪装成一只蛾子并吃掉外衣的男人，他的甜品
则是一顶冰镇的软呢帽……

而戴维斯的早期作品之一《爱》(的全文)是这样的:

一个女人爱上了一个已经死了好几年的人。对她来说,刷洗他的外套、擦拭他的砚台、抚拭他的象牙梳子都还不足够:她需要把房子建在他的坟墓上,一夜又一夜和他一起坐在那潮湿的地窖里面。

在另外一篇只有一段的作品《第十三个女人》中,这"第十三个女人"住在"一个有十二个女人的镇上","没有人卖给她面包,没有人从她那里买过东西,没有人回应过她的目光,没有人敲过她的门;雨不会落到她身上,太阳从不照在她身上,天不为她破晓,黑夜不为她来临"……"但尽管如此,她依然住在这个镇上,并不憎恨它对她做过的一切"。

这种煞有介事的荒诞,这类不可名状的寓言,既是埃德森式的,又是卡夫卡式的。但我想之所以是埃德森而非卡夫卡成为戴维斯的先驱,成为将其从文学类型的限定中解放出来的人,原因在于埃德森作为一名独特却偏僻的"小诗人"的名望,他的松弛,和他表面上的不具野心。尽管一生受困于自我怀疑的地狱,卡夫卡却毕竟是20世纪现代主义文学当之无愧的无冕之王;而尽管他一生中写下了众多类似埃德森那样的断片残章,他对于文学价值的指认却依然难免太过僵化了(这或许同时出于自谦与野心)——他并不认为这些零散而长短不一的篇章是具有发表价值的东西（他生前发表过相当数量的中短篇小说）。对于一位急于寻找风格和确立自信的年轻作家来说，拉塞尔·埃德森无疑是一位最好的榜样。而这位榜样为年轻的戴维斯所做的，是向她展示一切常规的写作边界都是可以并且应当被打破的。当我在纽约州的哈德逊市第一次见到戴维斯时，她告诉我，写过一阵子埃德森式的散文诗后，一切都变了。当她回归到更长的作品中时，她感到了一种前所未有的自由感——写作这件事不再有任何规则了。

在很长一段时间内，和她的先驱拉塞尔·埃德森一样，莉迪亚·戴维斯也被看成了这样一位独特却偏僻的"小作家"。她的作品在美国的作家圈内悄悄流传，并一直享受着"作家的作家"这样的称号（甚至有人将她称作"作家的作家的作家"），长久以来却并未"溢出"到大众视野之内。她最初的作品在小杂志上发表，而最早的作品集《第十三个女人》则是由小杂志 *Living Hand* 印制的一本小册子，于 1976 年面世，印数为 500 本（值得一提的是，*Living Hand* 是由戴维斯的前夫保罗·奥斯特及夫妇二人的好友米切尔·希西肯德［Mitchell Siskind］共同创办的）。第二本作品集《瓦西里的生活速写》于 1981 年面世，同样是出自偏僻的小出版社（Station Hill Press）之手，同样是一本类似手工作业的小册子。直到《拆开来算》于 1986 年由挑剔而严肃的高端出版社 Farrar Straus & Giroux（FSG）推出时，戴维斯的作品才经由主流出版社的平台与文学市场有了更大接触，此时，戴维斯已经三十九岁了。这种耐心和定力在当今众声喧哗的文学圈内（无论是中国还是美国）是很罕见的。然而，"作家的作家"不仅意味着尊奉，同时也暗示着一种隔绝，意味着作家与读者之间的隔阂与距离——这毕竟不是大多数作家愿意主动选择的。这就是为什么 FSG 2009 年将戴维斯的全部短篇作品结集为《莉迪亚·戴维斯小说集》推出被看作美国文学圈内的一件大事——就像美国当前最有影响力的文学评论家之一詹姆斯·伍德所说的那样，乍看起来，这些作品本身的"断续性"（intermittence）似乎期待某种间歇性的、非系统化的阅读，但当这本 700 多页的收纳了三十余年成果的小说集面世时，先前那种看法立刻被证明是肤浅的——因为"一份伟大的、长期的成就呈现在读者面前"。伍德称自己"预测"（suspect）戴维斯的作品"迟早"（will in time）会被看作美国文学伟大的、不寻常的贡献之一。当伍德在五年前下此断语时，他那谨慎的预言（"预测"和"迟早"）与热情的评价（"伟大的"和"不寻常的"）同样引人注目。"作品集"的出版对作家与读者来说都是至为关键的——它甫一上市就得到了评论界众口一辞的盛赞，而 2013 年得到布克国际奖的加冕显然也与此书的出版有关。而它更重要的意义或许在于它终于促成了作家与读者的"相遇"——它让一位安静的、耐心的、长久以来安于创作独特却偏僻的作品的写作者在四十年之后，终于在全世界都找到了读者。在美国国内，戴维斯则已被广泛认为是美国最具原创力的小说家之一。

3
*

当伍德将戴维斯的作品称作美国文学（对世界文学）"伟大的、不寻常的贡献之一"时，我们难免要驻足片刻，思索一下何谓寻常的、伟大的美国文学（这里讨论的焦点自然是小说）。一连串的名字立刻从我们的眼前跳出来：梅尔维尔、菲兹杰拉德、海明威、福克纳、诺曼·梅勒、厄普代克、菲利普·罗斯、托尼·莫里森，或许还有唐·德里罗、托马斯·品钦，以及近年通过"为中产阶级家庭"立传获得经典作家地位的乔纳森·弗兰岑。我无意在这篇作家简介的小文中做任何以偏概全的总体化评断，不过，当我们综观美国文学史时，却很难不得出这样一种印象——美国文学的主流是现实主义的，它的核心主题是中产阶级的存在方式，它在细节上是丰富而充分的，而在形式与形而上的探索上却时常是保守的。正是在这样一面模糊的背景墙的对照之下，我们阅读莉迪亚·戴维斯时的不适与震动才能被更好地领会——就像书评人（也是戴维斯的忠实读者）btr所说的，莉迪亚·戴维斯是他读到的最"非美国化的美国小说家"。

我想接着以这面模糊的背景墙为引导，谈谈戴维斯的作品特色（这里暂时聚焦于戴维斯叙事性较强的作品），而这种特色，初读起来莫不表现为一种局限，就像本文开篇所提到的：时空的局限、场景的局限、"事件"的局限（推动小说"向下走"的动力）、角色发展的局限（现代主义小说所孜孜以求的"圆形人物"）。但很快，我们意识到这种局限不仅是明智的，而且是完全必要的——它会让我们意识到我们对于完整故事线与圆形人物的执着是可笑的，因为某些剥除了"讲故事"与塑造人物重负的作品，能够给我们带来更多的愉悦与启示。我想到的是诸如《拆开来算》《我身上的几个毛病》《困扰的五个征兆》《有趣的是》《教授》和《格伦·古尔德》这样的作品；它们是那样的简单，那样的抽象，那样的"受限"。无一例外地，这些作品几乎都只包含一个声音、一个重要情境、一种情绪——《拆开来算》描述的是为期十天的爱情带来的欢愉（以及失去后的痛苦）；在《我身上的几个毛病》中，主人公想要弄清楚是她身上的哪些问题让她的情人改变了对自己的看法；在《困扰的五个征兆》中，借住他人房子的女人细细描绘了这段独居生活中的困惑与不安；在《教授》中，一个英语教授幻想着能够嫁给一名牛仔，过一种"完全不同的生活"……

既然这些作品是这样的简单与狭窄，那么，构成它们那强大吸引力的东西又是什么呢？是它们的机智与幽默，以那种略带抱歉的语调——"然而，尽管我表面上是一名教师，我的内心里却是另一种人。一些老教授内心里还是老教授，然而内心里，我甚至都不是一个年轻教授。"(《教授》)是它们在意识与感受上的机敏与尖锐——"她哭了，也许是因为外面在下雨她在盯着窗外落下的雨看，然后她想着她是因为下雨而哭，还是因为雨给了她一个哭的机会，因为她并不经常哭，最终她想这两者，雨和眼泪，是一回事。"(《从前有一个愚蠢的男人》)是它们在细节上的别致与穿透性——"她无法入睡。她躺在床上，耳朵贴着床垫，听着她吵闹的心跳声，先是血从她的心脏涌出来，她能够感受到，然后一瞬间之内是她耳朵的跳动。那声音是扑通，扑通。然后她开始入睡，但当她梦到她的心脏是一个警察局时她又醒了过来。"(《困扰的五个征兆》)是它们那令人心碎的自我反省与自我诘问的倾向（是我们既应该又不应该做的，或许最终却不得不做的）——"或许我话说得不够多。他喜欢说很多话而且他也喜欢别人说很多话。我时不时地会有一些好想法，但我没有太多信息。只有在说一些无聊的事情时我才能说很长时间。"(《我身上的几个毛病》)是它们抵达真理时的清晰与优雅，以一种格言式的简洁——"这令人困惑。你花费自己的前半生学着将自己看成一个人物，现在又要花费自己的后半生学着将自己看成一个无名小卒。过去你是一个消极的无名小卒，现在你想要变成一个积极的无名小卒。"(《新年决心》)

又或许，戴维斯作品的局限与抽象也是出自一种策略上的需要，毕竟，这些独白式的作品是那样的直接与私密，让读者不得不产生某种强烈的窥私之感；加之小说家并未使用大多数作家所惯常使用的策略——塑造一个与作家本人大相径庭的形象来遮掩自己的物理存在——相反，戴维斯小说中那个无名的女人与作家本人是那样的接近（读者很难不将她小说中的作家、法语译者、文学教授、另一个文学教授的女儿联想成她本人）。正是在这个意义上，人物背景与生活细节的缺失成为一种自觉选择的策略——它成为一道屏障，屏蔽了我们无益的窥私欲望。正因如此，戴维斯的独白小说在气质与内涵上不同于日本的私小说，它们的自传性绝不会透露出丝毫的自恋倾向——正如爱尔兰小说家科尔姆·托宾所言，戴维斯主人公"自我戏剧化"（self-dramatize）的倾向被她们的机智所调和了。当然，在没有传统小说中那些令人眼花缭乱的信息与细节令我们分神（并将我们固定于某个可感的物理时空）时，我们在读到这些作品时不仅会暂时产生某种迷失之感，并且注定会回归到一个窥视者的位置上——我们就像被关在了一间小黑屋中，透过一个小孔窥视屋外主人公的生活。最终，令戴维斯的小说显得强健而与众不同的，是从那小窥视孔中射出的强光——这光是智识上的、情感上的、美学上的。在思索"窥视孔"与"光源"的比喻之时，我们或许会再次意识到一种狭窄和专注大约是势所必须，因为孔径越小，光照才越集中、越明亮。

我无法不想到大批评家乔治·斯坦纳在谈及莎士比亚与拉辛戏剧的区别时所说的话。在被问及若是在荒岛上要选一两部非宗教文学作品会选择什么时，斯坦纳的答案是拉辛的《贝蕾尼斯》和但丁的《神曲》。在斯坦纳看来，莎士比亚用了两万多个字实现的东西，拉辛用两千多字就实现了。斯坦纳认为这种差异是本体论问题，"宣告了对世界两种截然不同的看法与认知"。"莎士比亚的世界是奢华、开放、流动的，如生命长流；拉辛的世界是通过节制禁绝而呈现本质，属于巴赫变奏曲、贾科梅蒂人物雕像等，如风一般简约。""通过节制禁绝而呈现本质"——这是拉辛的戏剧中所做的，是贝克特在他的小说与戏剧中所做的，也是戴维斯在她的一些小说中所做的。

但在另外一些作品（那数不尽的难以分类的小短章）中，戴维斯所做的却恰恰是要展现如莎士比亚的那种开放和流动——我们生命经验的无穷面向，思想与情感的矛盾、动荡与易变。或许，20 世纪下半叶以来外部世界与个人经验愈趋碎片化的现实要求一种相应的表达——对一些作家而言，面对这样的现实，与其构建自圆其说的完整作品，不如以同样的形式予以应对，罗兰·巴特、巴塞尔姆就是其中的最杰出者。又或许，由于"历史终结"之后生命经验愈趋同质化，些作家敏锐地意识到"故事"不再是那样值得追求的了。正如弗雷德里克·杰姆逊在新作《现实主义的二律背反》中指出的那样，现实主义小说想要讲故事，但故事同时也是障碍。它太过完整，肩担意义的重负，总是在与苦厄与命运的观念相纠缠。在我看来，戴维斯作品的兴趣不在于讲述故事，而在于表达经验（而非经历），以及对经验的认知与反思——与"故事"对意义的执着相比，"经验"则要灵活与开放得多，它的角度可大可小，距离可近可远；而它又是那样的柔韧，想要捕捉它只需要一双眼睛、一个声音，或是一个思索中的头脑。但不论将其工作对象称作"故事"还是"经验"，归根到底，它们都只是一个容器，作家借此实现自己的天职——帮助人们更好地认识外部世界与自我。将戴维斯与一些不那么成功的后现代小说家区隔开来的，正是她对于这一点的清晰认知。她的写作，无论角度多么刁钻与褊狭，却始终没有偏离那些最普遍也最重要的议题：孤独、爱情、身份、人际冲突、变老；她所做的，是用新鲜的形式从古老的主题中压榨出新意，并希望由此获得不同的感性与体悟。最终，打动我们的是这些作品中观察的敏锐，思考的明晰，感情的深沉。我认为评论家詹姆斯·伍德极好地总结了戴维斯作品的优点——它们"结合了清晰、格言般的简洁、形式创新性、慧黠的幽默感、荒凉的世界观、哲学张力及人生哲理"。

4
*

我最喜爱的戴维斯的小说之一，是收录于 2007 年《困扰种种》中的《卡夫卡做晚餐》(*Kafka Cooks Dinner*)。这篇十页纸的小说严格来说是一个合作作品，它是由卡夫卡与戴维斯所合写的。如题所示，卡夫卡是这篇小说的主人公，故事的核心是其初识米莱娜时欲为她准备一顿晚餐时的内心纠结，全篇都是他本人的自述。这篇小说的奇怪之处在于，故事（卡夫卡到底要怎样做晚餐）是戴维斯的构想，而其中的许多语言却出自卡夫卡书信集——这是一份完美的合体，卡夫卡的思想与戴维斯的思想合二为一，卡夫卡的语言与戴维斯的语言无缝交融，它的自然、光彩、幽默、表达的力度与强度是无与伦比的。

这是一份致敬，也是一份小小的宣言——一个不算很有野心的当代作家在认祖归宗的同时，忍不住稍稍炫耀一下自己在技艺上的创见（以我有限的视野，这样的改编并不常见）。我提到这个例子是因为，与写下《被背叛的遗嘱》的米兰·昆德拉一样，戴维斯也是真正理解卡夫卡的读者之一——与大多数试图从卡夫卡的作品中离析出意识形态"信息"的读者不同，戴维斯和昆德拉都清楚地知道，卡夫卡首先是一位诗人。卡夫卡的贡献，首先在于他对语言和文体的贡献。

我从《卡夫卡做晚餐》中分辨出这样几个来自卡大卡的句子：

关于这顿晚餐的想法一整个礼拜都在我心上，<u>它压迫着我</u>，

<u>如同在深海中没有任何地方不处于巨大的压力之下一样。</u>

时不时地我会调动自己的全部精力来准备菜单，<u>就好像我被迫要将一根钉子砸入一块石头，就好像我既是那个砸钉子的人，又是那根钉子。</u>

我渴望和米莱娜在一起，不仅仅是此刻，而是每时每刻。<u>为什么我偏偏是一个人呢？我问我自己——多么模糊的处境！为什么我不能做她房间里一只快乐的衣橱呢？</u>

而阅读戴维斯的乐趣，在很大程度上也是来自其语言的光彩与优美。在1997年与另一位美国女作家弗朗辛·普罗斯的访谈中戴维斯借用贝克特的话说，有时候她毫不在意一个文本说了什么，只要它是被漂亮地构建起来的（as long as it was constructed beautifully）——所有的意义、所有的美都在于那构建方式当中。奇妙的是，美妙的构建往往也会让意义更清明、更切近，用诗人沃尔科特评价拉金的话来说，它们更容易"滑进我们记忆的口袋"。让我们来看几个戴维斯的句子：

我们一起坐在这里，我的消化和我。我在读一本书，它在处理我刚刚吃完的午饭。(《伴侣》)

时不时会有陌生人无心撞到我们的家里。有一次一个年轻女孩如一阵风般走进厨房，她的脸色苍白，身形瘦弱，举止奇怪，就像一束游离的思想。(《圣马丁》)

我的姑姑死了。或者说比死更糟，因为没有什么东西剩下来可以被称为死者。(《诺克利先生》)

文体与形式——散文的美学层面——是众多现代作家的至高追求。然而，如前所述，由于小说天生肩担着意义的重负，我们拥有许多思想深刻、目光敏锐的大作家，能够被称为文体家的却寥寥无几——莉迪亚·戴维斯当之无愧地位列其中。在美国当代小说家大卫·伊格斯（Dave Eggers）看来，戴维斯是"当今在世少数最具个性的散文文体家之一"。

那么，戴维斯的文体特征又是什么？我想首先强调的是，她试图实现的并非我们通常所理解的一种抒情诗般（lyrical）的优美。事实上，她常常会刻意使用常见而平淡的词语（相比花哨的拉丁语源词汇来说，她倾向使用更朴素的盎格鲁-撒克逊语词汇）。而她的句子结构则多样而奇怪（时而蜿蜒而绵长，时而简短而细碎），常常初读上去是不"美"的。在我看来，意象与意义的压缩，句子之内的张力，以及一种特有的节奏感，是戴维斯所追求的。比如《试着理解》的开头（以及核心）是这样一个句子："我试着理解这个开我玩笑的爱玩闹的男人与那个和我谈钱时严肃得不再能注意到我的严肃的男人以及那个在困难的时候向我提供建议的耐心的男人以及那个离开家时摔门的愤怒的男人是同一个人。"再比如《一号妻子在乡下》中则有这样几个句子："和儿子通完电话后,一号妻子心中许多不安。一号妻子思念儿子,想着几年以前她本人,同样,接起电话,和丈夫愤怒的妹妹,经常来电的人说话,在麻烦的女人面前保护丈夫。现在二号妻子要在麻烦的妹妹,经常来电的人,以及一号妻子,愤怒的女人面前保护丈夫了。"显而易见,这些句子有着结构上的严整性,同时又包含一种隐隐令人发噱的对称与对比。昆德拉在评价卡夫卡时特别强调"密度"这一评判文学价值的标准,而让戴维斯的极短篇小说独具一格的正是它们强大的密度——通过排除不必要的杂音,通过语义的快速转换,通过出其不意的对比与转折来实现。

5
*

在 2013 年的布克国际奖公布之后,国内读者对这位名叫莉迪亚·戴维斯的美国女作家已经略知一二了。我们知道她写下了一些人类历史上最短的小说,我们知道她是国内颇具影响力的美国帅哥作家保罗·奥斯特的前妻,我们知道她是一位著名的法国文学译者，翻译过福楼拜的《包法利夫人》和普鲁斯特的《在斯万家那边》，但几乎就是这些了。

有关戴维斯的生平美国读者一直以来也所知不多。长期以来戴维斯小众而低调，在数量不多的访谈中也不甚愿意透露私人信息，在今年最新小说集《不能与不会》出版后《纽约客》推出她的特写文章时，我们对她才有了更多了解。戴维斯1947年7月15日出生于麻省北安普敦一个文学之家，父亲罗伯特·戈勒姆·戴维斯（Robert Gorham Davis）在哈佛与哥伦比亚大学教授英语文学，母亲霍普·霍尔·戴维斯（Hope Hale Davis）则是一名短篇小说家和活跃的女权主义者，父母两人都曾在《纽约客》杂志发表小说。戴维斯的父母热爱举办派对，特里林、奥登、埃里卡·钟、格雷丝·佩里和爱德华·萨义德都是家中的座上宾。无疑，在这样的家庭中，戴维斯接受了良好的文学教育。不过，当戴维斯最初开始她的文学实验时，她的父母却不甚赞同——他们习惯的是更传统、更"完整"的短篇小说。然而当时的男友（很快成为丈夫）保罗·奥斯特及身边好友都一致为戴维斯的文学实验感到兴奋，《纽约客》的文章中透露，当奥斯特的 Living Hand 出版了《第十三个女人》时，圈中的诗人朋友爱极了那本书。

戴维斯与奥斯特在大学一年级相识，毕业后两人搬到了巴黎，靠文学翻译为生，并勤奋写作。在巴黎待过两年后，两人又搬到法国乡下看护一座18世纪的石砌农舍,一边继续写作,1974年回到纽约时,两人身上加起来只有9美元。戴维斯的父亲帮这对情侣在曼哈顿北部哥伦比亚大学附近街区租了房子,两人在那里结了婚。他们的儿子于1977年出生,此时两人搬到了纽约上州,孩子十八个月大时,两人的婚姻终止。这段婚姻是戴维斯的禁忌话题。有人或许会问,《格伦·古尔德》中的那个丈夫是否就是奥斯特?我们无从知晓。在那篇小说中,主人公告诉我们,"虽然很多时候,当谈起其他话题时,他对我要对他说的并不怎么感兴趣,尤其是当他看出我开始变得兴奋的时候"。

法语文学翻译是戴维斯一生坚持的另一项事业,一开始是为了生计,后来则更多地成为享受。戴维斯翻译的对象包括福楼拜、普鲁斯特,思想家福柯、莫里斯·布朗肖,人类学家米歇尔·莱利。戴维斯翻译的普鲁斯特《在斯万家那边》及福楼拜《包法利夫人》分别于2003年和2010年推出,两书出版后,在收获好评的同时也引发一些争议。作为译者,戴维斯的最高信条是尽可能地贴近原著——尽可能贴近原著的用词及语法结构。英语世界中流传最广的普鲁斯特译本出自苏格兰作家、翻译家司考特·蒙克里夫(Scott Moncrieff)之手,蒙克里夫的译本流丽、好读却失之精确,在戴维斯看来,普鲁斯特本人的风格比蒙克里夫译本"更朴素、更直接,在某种意义上来说也更当代"。翻译对戴维斯的影响与其说是写作风格的承袭,不如说是训练了她对于语言的关注和敏锐。在与《智识生活》(*Intelligent Life*)杂志的采访中，戴维斯说道："翻译让我对于多种词义的细微差别更敏锐。""你面临一组问题，你无法回避它。你必须找到那个正确的词。"

尽量紧贴原文也是我在翻译戴维斯时的首要原则。汉语与英语的关系和英语与法语的关系自是十分不同，至少，英语和法语分享许多同源词汇。如前所述，戴维斯是一个风格突出的文体家，在翻译的时候译者必须尽全力呈现她的文体特征。用一个长句一口气表达一个意象多重且不断转折的场景或思维过程是戴维斯惯用的技法。考虑到英文与中文句式具有相当差异，在翻译成中文时，有些地方语序不免需要做出调整。我的做法是尽量调整小的从句，而不触动总体句子结构，以使中文读起来连贯同时忠实于原文语感。这样的长句在《极限的：小人》《拆开来算》《关于困惑的例子》几篇中体现得最为明显。

总体而言，翻译戴维斯享受大于挑战。她的语言书面性强，包含口语少，因而可译性也极强。她用词的精准和表意的清明让她的小说呈现一种对译者十分友善的"透明性"。当然，在某些时候，两种语言固有的差异还是给译者带来难题。例如，在不同的篇章中戴维斯都用到了"sober"一词。英文中"sober"一词语义丰富，含有清醒、沉静、肃穆、严肃这几层意思，视语境不同，表意也不同。在《拆开来算》中的《米尔德里德与双簧管》

这篇小说中有这样一句话："I am a sober person, a mother, and I like to go to bed early"，此处的"sober"，是"严肃"抑或"沉静"之意？《几乎没有记忆》的《教授》一篇中有这样一句："He seemed startled, then pleased to accept, sobered and flattered at this attention from his professor."而此处的"sober"，是"严肃"还是"郑重"？好在与戴维斯翻译福楼拜和普鲁斯特时的情况不同，我享有与戴维斯本人直接交流的便利，有机会就所有疑惑向戴维斯发问，了解作家本意。在与作家交流后，我将前者处理为"严肃"，后者处理为"郑重"。当然，由于译者水平有限，错漏之处在所难免，还请读者诸君不吝指正。

吴永熹
2014 年 8 月于纽约